OLAF MÜLLER

Herr über Leben und Tod bist du

ES WIRD KOMMEN DER TAG Auf dem Krawutschketurm bei Bergstein wird ein Toter gefunden. Rentner Eugen Kaltenbach wurde offensichtlich ermordet – mit einem US-Karabiner aus dem Zweiten Weltkrieg. Wenige Tage später wird Gundula Borsche, die Schwester der ehemaligen Direktorin der Landesklinik Düren, tot aufgefunden. Ebenfalls kaltblütig ermordet. Hängen die Fälle miteinander zusammen? Kommissar Fett, Kollege Schmelzer und die neue Kommissarin Daniela Conti verfolgen mehrere Spuren in Jülich, Arnoldsweiler und Frankreich. In Düren stoßen sie schließlich auf ein Geheimnis in der Landesklinik. Das berüchtigte »Haus 5« war die forensische Abteilung, in der bis in die 1970er Jahre katastrophale Zustände herrschten. Während in Aachen auf dem Weihnachtsmarkt das Geschäft brummt, überschlagen sich die Ereignisse. In Simonskall bei Vossenack kommt es schließlich zum Showdown …

© privat

Olaf Müller wurde 1959 in Düren geboren. Er ist gelernter Buchhändler und studierte Germanistik sowie Komparatistik an der RWTH in Aachen. Seit 2007 leitet er den Kulturbetrieb der Stadt Aachen. Sprachreisen führten ihn oft nach Frankreich, Italien, Spanien, Polen und Austauschprojekte in Aachens Partnerstädte Arlington (USA), Kostroma (Russland) und Reims (Frankreich). Als Segelflieger kennt er die Eifel aus der Luft, als Wanderer vom Boden. »Herr über Leben und Tod bist du« ist nach »Tote Biber schlafen nicht«, »Allerseelenschlacht«, »Rurschatten« und »Die Macht am Rhein« (gemeinsam mit Maren Friedlaender) sein fünfter Kriminalroman im Gmeiner-Verlag.

OLAF MÜLLER

Herr über Leben und Tod bist du

Eifel-Krimi

GMEINER

Im Ehnried 5, 88605 Meßkirch
Telefon 07575/2095-0
info@gmeiner-verlag.de

1. Auflage 2021

Lektorat: Claudia Senghaas, Kirchardt
Herstellung: Mirjam Hecht
Umschlaggestaltung: U.O.R.G. Lutz Eberle, Stuttgart
unter Verwendung eines Fotos von: © SiRo / stock.adobe.com
Druck: CPI books GmbH, Leck
Printed in Germany
ISBN 978-3-8392-0032-2

Personen und Handlung sind frei erfunden.
Ähnlichkeiten mit lebenden oder toten Personen
sind rein zufällig und nicht beabsichtigt.

Von der obersten Plattform des Krawutschketurms auf dem Burgberg in Bergstein tropfte Blut. Krähen flatterten krächzend über den Turm, von dem sich bei klarem Wetter ein weiter Blick über die Nordeifel bot: im Westen das Hohe Venn, etwas nördlicher Aachen und die Kühltürme des Braunkohlekraftwerks Weisweiler; im Nordosten, fast so, als ob man hineinspringen könnte, der Stausee von Obermaubach. Burg Nideggen grüßte auf Augenhöhe im Osten, die Rur schlängelte sich von Blens über Abenden und Zerkall durch das grüne Tal. An diesem Morgen war ein Schuss gefallen. Gedämpft durch einen Schalldämpfer. Er war längst verklungen. Vor 75 Jahren war es anders. Damals folgte Einschlag auf Einschlag. Das Geknatter der Maschinengewehre, Karabiner und Pistolen nahm am Tag und in der Nacht kein Ende, Handgranaten explodierten, der Burgberg schien zu explodieren.

Scheu trippelte ein Fuchs durch das nasse Gras zum Aufschlagpunkt der Blutstropfen auf den Pflastersteinen, leckte kurz, schaute sich suchend um, blickte hoch zu dem Treppengewirr, schlich davon. Mäuse rasten durch das dornenreiche Gestrüpp. Spatzen hüpften von Busch zu Busch. Stumm, fast etwas arrogant, blickte ein Bussard abwartend von einem Fichtenast auf den Krawutschketurm und die Reste der Bunker. Die Zeit des Bussards war noch nicht gekommen. Am Boden bildete sich eine dünne Blutlache und suchte einen Weg zwischen den betongrauen Steinen. Verkrümmt lag die Leiche auf der obersten Aussichtsplattform. Keiner hatte sie bisher entdeckt. War es zu früh für Spaziergänger und Wanderer an diesem Montagmorgen, dem 9. Dezember 2019? Im Osten, am Rhein, kroch das Morgenrot hinter Wolken empor. Gegen 8.15 Uhr würde die Sonne aufgehen. Der

Tag begann windig, kalt, grau, dunkel, nass. Nieselregen benetzte Blätter und Nadeln der Bäume. Das feuchte Laub war dreckig, braun, angefault. Pfützen hier und da. Die von den Herbststürmen abgebrochenen Äste hingen leblos an den Bäumen, schaukelten im Wind. Es roch nach Fäulnis, Moder, Tod.

Bergstein war still, nur einige Schulkinder auf dem Weg zum Unterricht. Brandenberg, Kleinhau, Großhau, Hürtgen, Vossenack und Nideggen schienen wie ausgestorben. Die Berufspendler waren längst aufgebrochen. Die Bauern mit ihren kleinen Parzellen und dem wenigen Vieh hatten die Tiere versorgt, die Nüstern der Kühe und Pferde dampften, längst war gemolken, Futter und Stroh verteilt, Mist aus den Ställen gekarrt. Nun fuhren die Nebenerwerbslandwirte zum Sägewerk nach Vossenack, zur Papierfabrik nach Düren, zum Ferienpark nach Heimbach. Von Landwirtschaft allein konnte niemand mehr leben. Die Bauern mussten früh raus, gingen spät ins Bett.

Ein grauer und düsterer Tag. Grau auch das Stahlgestänge des Turms, die Reste der Bunkeranlagen auf *Hill 400*, wie ihn die Amerikaner im Dezember 1944 genannt hatten, weil er mit seiner Höhe von 400 Metern die Region überragte. Von hier aus wurde das verheerende Artilleriefeuer der Wehrmacht auf die vorrückenden US-Einheiten bei Vossenack, Schmidt, Kommerscheidt und Simonskall geleitet. Wer *Hill 400* beherrschte, der kontrollierte die Rur und die Talsperren. Am 7. Dezember 1944 hatte das *2nd Ranger Battalion* unter großen Verlusten den Burgberg angegriffen. Ein Sturmangriff mit aufgepflanztem Bajonett aus den Ruinen von Bergstein heraus, über den Friedhof und hinauf auf den Berg. Mann gegen Mann. Es waren dieselben Ranger, die bei der Invasion in der Normandie am *Pointe du Hoc* mit Strickleitern an den Klippen hochgeklettert waren, um die deutschen Gefechtsstände auszuschalten. *Hill 400* war genauso blutig wie *Pointe du Hoc*. Für viele US-Soldaten war die Einnahme des Burgbergs in Bergstein der längste Tag, länger als der Tag der Invasion. Davon wurde nichts erzählt auf der Informationstafel am Fuß des Krawutschketurms, benannt nach dem Eifelwanderer Franz Krawutschke, der 1940 gestorben war. Er hatte die ersten Wanderwege markiert. Darum wurde der Turm nach ihm benannt. Auf der Infotafel stand die Geschichte der Burg, des Burgbergs und des Turms. Kein Wort über das Grauen kurz nach Nikolaus im Dezember 1944.

Schlaff hingen die ockerfarbenen Blätter der wenigen Eichen an den graubraunen Ästen. Der Herbst war vorbei, nun würde in wenigen Tagen der Winter einziehen. Schnee, der auf Fichten fällt, auf den Friedhof von Bergstein, auf den Sportplatz, das Segelfluggelände, die Kirche und die wenigen Straßen. Von jetzt an sollte man Brennholz, Heizöl oder Gas zur Hand haben. Diese Sorgen hatte der Tote auf der Plattform nicht mehr.

Krähen flogen auf die Holzbrüstung des Turms, schauten suchend in alle Richtungen. Plötzlich sprang die erste auf den Rücken des Toten und stakste auf dem Lodenfrey-Mantel hin und her. Rasch hüpfte eine zweite Krähe hinzu, die dritte folgte. Der Mantel war dick. Der Kopf lag frei. Sie näherten sich dem Ohr des Toten.

AUS! AUS! BRAVER HUND!

»Rocky, kommst du hier!« Rocky hörte nicht. Rocky hatte Blut gerochen und wollte Blut lecken. Der Dobermann lief mit gesenkter Schnauze und feuchten Lefzen auf die kleine Blutpfütze zu. Dann bellte Rocky. Die Krähen am Ohr des Toten erschraken, flatterten hoch, flogen im Sturzflug auf die nächsten Äste der Tannen und ärgerten sich über Rocky, dessen Bellen sie jeden Morgen störte, wenn sie in den Resten der Bunker eine Maus zerfetzten.

»Rocky!« Keuchend erreichte Norbert Jörres seinen Hund. Die Morgenrunde endete stets am Krawutschketurm mit einem Schluck aus dem Flachmann. Papas *Little Helper* nannte er seine prozenthaltige Verpflegung, die Schwung in den Tag des Frührentners brachte. 40 Jahre Privatkundengeschäft in der Sparkassenfiliale von Kleinhau. Schützenverein, Modellbauverein, verantwortlich für die Weckmänner beim Martinszug, veranstaltet von der Besenbinderzunft 1970 Kleinhau e.V.

Norbert Jörres nahm einen kräftigen Zug. Sofort wurde ihm warm in der Kehle. Rocky schaute bellend hinauf zu Herrchen. Er kannte das Ritual. Die Stimme von Herrchen war nach mehreren Schlucken lauter, und manchmal wankte er den Abstieg hinunter. Diesmal bellte Rocky länger als sonst. Er hob die Schnauze Richtung Turm und bewegte den Körper, als ob er unbedingt hinaufwollte.

»Rocky! Jetzt ist aber gut!« Noch ein Schluck. Flachmänner sind Handschmeichler. Norbert Jörres mochte das Edelmetall, den Schraubverschluss und vor allem den Inhalt. Er dachte an all die alten Damen, die er beraten hatte. Abends, daheim bei einem Eierlikörchen und Schnittchen mit Cornichons. Die Witwen – auch in der Nordeifel sterben die Männer früher – saßen hilflos vor ihm mit ihren Wiesen, Feldern, Äckern. Er empfahl Verkauf. Man müsse loslassen, Ballast abwerfen wie die Ballonfahrer. Die Damen staunten. Norbert Jörres hatte die Nummer mit dem Ballon entwickelt. Er erzielte phänomenale Ergebnisse und wurde mehrfach Kollege des Jahres mit einer Urkunde vom Sparkassenvorstand der Kreissparkasse Düren. Damals gab es noch die Kreissparkasse. Norbert Jörres tröstete zudem manche Kundin auf seine ganz persönliche Art. Danach nannten sie ihn Nobbi. Von diesen Trostbesuchen kehrte er etwas später und müde heim. Kurze Zeit danach erfolgte von der getrösteten Kundin eine Überweisung auf sein Konto oder er wurde testamentarisch bedacht.

»Rocky, halt die Schnauze!« Es platzte aus ihm heraus. Norbert Jörres spazierte jeden Morgen mit Rocky zum Burgberg. Bei *Waffen-Schumacher* in Norddüren hatte er den Flachmann, Qualitätsjägerstiefel und einen Taschenwärmer gekauft. So zog es ihn täglich zum Turm, wo er im Sommer den Sonnenaufgang genoss und an den Bunkern benutzte Kondome mit einem Fußtritt Richtung Abhang beförderte.

»Aus! Rocky! Aus!« Er beugte sich zu dem kläffenden Vierbeiner und blickte auf die Blutspur. Norbert Jörres richtete sich auf, sein Blick folgte dem Blut. Langsam drang das unaufhörliche Krächzen der Krähen in seine Synapsen. Er nahm einen großen Schluck und die erste Stufe der Treppe hinauf auf den Turm. Dann kehrte er um, band Rocky am Treppengeländer fest. »Aus! Aus! Braver Hund.«

Norbert Jörres folgte den Blutstropfen. Ihm wurde mulmig. Auf halber Höhe, bei der mittleren Plattform, nahm er den letzten Schluck. Schweißperlen bildeten sich auf seiner Stirn, die Beinmuskeln drohten zu versagen. Rocky saß unten und starrte mit aufgerissenen Augen hinauf zu Herrchen. Herrchen starrte auf die nächste Stufe. Auf der übernächsten wieder Blutstropfen. Norbert schleppte sich auf die oberste Plattform. Trotz seiner trüben Augen entdeckte er den Körper sofort.

»Leggesamarsch!«, formte die schwere Zunge den mundartlich gefärbten Ausdruck des Erstaunens. Weitergehen, runtergehen, Polizei anrufen, Flachmann, Fahne, Wodka, Rocky, Puls, Puls fühlen, verdächtig, bin ich verdächtig? Alkohol, Rocky, Marlene, was wird Marlene sagen? Schmorbraten, Polizeipräsidium, Verhör, getrunken, ich habe getrunken. All das schoss schneller, als man es sagen konnte, durch Norberts Gehirn und führte fast zu einem Kurzschluss, einem Nervenzusammenbruch oder Schock. Mechanisch bewegte er seine Füße in den Premiumjägerstiefeln, stupste vorsichtig einen Arm des vor ihm liegenden Mannes. Keine Reaktion. Norbert kniete nieder. Der Mann lag in merkwürdig verkrümmter Haltung auf dem Bauch. Norbert fasste eine Hand, suchte nach dem Puls, fand keinen Puls, schaute auf den blutigen und zerfetzten Hinterkopf und beschloss, mit seinem neuen Handy die 110 zu wählen. Mit zittrigen Beinen wankte er die Treppenstufen hinunter. Rocky tänzelte unruhig am Fuß des Turms.

»Mann, Rocky. So ein Scheiß.« Norbert Jörres setzte sich auf die unterste Stufe. Er lallte in sein Handy. Die Wache in Kreuzau hatte Mühe, ihn bei diesem instabilen Netz überhaupt zu verstehen. Toter Mann, Krawutschketurm, Bergstein, Blut und sein Name. Er sei Rocky Jörres, ähm, Norbert Jörres, Rocky sei der Hund, der da die ganze Zeit bellt. Oberkommissar Heinen, Wachleiter in Kreuzau, runzelte die Stirn. Schließlich schickte er Kommissarin Holz und Hauptwachtmeister Dillinger hinauf nach Bergstein. Mal nachsehen, wie er sagte.

HERZSCHUSS

Was wird aus meinem Leben? Kriminalkommissar Fett stellte sich diese Frage gegen 5.30 Uhr an diesem Montagmorgen. Wie sieht meine Bilanz aus? Soll und Haben? Mörder gefasst, Sicherheit geleistet, Dienst an der Gesellschaft. Er blinzelte durch die Jalousien in Richtung Osten. Alles dunkel. Aachen schlief noch. Er sprang aus dem Bett. Ab in die Dusche. Weg mit den ewigen Fragen. Eine neue Woche. Noch 15 Tage bis Heiligabend. Zeit, um die Akten zu sortieren. So kurz vor Weihnachten passierten rein statistisch kaum noch Kapitalverbrechen. Eher an Weihnachten und kurz danach, wenn sich die Familien zu nahekommen. Es sollte anders kommen. Doch noch ahnte Kommissar Michael Fett nichts davon.

Draußen nieselte der Regen auf die Gebäude der Rheinisch-Westfälischen Technischen Hochschule Aachen gegenüber seiner Wohnung am Templergraben in Aachen. Ein grauer Dezembermorgen. Um 6 Uhr telefonierte er mit Iska Sonntag. Seine entfernte Freundin, Leiterin eines SEK-Teams, war nach Auflösung der Einheit in Bonn mit ihren Männern nach Köln versetzt worden. Drei Spezialeinsatzkommandos und zwei Mobile Einsatzkommandos waren in Köln konzentriert. Sie mussten sowohl nach Bonn als auch nach Aachen zu besonderen Einsätzen. Schießtraining stand heute auf ihrem Programm. Sie würde mit ihrem Team zunächst im Kino und danach auf dem Stand trainieren. Heute keine Clans, keine *Aktivisten* in Hambach, keine Reichsbürger mit Waffensammlung, schwerbewaffnete Rockerbanden oder messerstechende Folterknechte. Einfach nur Schießtraining.

»Müsste auch mal wieder«, sagte Michael Fett.

»Komm rüber. Ich zeig dir, wie du triffst. Mit der Waffe.«

»Herzschuss. Hast du ja erreicht bei mir. Zum Glück hab' ich überlebt. Ganz neu in der Polizeigeschichte.«

»Die müssen gepflegt werden, die Herzschüsse.«

»I know.«

»Deine Mörder haben Vorrang.«

»Ich bin nun mal der weiße Ritter von Aachen.«

»Gab es den? Oder spielst du Karl den Großen?«

»An den kommt keiner ran. Fünf Frauen und 20 Gespielinnen, genannt Friedelfrauen.«

»Na bitte. Männer denken zuerst an die Erfolgsgeschichte beim schönen Geschlecht.«

»So war das nicht gemeint.«

»Komm, komm. Ihr seid in dem Oche alle neidisch auf Karl. Friedelfrauen. Woher hast du den Begriff?«

»Erwähnte der Historiker Professor Kerner in einem Vortrag über Karl. Das waren Geliebte, aber mit mehr Rechten als eine Küchenmagd, die sich der Karl am Grill geschnappt hat.«

»Scheint dich ja mächtig zu interessieren.«

»Der Karl. Ja klar. Ich schau aus der Küche auf die Spitze des Rathauses, dahinter der Dom. In Bonn kannst du ja über die Loreley nachdenken. Wo du auftauchst, entstehen Auffahrunfälle.«

»Na, na, Kommissar Fett. Kommt jetzt der Themenwechsel von MeToo-Karl zum Werbeblock?«

»Ist eben so. Bei jedem Treffen mit SEK-Kollegen schwärmen sie von der Kölner Amazone, und manche kennen dich aus Bonner Zeiten. Den Rest verrate ich nicht, sonst steigt es dir zu Kopf.«

»Mehr davon, mein Lieber. Das sind die reinsten Herztreffer.«

»Deine Klugheit und deinen Witz loben sie. Du seist jedoch eine harte Nummer.«

»Bin halt keine Friedelfrau oder Kebse.«

»Kebse, du kennst dich aus. – Mein Kaffee wird kalt.«

»Lenk nicht ab. Sag mir was Schönes für den Tag.«

»Du bist ein Augenstern. Ein Geschenk der germanischen Götter an den Vater Rhein. Der Schatz der Nibelungen.«

»You make my day, Monsieur Fett. Auf zum Kaffee, sonst hast du schlechte Laune. Und lass uns bald mal das Weihnachtsprogramm besprechen.«

»Du kennst mich, immer auf den letzten Moment. Ciao,

Bella. Wir telefonieren.« Fett legte auf und dachte an Theresa Rosenthal, Mordkommission Köln, mit der er einen Fall gemeinsam gelöst hatte, an das gemeinsame Lachen. Er atmete tief ein, schaute in den Spiegel, prüfte die Rasur, die grauen Haarsträhnen und verdrängte die Grübeleien. In der Küche füllte er frisches Wasser in die Kaffeemaschine. Marmelade, Vollkornbrot, Mineralwasser. Die Kaffeemaschine mahlte drauf los. Heute kein Befehl zum Entkalken, Reinigen, Schale Leeren. Er hasste die Befehle der Kaffeemaschine und sehnte sich nach der alten Filterkaffeemaschine zurück. Fluch der Technik.

DIE LAGE DES LANDES

Um 7.30 Uhr war Fett im neuen Präsidium in Aachen-Brand, dicht bei der Automeile und der Autobahnauffahrt auf die A44. Lagebesprechung, neueste Infos vom Innenministerium. Rüschendonk, Leitender Kriminaldirektor, wollte alle Kommissariate gemeinsam betanken. Im Besprechungsraum traf Fett auf die Kollegen. Er setzte sich in die letzte Reihe. Schmelzer war wieder zu spät. Vom Steppenberg nach Aachen-Brand musste er über den Außenring fahren. Der war morgens zu. Oder er hatte einen Termin bei der Klassenlehrerin von Sohn Justus, der gerade auf dem Kaiser-Karls-Gymnasium eingeschult worden war. Wieder war Schmelzer bei der Lehrerin an eine überzeugte Veganerin geraten, humorlos und mit Lastenfahrrad. Die Chemie würde er nie hinbekommen.

»Morgen, Kolleginnen und Kollegen«, rief Rüschendonk in die Runde. Alle murmelten etwas, das nach »Morgen« oder »Moin« klang.

Rüschendonk klopfte auf das Mikro, die Gespräche verstummten. Mit hartem Blick fixierte er die Frauen und Männer vor sich. Er war bekannt für knackige Ansagen. »Vom Innenministerium Bund und Innenministerium Land über BKA und LKA kommt folgende Lageeinschätzung zu mehreren Gefährdungspunkten. Vertraulich. Brauche ich nicht zu erwähnen. Für uns gibt es Aspekte, die mit Blick auf Aachen bedeutsam sind. Erstens sind wir eine Grenzstadt. Offene Grenzen zu Belgien und den Niederlanden. Zweitens sind wir Universitätsstadt. Knotenpunkt für Strömungen des linken und partiell identitären Lagers. Drittens haben wir mit rechtsradikalen Gruppierungen Erfahrungen. Denken Sie an die Wiking-Jugend bei Stolberg. Viertens sind wir verantwortlich für Hambach. Fünftens haben wir im April 2019 die erste europaweite *Fridays for Future-Demo* abgewickelt. Sechstens. Wir widmen uns ungelösten Fällen mit neuen Methoden. Die ungeklärten Morde können durch neue Methoden bei der DNA-Analyse geklärt werden.« Er schaute auf seine Kollegen und fuhr fort. »Nun zu den einzelnen Punkten, die ich Ihnen vortrage, damit sie bei aktuellen Fällen diese Folie drüberlegen können. Wir beobachten neue Flüchtlingsrouten. Die Lage in den Camps in Griechenland und auf den Inseln ist katastrophal. Zum Winter erreicht uns eine erste Welle, im Frühjahr steigt die Zahl. Es werden nicht nur Flüchtlinge eintreffen. Auch Terroristen, Folterknechte, Personen, die keine Ahnung vom Grundgesetz, Deutschland, Bildung haben. Minderjährige und solche, die sich als Minderjährige ausgeben. Wir müssen außerdem die regionale Salafistenszene im Blick behalten, das sind die mit den kurzen Hosen und langen Bärten. Zum Teil im Umfeld der Hochschule.« Er wechselte das Blatt und kam zum nächsten Punkt.

»Zweitens. Im Unispektrum tummeln sich identitäre und linksextreme Gruppen. Die Identitären haben Kontakt zu alten Nazis. Kollege Fett und Kollegin Ventzke vom Staatsschutz können ein Lied davon singen. Wir beobachten zunehmend Aktivitäten. Aggressives Auftreten in der Hooliganszene, Militanz gegen linke Gruppen, gezielte Provokationen gegen grüne und linke Politiker bis hin zu Listen mit deren Namen und Adressen. Die linksautonomen Gruppen verbünden sich zunehmend mit den *Aktivisten* in Hambach und suchen den Kontakt zu *Fridays for Future*. Als Trittbrettfahrer springen sie auf den Umwelt- und Klimazug auf, infiltrieren die Organisationen und drehen sie um. Ziel: Abschaffung unseres Systems, unserer Demokratie, Anarchie und irgendeine Form von Sozialismus, die keiner bis jetzt gesehen hat.« Manche Kollegen nickten zustimmend. Sie hatten Erfahrung mit Hambach und waren geschockt über die Gewalt und Brutalität. Rüschendonk fuhr fort: »Die Linksextremen nennen sich verniedlichend *Aktivisten*, sind ultrabrutal und gewaltbereit, vermischen sich mit den Klimaclowns, *Extinction Rebellion*, und legen es systematisch auf Rechtsbrüche an. Ziel: Störung des Rechtsempfindens der Bürger. Die Bürger sollen das Zutrauen in den Staat verlieren. Die Gesellschaft soll sich radikalisieren, über Klimaschutz, Klimaflüchtlinge und Kapitalismuskritik wollen sie den Systemwechsel erreichen. Medial stehen sie besser da als die Rechtsradikalen. Die Linken verfügen über Sympathisanten auf allen Ebenen. Der Kampf gegen rechte Gruppen verdeckt den Extremismus der Linksextremen. Das alles finden Sie im studentischen Umfeld mit Ausfransungen zu den Antifaschisten, die beim 9. November an die Reichspogromnacht erinnern und zugleich BDS unterstützen, diesen antisemitischen Verein, der Israel von der Landkarte verschwinden lassen möchte. BDS hat Kontakte in die Friedensszene und in die Kulturszene. Wir müssen bei Veranstaltungen dieser Organisation mit dem Verbrennen von Israelflaggen rechnen. Da schreiten wir sofort ein. Wir dulden keinen Antisemitismus, der unter dem Deckmantel der Israel-Kritik und der Meinungsfreiheit in die Öffentlichkeit drängt. Verstanden?« Die Leitungskräfte nickten.

Rüschendonk fuhr fort: »In Hambach erwarten wir im Frühjahr neue Aktivitäten. Die Linksextremen brauchen Öffentlichkeit wie Fische das Wasser. In der Politik ist vor dem Kohlekompromiss keine klare Linie zu erkennen. Das werden unsere Freunde ausnutzen. Sie werden auch auf die Dörfer bei Erkelenz ausweichen, falls Hambach nicht abgebaggert wird. Die Militanz wird zunehmen. Das Megathema Klima spielt ihnen in die Hände. Die Radikalität in der Berliner Szene wird in andere Städte überschwappen: Anschläge auf SUVs, Blockade von Kreuzungen und Flughäfen, militante Tierschützer, militante Baumschützer, militante Radfahrer. Für den Ausbau des Flugplatzes Aachen-Merzbrück erwarte ich Störungen aus der militanten Umweltszene. Sollte der Staatsschutz auf der Agenda haben. Und bei vielen Protestformen: Instrumentalisierung von Kindern nicht zu vergessen. Der Zweck heiligt die Mittel. Lückenlose Aufklärung und Beweisführung ist wichtig, sonst sitzen wir auf der Anklagebank.«

»Sitzen wir eh!« Ein Zwischenruf von Reinhard Fuchs, Leiter der Einsatzhundertschaft.

Rüschendonk griff das auf: »Kollege Fuchs, Ihren Frust kann ich verstehen. Habe selbst jahrelang eine Einsatzhundertschaft geführt. Wir vertreten das Recht und werden uns nicht provozieren lassen. Dokumentationstrupps immer dabei. Klare Ansagen, keine Gewalt, wir tragen die Damen und Herren Umweltschützer aus dem Wald, wenn es sein muss. Damit komme ich nochmal zu *Fridays*. Zurzeit sind die Demos friedlich. Das kann sich schnell ändern. Wir haben Informationen über die Verbindung zwischen *Fridays*, *Schwarzem Block*, Resten von *Occupy Now*, *Extinction Rebellion* und militanten Tierschützern. Erwarten Sie nicht Blumen bei den nächsten Demos. Je unzufriedener die Masse der Demonstranten mit den politischen Ergebnissen in Sachen Klimaschutz ist, desto schneller wächst das Aggressionspotenzial. Wenn Windradgegner als Taliban bezeichnet werden, lädt sich die Stimmung weiter auf. Und zum Schluss: Die Kolleginnen und Kollegen, die bisher mit Missbrauchsfällen beschäftigt sind, mit ungeklärten Morden, die bekommen Unterstützung. Nach bisherigen Erkenntnissen schwappt eine Welle von Missbrauchsfällen aus den gesellschaftlichen Großbereichen Sport, Karneval, Jugendfreizeit, Jugendheimen auf uns zu. Die Kirchen waren nur der Anfang. Auch bei den Pflegeeltern, den Waisenhäusern, den Erziehungsanstalten wird in die Akten geschaut. Da ist vieles verjährt, anderes nicht. Die Kommissariate werden dazu eine besondere Schulung bekommen. Wir haben Aussagen, dass gerade im Karneval und bei der Jugendbetreuung weggeschaut wurde. Auch in den Sportvereinen soll es in den 50er-, 60er- und 70er-Jahren zu zahllosen Missbrauchsfällen gekommen sein. Niemand wollte den Kindern glauben. Trainer, Priester, Prinzen und Karnevalspräsidenten waren angesehene Autoritätspersonen. Die Kleingartenanlagen mit ihren gemauerten Wochenendhäusern sollen Unterschlupf geboten haben. Mit diesen dunklen Informationen entlasse ich Sie in den Montag. Fragen?«

Die Polizisten sprachen miteinander, wirkten nachdenklich.

»Fellhofer, Stichwort Intensivtäter. Unsere jugendliche Klientel reist weiterhin über die Schiene oder mit Bussen ein. Wann wird die Bundespolizei zwecks Grenzcheck die Sollstärke erreichen?«

»Keine Ahnung, Kollege. Momentan werden Kräfte in Bayern zusammengezogen, da dort über den Balkan mehr illegale Grenzübertritte vorkommen. Wir bleiben dran. Nächste Frage?«

Zugführer Danino von der Einsatzhundertschaft meldete sich: »Wann werden wir das Camp in Hambach aufsuchen? Der Gerichtsbeschluss ist eindeutig. Camp ist nichts rechtskonform.«

»Lieber Kollege, rufen Sie mal in der Staatskanzlei an. Die wissen mehr. Nächste Frage.« Die Polizisten lächelten resigniert. Seit Jahren Rechtsbrüche, verletzte Beamte, zunehmende Gewalt, reisende Täter. Und sie durften im Camp nicht einmal Personenfeststellungen durchführen.

Rüschendonk bat um Ruhe. »Ich komme zum Schluss. Wir unterstützen heute Mittag und heute Nacht mit der Einsatzhundertschaft die Bundespolizei am Hauptbahnhof. Fußballfans von *Red Bull Salzburg* reisen bis Hauptbahnhof und von Aachen aus mit Bussen weiter nach Genk, Belgien. Spiel um 21 Uhr. Im Anschluss voraussichtlich Rückkehr und Sonderzug von Aachen nach Salzburg in der Nacht. Fragen?« Rüschendonk blickte in die Runde.

Schmelzer schlich durch die Tür, suchte Fett, sah ihn leicht dösend und schlich zwischen den Kollegen zu seinem Chef.

»Ein Toter in Bergstein auf dem Krawutschketurm. Soll übel aussehen«, flüsterte Schmelzer ihm ins Ohr.

»Keine besseren Botschaften? Rüschendonk reicht mir schon«, maulte Fett.

»Der Tote trägt keine Schuld. Wir müssen hin. Kriminaltechnik ist bereits vor Ort. Der Medizinmann hat den Tod bestätigt.«

Rüschendonk beendete seinen Lagevortrag und entließ die Führungskräfte in einen kalten und grauen Montag, so grau wie der Himmel über dem Krawutschketurm.

EIN SCHUSS UND SIEBEN STICHE

Kurz vor 10 Uhr trafen Fett und Schmelzer an der Kirche in Bergstein ein. Sie fuhren zum Parkplatz, von dem man auf den Stausee von Obermaubach schaute. Der dunkelrote VW-Bully der Kriminaltechnik parkte kurz hinter der Schranke am Aufgang zum Burgberg. Ein Streifenwagen stand am Seitenrand. Fett zog die schwarze Dockermütze über die Ohren, Schmelzer war eingemummelt in seine Funktionsjacke.

»Was wissen wir, Schmelzer?«

Schmelzer schaute auf sein Handy und las die Nachricht der KTU: »Alter Mann auf der obersten Plattform des Krawutschketurms. Kopfschuss und Messerstiche. Eugen Kaltenbach, 75, alleinstehend, aus Bergstein. Besaß einen Bauernhof. Hatte alles verpachtet. Frau vor zehn Jahren bei einem Unfall ums Leben gekommen. Vermutlich in der Früh umgebracht worden. Keine Kinder. Gefunden von einem Rentner aus Bergstein, der morgens hier seine Runde drehte.«

»Senile Bettflucht. Die können morgens nicht bis 8 Uhr abwarten.«

»Der Rentner hat einen Hund. Da muss man morgens raus. Der Hund hat den Toten gefunden.«

»Ja, oder vor der Alten flüchten.«

»Kommt drauf an.«

»Worauf?«

»Auf die Alte und den Hund. Übrigens hat er eine Fahne.«

»Wer, der Hund? Trinken die jetzt auch?«

»Nicht der Hund, der Hundebesitzer, dieser, na, dieser Norbert Jörres.«

»Frühtrinker. Hatte bestimmt Stress mit seiner Frau. Oder Witwer?«

»Nein, kein Witwer. Nur kalt.«

»Kalter Witwer?«

»Er hat wegen der Kälte getrunken, Chef.«

»Stimmt. Ich auch. Allerdings Kaffee.«

»Wo müssen wir lang, Herr Fett?«

»Hier, den kurzen und steilen Weg. Kenne ich.«

»Woher?«

»Damals. Segelflug in Bergstein. Manchmal sind wir hier gewesen. Wenn das Wetter nicht passte oder um die Aussicht zu genießen oder nahe am Himmel zu sein.«

Sie stapften den mittleren Weg hinauf, der steil in Richtung Krawutschketurm führte. Das gefallene Laub roch vermodert. Überall Einbuchtungen im Boden, abgebrochene Äste. Sie passierten das Kreuz für einen gefallenen US-Soldaten. Aus den Augenwinkeln sah Fett, dass eine Kerze brannte. Schmelzer rutschte auf seinen Sommerschuhen ständig aus. »Anne hat mir die falschen Schuhe rausgestellt. Irgendwelche handgenähten Ökoschuhe aus Afrika. So ein Käse.«

»Bestimmt sie auch Ihre Schuhe? Ich dachte, nur das Essen«, grinste Fett.

»Das auch. Wahrscheinlich muss ich bald barfuß latschen, zur Abhärtung oder weil irgendein Jogi das so macht.« Schmelzer keuchte. Leberkäs- und Streuselbrötchen machten sich konditionell bemerkbar. Endlich erreichten sie die Höhe und begrüßten die Kollegen aus Kreuzau.

»Kennen wir uns nicht von dem Fall in Obermaubach?«, fragte Fett.

Holz antwortete kurz und bündig: »Moin, ne, das waren andere Kollegen. Mein Name ist Holz, und drüben steht Kollegin Dillinger bei Herrn Jörres. Der hat die Leiche gefunden. Das heißt, sein Hund Rocky, der Dobermann. Außerdem hat der ordentlich geschluckt am frühen Morgen.«

»Der Hund?«

»Das fehlte noch, nein, der Jörres. Glaube nicht, dass er der Täter war.«

»Fürs Glauben ist der liebe Gott zuständig. Vielleicht weiß der Hund mehr. Fett und Schmelzer aus Aachen«, sagte Fett mit Blick auf den Kollegen aus Kreuzau.

»Sie, mit dem Drops auf dem Kopf, sind Kommissar Fett?«

»Drops auf dem Kopf? Das ist eine Dockermütze von New Yorker Hafenarbeitern.«

»Passt zum Rursee. Ahoi, die Herren. Wir stehen hier, um die Massen fernzuhalten, die gleich den Krawutschketurm stürmen werden.«

Hatte Rocky auf das Stichwort gewartet? Er bellte los, als ob 1000 Hasen über den Burgberg flitzen würden.

»Aus, Rocky! Aus!«

Jörres verschaffte den Ermittlern eine kurze Rocky-Pause. Fett schaute hoch zum Turm. Er erspähte die in weiße Overalls gekleideten Kollegen von der Kriminaltechnik.

»Schmelzer, versuchen Sie es mit dem betrunkenen Dobermannbesitzer. Ich klettere auf den Turm. Es wird eng da oben. Sie können nach mir hoch. Oder auch nicht.«

Fett passierte die Markierung der Blutlache am Fuß der Treppe und stieg die Metallstufen empor. Weitere Fahnen kennzeichneten vereinzelte Tropfen. Er blieb auf der letzten Stufe stehen und schaute auf den Toten.

»Moin, Herr Fett. Schöne Aussicht hier oben. Nur nicht für den da. Kopfschuss von vorne in die Stirn über der Nasenwurzel. Hinten ausgetreten. War sofort tot. Die sieben Messerstiche in die Brust brauchte es nicht mehr.« Kollegin Elke Unsleber leitete an diesem Tag die Kriminaltechnik. Ihre Aussagen waren belastbar. Ihr trockener Humor ansteckend. Sie engagierte sich im Umweltschutz, kam mit dem Rad zum Polizeipräsidium. Ohne Akku natürlich. Kurze braune Haare, trainierter Körper, grüne Augen, fester Gang, selbstbewusst. Fett musste sich konzentrieren.

»Todeszeitpunkt?«

»In der Früh. Heute Morgen.«

»Hell oder dunkel?«

»Der Schuss? Ich vermute vor Sonnenaufgang.«

»Nähe?«

»Nicht aufgesetzt. Keine Schmauchspuren und keine Kampfspuren. Nichts. Der muss von unten erwischt worden sein.«

»Tödlicher Schuss aus der Umgebung. Danach steigt der Täter, wenn es nur einer war, auf den Turm und versetzt ihm etliche Stiche?«

»Ja. Zuerst der Schuss, im Anschluss die Stiche. Sonst hätten wir nicht die Blutspritzer auf dem Geländer. Schuss, Täter klettert hoch, sieben Stiche, dreht ihn um, so sehen wir die Stiche nicht sofort. Und er ist nicht durch das Blut gelatscht wie der Frühtrinker da unten, denn der hat Blut an den Schuhen. Den können Sie vergessen. Der hat bestimmt 1,5 Promille.«

»Diese Early Bird Säufer sind mir die liebsten«, schwärmte Fett. »Sie reden so poetisch. Kann ich mir den Toten ansehen?«

»Noch eine Minute. Letzte Aufnahmen.«

Kommissarin Unsleber zeigte auf verschiedene Punkte, und eine Kollegin fotografierte. Kollege Sonanini sammelte das Besteck seines Tatortkoffers ein und nahm an Fett vorbei den Weg nach unten.

»Haben Sie seine Papiere gefunden?«, fragte Fett.

»Ja. Fast vergessen. Hatte der 75-Jährige dankenswerterweise dabei. Eugen Kaltenbach aus Bergstein. Geboren 1944.«

Unsleber reichte Fett den Personalausweis in einer Plastiktüte.

Fett betrachtete den Toten, das Einschussloch über der Nasenwurzel, die sieben Stiche durch den Mantel in die Brust. Eugen Kaltenbach starb mit 75 Jahren auf dem Krawutschketurm. Was soll das alles, dachte Fett.

»Können Sie grob sagen, aus welcher Richtung der Schuss gekommen ist?«

»Wir werden es am Computer simulieren«, versprach Unsleber. »Augenscheinlich stand Kaltenbach hier, neben der Infotafel in Richtung Vossenack, mit Blick über Bergstein in Richtung Westen. Die Blutspritzer auf dem Geländer und der Aufschlagpunkt auf der Plattform deuten darauf hin. Der Schuss muss von schräg unten gekommen sein. Quasi voll auf die Zwölf, klingt makaber, ist aber so. Wir untersuchen den Bereich dort unten gleich genauer.« Sie zeigte auf einen Graben, der sich in westlicher Richtung von Bunkerresten nach Norden zog.

»In der Dunkelheit eine Meisterleistung, den Alten zu erwischen.«

»Guter Schütze oder Schützin. Wir sehen uns das gleich unten an. Vielleicht finden wir eine Patronenhülse. Dafür brauchen wir den Metalldetektor. Übrigens kein großes Kaliber, Jagdwaffe oder so. Die Kugel ist allerdings hinten raus. Die werden wir kaum hier oben finden. Die Kölner Rechtsmediziner sollen den Schusskanal untersuchen. Jedenfalls sind Fund- und Sterbeort identisch.«

Eugen Kaltenbach. Kein typischer Name für die Region, befand Fett. Unten am Turm waren die ständigen Begleiter der Mordkommission eingetroffen, die dunklen Sargträger des lokalen Beerdigungsinstituts *Himmelsleiter*. Sie würden den Toten in die Rechtsmedizin der Uni Köln schaffen. Aachen besaß keine Rechtsmedizin mehr.

Fett stieg nachdenklich die Stufen hinunter zu Schmelzer, Kaltenbach und Rocky. Auf den Hund hatte er keine Lust. Seit er vor über 40 Jahren von einem Rottweiler angefallen worden war, hielt er sie auf Distanz. Die Hunde merkten, dass Fett sie scheute, rochen seine Angst. Da konnte Herrchen noch so oft rufen »Der will nur spielen!«. Bei Fett endete das Spiel, und die Aggressivität der Kampfhunde brach durch.

DER STINKSTIEFEL UND DIE SOMMERSPROSSEN

»Leinen Sie den Hund an die Sitzbank. Wir müssen mit Ihnen reden«, befahl Fett.

Jörres band einen Behelfsknoten und Rocky setzte sich aufmerksam und mit offener Schnauze auf sein Hinterteil. Er ahnte, dass Herrchen nicht in bester Verfassung war, und würde ihm zur Not mit Leine und Holzlehne der Bank zur Hilfe eilen.

»Wann waren Sie heute Morgen hier am Turm?«

»So gegen 7.30 Uhr ungefähr. Das ist die Zeit für Rocky.«

»Wo wohnen Sie und von wo sind Sie gekommen?«

Zwei Fragen. Das wurde etwas schwieriger für Norbert Jörres. Der Inhalt seines Flachmanns lag im hochprozentigen Bereich. Er fuhr sich nervös und fahrig über die Stirn.

»Bergstein, da drüben und von dort, den gemütlichen Weg bin ich gekommen, nicht den steilen.« Er zeigte auf eine Lücke zwischen den Resten zweier Bunker.

»Haben Sie etwas gehört, ist Ihnen jemand aufgefallen?«

»Nee, nichts. Und Rocky bellt ja hinter jedem Kaninchen her.«

»Wie sind Sie auf den Toten aufmerksam geworden?«

»Rocky, der bellte mehr als sonst. Hat das Blut entdeckt und wollte unbedingt auf den Turm. Ich geh manchmal hoch, weil die Aussicht so schön ist. Dann sah ich die Bluttropfen. Könnten ja auch von einem Tier stammen. Hier sind viele Tiere, nicht nur ich und Rocky, ab und an Wildschweine und Rehe und Füchse …«

»Halten Sie keinen Vortrag über Rotwild.« Fett wurde ungeduldig mit dem sichtlich angetrunkenen Mann. »Was ist Ihnen aufgefallen? Reißen Sie sich zusammen, Mann. Sonst nehmen wir eine Blutprobe.«

Jörres zuckte. So hatte lange niemand mehr mit ihm geredet. Zuletzt sein Frühstücksdirektor, der einmal pro Woche von Düren zur Filiale nach Kleinhau gefahren kam.

»Sind Sie schwerhörig?«, ermahnte Fett.

»Nein, nein, nein. Nichts, ich habe nichts gesehen und gehört. Nur den Toten da oben, den habe ich gesehen. Dann habe ich angerufen, Herr Kommissar.«

»Wir müssen den Hund ins Tierheim geben. Alkoholiker dürfen keine Hunde halten.«

»Bitte, Herr Kommissar. Rocky ist alles, was ich habe. Mit wem soll ich denn sonst reden?«

»Mit mir und mit Frauchen.«

»Ich weiß nix. Ich geh hier rum, sehe den Toten und ruf die Polizei. Und kalt ist mir auch. Ist ja nicht verboten, was gegen die Kälte zu tun. Oder?« Norbert Jörres geriet trotz der Frische des Tages ins Schwitzen.

»Sagt Ihnen der Name Eugen Kaltenbach etwas?«

»Kaltenbach. Ja. Eugen Kaltenbach. Ein Stinkstiefel. Ist der das da oben?« Jörres hob das Kinn leicht in Richtung Turm.

»Warum ein Stinkstiefel?«

»Der hat Ärger gehabt und Ärger gemacht. Alle hassten ihn. Fragen Sie doch rum. Mehr sag ich nicht. Fragen Sie die anderen im Dorf.«

»Halten Sie sich zu unserer Verfügung. Rocky auch. Und schlafen Sie Ihren Rausch aus.« Fett hatte genug von dem Alkoholiker.

»Rocky, komm!« Herr und Hund machten sich nachdenklich auf den Weg zurück nach Bergstein. Was der Hund dachte, wusste niemand. Norbert Jörres überlegte, dass er bei der nächsten Leiche einfach die Klappe halten würde. Er sehnte sich nach seinem Hobbykeller und der Flasche Wodka im Werkzeugschränkchen neben der Laubsäge.

»Schmelzer, gehen Sie mit Holz und Dillinger zu den Häusern am Ortsrand«, befahl Fett. »Vielleicht hat jemand was gehört oder gesehen. Ich bleib bei Frau Unsleber. Die prüft die möglichen Positionen, aus denen geschossen worden sein könnte.«

»Positionen prüfen. Na dann. Viel Vergnügen. Dafür hab' ich eh nicht die richtigen Schuhe an.«

Kollegin Unsleber stakste bereits wie ein Storch im weißen Overall durch das Unterholz in einem Graben nahe des Krawutschketurms. Immer wieder blickte sie hoch zum Turm, wo ein Kriminaltechniker an der Brüstung stand. Sie legte an, als ob sie ein Gewehr halte, und zielte auf den Kollegen. Der warf die Spule mit einer dünnen roten Schnur zu ihr hinunter. Sie schritt vorsichtig damit weiter bergab bis zu einer Vertiefung. Dort aus der Kuhle, vielleicht ein Bomben- oder Granattrichter, von dort musste der Schuss erfolgt sein. Die Schnur war gespannt. Der Polizist auf dem Turm hielt sie in Höhe des Kopfs vom Toten an der Stelle auf dem Turm, wo er gestanden haben musste.

»Was gefunden?« Fett stand am Turm, um nicht Spuren zu zertreten,

»Der Täter muss von hier geschossen haben.« Sie zeigte in Richtung des Kollegen. »Keine brauchbaren Spuren.«

Super, dachte Fett. Ein toter Senior, ein betrunkener Senior, ein nüchterner Dobermann. Alles super an diesem Montagmorgen am Krawutschketurm. Frohe Weihnachten. Er betrachtete die Infotafel am Turmaufstieg, las die Geschichte, wartete auf Elke Unsleber.

»Wir prüfen alles. Es sieht nicht gut aus.« Elke Unsleber schwitzte unter dem Overall.

Ihre Sommersprossen mochte Fett. Er hatte sie häufig an Tatorten beobachtet. Sie behielt den Überblick und gab entscheidende Tipps. Nur heute war Essig.

»Sieben Stiche, Schuss in die Stirn, mitten zwischen die Augen. Muss ein guter Schütze gewesen sein.« Fett schaute die Kollegin fragend an.

»Bestimmt. Die Kriminalmedizin soll auf den Schusskanal achten. Sagte ich bereits. Kaliber neun Millimeter war es nicht.«

»Werde ich ausrichten, danke. Freue mich auf Ihren Bericht, Kollegin.« Fett reichte ihr die Hand. Er nahm den steilen Weg hinunter in Richtung Bergstein. Nach wenigen Metern hielt er an dem Kreuz für den amerikanischen Soldaten. Er las die Inschrift: »PFC Paul Peternell. 121. US-Infanterieregiment. 8. US-Infanteriedivision. Vermisst seit dem 9. Dezember 1944 im Bereich des Burgbergs. Gefunden im Juli 1981 am Burgberg durch Stefan Hoven. Beigesetzt auf dem amerikanischen Soldatenfriedhof Neupre (Neuville-en-Condroze) in Belgien. Möge er in Frieden ruhen.«

DIE AMERIKANISCHE SPUR UND DAS MONSTER

Fett beugte sich hinunter zu den drei Kerzen vor dem Gedenkkreuz, von denen eine brannte. Er stutzte, nahm einen kleinen Zweig und spießte etwas auf: eine Patronenhülse. Die Hülse war nicht verrostet, sie glänzte, er hielt sie an seine große Nase. Die Patronenhülse roch nach Pulver. Vorsichtig legte Fett sie wieder vor das Kreuz, zog sein Handy aus der Jackentasche und rief Elke Unsleber an.

»Ich hab hier was. Kommen Sie 50 Meter den steilen Weg runter.«

»Nichts berühren«, warnte die Kollegin, als sie Fett erreichte. »Die Hülse liegt noch nicht lange da. Guter Blick, Kollege Fett. Kaliber 7,62 Millimeter Springfield. Sieht mir nach amerikanischer Munition für das M1 aus.«

»Geht es etwas genauer?«

»Standardgewehr der US-Streitkräfte im Zweiten Weltkrieg. Halbautomatisch. Bestimmt liegt hinten im *Museum Hürtgenwald* ein Exemplar.«

»Das geht mir zu schnell. Sie meinen, die Kugel wurde aus einem amerikanischen Karabiner abgefeuert, der im Zweiten Weltkrieg hier zum Einsatz kam. Und drüben, im Museum in Vossenack, da liegt so ein Teil?«

»Ich vermute. Den Rest nach der ballistischen Auswertung. Einen Reim müssen Sie sich darauf machen. Ich liefere Daten und Fakten. Wie immer, lieber Herr Fett.«

»Der liebe Herr Fett hat da oben einen Toten mit Kopfschuss, sieben Messerstichen und hier, an dem Kreuz für den Private First Class Peternell, der im Dezember 1944 am Burgberg vermisst wurde, eine frische Patronenhülse. Nicht zufällig. Davon gehe ich aus.«

»Würde ich auch so sehen. Viel Erfolg bei den Ermittlungen.« Elke Unsleber steckte eine Markierung in den Boden, rief den Kollegen Sonanini auf dem Krawutschketurm an und gab die Untersuchung der Bodenstelle in Auftrag.

Schwer atmend stiegen Schmelzer, Holz und Dillinger, von den Anwohnern kommend, den steilen Weg hoch zum Kreuz von Peternell.

»Und?« Fett schaute die Kollegen erwartungsvoll an.

»Käse. Nichts. Die unmittelbaren Nachbarn haben das Gebell von Rocky gehört. Eugen Kaltenbach, der wanderte an jedem Tag morgens hoch zum Krawutschketurm. War wohl sein Sportprogramm. Beliebt war der nicht. Eigenbrötler und schnell mit dem Anwalt zur Hand wenn es Streit gab. Von Trauer keine Spur. Eher Erleichterung. Mit dem Rest können wir nichts anfangen.«

Fett zeigte den Kollegen die Patronenhülse: »Haben wir an dem Kreuz gefunden. Amerikanischer Karabiner aus dem Zweiten Weltkrieg. Heute Morgen abgefeuert.«

Schmelzer schaute überrascht. »Schon wieder eine alte Geschichte. Ich krieg die Motten. Wieder Zweiter Weltkrieg, Verbrechen, Krieg. Hört das denn nie auf? Vor 75 Jahren war die Hölle los im Hürtgenwald. Jetzt bekommen wir wieder Vergangenheit serviert. Das macht mich kirre. Herr Fett, da soll Kollegin Lövenich von den Kapitalverbrechen ermitteln. Ich bin zu. Mir reicht das. All dieser Nazikram, diese unendliche Geschichte, diese Netzwerke und Seilschaften.« Es platzte aus Schmelzer heraus. Er hatte genug Fälle erlebt, die tief mit der

Geschichte des Dritten Reiches verbunden waren. »Zu allem Überfluss wird es auch mysteriös, Chef. Hier geht ein Monster um.« Schmelzer machte eine Kunstpause. »Sürches Mossel.«

»Schmelzer, lenken Sie nicht ab von dem Schlamassel. Lassen Sie alle Kameras auswerten, Hotels und Pensionen abklappern, *Museum Hürtgenwald* checken, den Toten lebendig machen mit seiner Vita.«

»Die Anwohner glauben, dass es der Überfall eines Offiziers der Truppen Karls V. war. Der spuke hier seit dem 16. Jahrhundert, und in jedem Jahr falle ihm ein Mensch zum Opfer.«

»Zu viel Stephen King gelesen?«

»Ich lese lieber Regionalkrimis, wissen Sie ja. Hier gab es in den letzten Jahren ungeklärte Unfälle von Wanderern, ab und an einen Überfall. Vor ungefähr 20 Jahren soll ein Wanderer aus Nonnenbach so erschreckt worden sein, dass er durchdrehte. Der wurde in die Landesklinik nach Düren gebracht. Er soll etwas von einem Wolf mit Messer gefaselt haben. So, halten Sie sich fest. Drüben, vor der Kirche, da ist ein kleiner Platz. Dort steht eine Skulptur von diesem Untoten.«

»Schmelzer, ich ermahne Sie. Wenn Sie nicht sofort die Aufträge rausgeben, gibt es ein Diszi und eine Woche Verbot von Fleischwurstbrötchen mit dicker Scheibe.«

»Die Skulptur zeigt einen Menschen mit Wolfskostüm und Krummmesser.«

»Schreiben Sie es auf. Nachher im Büro. Erinnert mich an einen französischen Film. Nicht die *Purpurnen Flüsse*, sondern, ich komm drauf, ich komm drauf. *Pakt der Wölfe* oder so ähnlich. Schöne Geschichte. Taugt für einen Lokalkrimi aus Bergstein. Nicht für uns.«

»Und wenn es ein Ritualmord war?«, grübelte Schmelzer. »Spuren ablenken mit amerikanischem Gewehr und so. Dann hat es nichts mit dem Krieg zu schaffen, sondern mit einem Psychopathen aus der Nordeifel.« Schmelzer wollte seine Theorie nicht über den Haufen oder vom Burgberg werfen. »Ich lese Ihnen vor, was auf der Infotafel steht, habe ich mit dem Handy abfotografiert: ›Während des Krieges zwischen Karl V. und Wilhelm V. von Jülich im Jahr 1542 lagen Truppen Karls in Bergstein und sollten auf Befehl Karls die Burg Nideggen einnehmen. Der Anführer der Truppen wollte die Nideggener überlisten und hüllte sich in ein Hundefell. So verkleidet schlich er sich an die Stadt Nideggen heran. Mit seinen Truppen hatte er vereinbart, dass sie ihm auf ein geheimes Zeichen hin folgen sollten, sobald der richtige Zeitpunkt gekommen war. Für den Fall, dass sie kein Zeichen von ihm erhalten würden, sollten sie davon ausgehen, dass er gefangen genommen oder getötet worden war. Sollte dies geschehen, so hatte er sich geschworen, wollte er jahrhundertelang sein Unwesen in der Gegend treiben. Der Anführer der Truppen wurde bei seiner List vom Grazias-Turm der Burg Nideggen erschossen. Seitdem soll er jede Nacht den Weg von Bergstein bis Nideggen und zurück stöhnend und ächzend in Gestalt eines Hundes zurücklegen. Auf seinem Weg soll er Menschen, die ihm begegnen, zwischen die Beine laufen, sie ein Stück weit forttragen und schließlich unsanft abwerfen.‹«

»Unsanft abwerfen, Schmelzer, nicht töten, erstechen oder erschießen.«

»Die Anwohner munkelten, dass sich das Wesen radikalisiert habe.«

»Jede Nacht.«

»Nein, einmal im Jahr. Zu einem besonderen Anlass wie Weihnachten, Ostern, Christi Himmelfahrt, Mariä Himmelfahrt, Michaeli oder zu historischen Daten erwischt es in der Regel Männer, aber niemand glaubt den Bewohnern.«

»Jetzt haben die ja einen Gutgläubigen gefunden: Kommissar Schmelzer, Geisterjäger, Assistent von John Sinclair. Mann, Schmelzer. Das ist Mist. Schreiben Sie es von mir aus im Büro in eine Datei und befolgen Sie endlich meine Anordnungen. Ich geh nochmal hoch auf den Turm. Wir treffen uns am Wagen.«

DER LÄNGSTE TAG

Fett kochte. Er ärgerte sich über Schmelzer, darüber, dass ihre Abteilung immer die Fälle mit Geschichte bekam, immer diese Vergangenheit, der Zweite Weltkrieg. Es hörte nicht auf, es hörte nie auf. Nun kam die Enkelgeneration, und auch die hatte offene Rechnungen. Eugen Kaltenbach, 75 Jahre, alleinstehend, klettert im Dunkeln auf den Krawutschketurm, geht jeden Morgen hinauf. Kann ein Täter rausfinden. Kaltenbach schaut in den Westen, steht am Rand der Brüstung, peng, Kopfschuss, sofort tot. Schütze steigt hinterher, sticht sieben Mal zu und verschwindet. Muss ein guter Schütze gewesen sein. Schmelzer sollte prüfen, wer aus Bergstein Scharfschütze bei der Bundeswehr war. Wer war der beste Schütze im Schießverein, hat Bergstein einen Schießverein oder eine Schützenbruderschaft? Fett ging die gesammelten Fakten durch. Die Patrone am Grab des amerikanischen Gefreiten Peternell. Ablenkung, Zeichen, Rätsel? Das war kein Krieg zwischen zwei verfeindeten Nachbarn. Der Fall reichte vermutlich zurück in die Geschichte. Wer war Eugen Kaltenbach? Wer war sein Vater, seine Mutter, Geschwister?

Fett erreichte die oberste Plattform. Das Blut auf den Holzbrettern war dunkler geworden, ein paar Spritzer auf der Infotafel, die Richtung Vossenack aufgestellt war. Der nächste Regen würde die Spuren der Tat abwaschen. Alles würde versickern in den Burgberg, den Hügel der blutigen Stiefel, getränkt vom Blut der Soldaten. Fett griff zu seinem Handy. Der Empfang war hundsmiserabel. Er gab Burgberg ein und stieß auf *Hill 400*. Fett versank in die Zeit vor 75 Jahren. Genau vor 75 Jahren war hier auf und am Berg die Hölle los gewesen. Er lehnte sich an die Brüstung und sah vor seinen Augen die amerikanischen Ranger, die von Brandenberg aus über die freie Fläche angriffen. Sie waren dem Artilleriefeuer der Wehrmacht schutzlos ausgesetzt. Er blickte auf die kargen Felder, die keine Deckung boten. Am 7. Dezember 1944 stürmten die Ranger den Burgberg. Der deutsche Kommandant befahl deutsches Artilleriefeuer auf den eigenen Bunker. Die Ranger verloren beim ersten Angriff ein Viertel aller Männer. Fett dachte an den Film *Platoon*, der damit endete, dass die US-Einheit von Nordvietnamesen überrannt wurde und der Kommandant einen Luftschlag auf die eigenen Stellungen befahl. Alles versank in Napalm. Vor Fetts Augen tobten die Kämpfe. Kann man sich das vorstellen? Kann man versuchen, die Situation zu erfassen, die Angst, das Schreien, den Kampf Mann gegen Mann, die abgerissenen Glieder, den Stoß des stumpfen Bajonetts in den Brustkorb, der letzte Blick auf die Handgranate, die in das Schützenloch fliegt? Private First Class Peternell, der amerikanische Gefreite, wurde vermisst bis zu dem Tag im Jahre 1981, an dem seine Überreste in einem Schützenloch gefunden wurden.

Fett dachte an den 7. Dezember 1944. Sieben Messerstiche. Was sagte Elke Unsleber? »Voll in die Zwölf.« Kopfschuss. Sieben und zwölf. 7.12., der Tag des Horrors hier am Burgberg. Im Schnee, im Matsch, im Eis, im Regen, im Dreck, im Granatenhagel. Die Amerikaner waren seit dem 12. September 1944 in Deutschland. Da erreichte die erste Einheit Roetgen, und zur Warnung standen überall die Schilder: »Entering Germany«. Jetzt lag hier oben Eugen Kaltenbach, erschossen mit einem M1 Karabiner der US-Army. Die Patronenhülse auf dem Grab von Peternell. Eine Ablenkung? Fett schaute auf Bergstein, Brandenberg, Vossenack, Schmidt, das Kalltal. Wolkenfetzen jagten von Westen nach Osten, es lag Schnee in der Luft. Ein Pfiff. Die Rurtalbahn. Wo war er hineingeraten, wer lenkte hier das Geschehen, warum diese Messerstiche, diese Legende, diese Stephen-King-Geschichte aus dem 16. Jahrhundert? Oder narrte sie jemand? Fett blickte auf Bergstein. Aus einigen Kaminen stieg Rauch, der sofort vom Wind nach Osten vertrieben wurde. Er steckte die kalten Hände in die Jackentasche seines gefütterten Parkas, den er auf seinem Klapprad brauchte. Die Dockermütze zog er fest über die Ohren. Er war nicht überzeugt von den Verbindungen zur US-Army. Zu offensichtlich, zu einfach.

DIE WILDE JAGD

Schmelzer saß im Wagen. Er hatte etliche Telefonate geführt. »Damit Sie nicht denken, ich beiße mich an der Wolfslegende fest. Habe bereits Aufträge erteilt.«

»Wolf oder Hund?«

»Wolfshund, Chef.«

»Zum Glück wurde Kaltenbach nicht nach dem 26. Dezember ermordet, sonst würden Sie über die *Wilde Jagd* spekulieren.«

»Wer oder was, um Himmels willen, ist die *Wilde Jagd*?«

»Ein wenig Kenntnis über deutsche Mythen kann nicht schaden, Herr Kollege. Schlag nach bei den Brüdern Grimm. Von Weihnachten bis zum Dreikönigstag treibt

Die wilde Jagd ihr Unwesen. Mit Wolfsgeheul und Hundegebell. Diese Gestalten schießen durch den Nachthimmel hinunter in die Wälder, erschrecken Wanderer, Jäger, Förster, Waldarbeiter. Wer nicht spurt, kommt mit. Auf ewig *Wilde Jagd.* Vielleicht haben die sich im Kalender vertan, und Eugen Kaltenbach musste sterben.«

»Schöne Bescherung. *Wilde Jagd* und *Sürches Mossel.* Zwei grausige Legenden.«

»Genug mit den Legenden und Mythen. Wer war Eugen Kaltenbach?«

Schmelzer öffnete die Datei auf seinem Handy: »Jahrgang 1944, einziges Kind von Wilhelm Kaltenbach, der vor 1933 von Schlesien in die Eifel auswanderte, einen Hof kaufte und ziemlich schnell in der kargen Eifel mit Erfolg wirtschaftete. Vater Wilhelm trat früh der NSDAP bei, quasi alter Kämpfer, und war prompt 1933 die Nummer eins. Ortsvorsteher, Goldfasan, also mit Uniform der SA in Braun und goldenen Streifen. Freigestellt vom Krieg, zuständig für die Landwirtschaft in einem Teil der Nordeifel. Er wurde entnazifiziert. Moment, da gab es einen Prozess, der im Sande verlaufen ist. Wilhelm Kaltenbach soll den deutschen Verteidigern des Burgbergs Stellungen der Amerikaner verraten haben. Darunter auch ein Haus mit verletzten US-Soldaten. Das Haus wurde unter Artilleriebeschuss genommen, alle Soldaten starben. Ein Nachbar habe den alten Kaltenbach bei den Amerikanern denunziert. Angeblich aus Rache am Goldfasan, der seine Macht missbraucht habe, um sich Felder, Wälder und Wiesen unter den Nagel zu reißen. Trotzdem muss der alte Kaltenbach glimpflich davongekommen sein mit Entnazifizierungsverfahren und so weiter. Das Verhältnis zum Dorf und den Nachbarn blieb zerrüttet.

Die Mutter des Toten stammte auch aus Schlesien, starb Ende der 50er-Jahre.«

Fett schaute ihn fragend an: »Motiv Rache? 2019 und 1944. 75 Jahre später kommt jemand und übt Rache an Eugen Kaltenbach, dem Sohn, und das auf diese spektakuläre Art?«, sinnierte Fett. »Warum nicht in Ruhe bei ihm in der Wohnung? Weil es der Burgberg ist? Weil es um den Burgberg ging vor 75 Jahren? Sieben Stiche, Schuss auf die Zwölf. 7. Dezember 1944, Angriff auf den Burgberg, Verrat von Kaltenbach, er besiegelt das Schicksal vieler Amerikaner und wird mit einem Karabiner der US-Army erschossen. Fall gelöst. Bravo, Schmelzer. Jetzt müssen wir die Nachfahren der US-Soldaten checken, schauen, wer vor Kurzem von den USA nach Europa gekommen ist. Vielleicht lebt jemand sogar in Deutschland oder Europa. Klasse. Kann Monate dauern. Sehr gut.« Fett machte eine Pause. »Holen Sie bei Unsleber den Wohnungsschlüssel von Kaltenbach. Wir schauen uns sein Haus an, und dann geht es zur Kantine.«

HÄUSER UND MENSCHEN

Eugen Kaltenbach hatte am Ortsrand von Bergstein ein Haus gebaut und dann den Hof seines Vaters Wilhelm verpachtet. Steingarten statt Vorgarten, eine Kutsche mit Bauern aus chinesischem Beton, mit Plastik überzogene Sträucher zum Schutz vor Schnee und Eis. Die dunklen Butzenscheiben der Fenster wirkten unheimlich. Aus dem Kamin stieg Rauch auf. Fett betrachtete das Haus, den Vorgarten, die Steinwüste. Schmelzer schätzte den Abstand zu den nächstgelegenen Häusern auf einen Kilometer. Kaltenbach hatte abseits gewohnt.

Fett öffnete die Tür. Ein unangenehmer Geruch schlug ihm entgegen. Er kannte den Geruch der Häuser von Toten. Jedes Haus roch anders. Das Leben eines alten Mannes, der sich allein versorgte. Von einer Haushälterin war nichts bekannt. Fett öffnete die Tür zum Wohnzimmer. Der Blick ging hinüber nach Schmidt und Kommerscheidt. Ein alter Schreibtisch, Papiere, Rechnungen. Auf dem Kaminsims Fotos von Eugen Kaltenbach mit seiner Ehefrau, die vor Jahren ums Leben gekommen war. Keine Kinder. Keine Fotos der Eltern. Die Abrechnungen des Pächters Tyssen akkurat abgeheftet. Gab es Verwandtschaft? Fett blätterte im Familienstammbuch von Eugen Kaltenbach, fand Angaben über seine Ehefrau.

»Die KTU soll das Haus durchsuchen. Hier könnten Geheimnisse schlummern, die uns Motive liefern«, rief er Schmelzer zu, der aus dem Schlafzimmer kam und vor lauter Hunger ziemlich unaufmerksam die Schubladen durchsucht hatte.

»Ein paar Sparbücher der Sparkasse Düren. Arm war er nicht. Mehrere 100.000 Euro«, brummte Schmelzer.

»Wer erbt? Das muss uns interessieren. Prüfen Sie das Telefon und den Anrufbeantworter.« Fett war müde. Wieder dieser Blick in ein seltsames Leben. Eugen Kaltenbach, heute Morgen für ihn noch unbekannt; nun stocherte er in dessen Leben herum.

»Alles sauber, Chef. Als ob niemand angerufen hätte. Keine Aufzeichnungen auf dem Anrufbeantworter. So möchte ich nicht enden. Abgeschieden, alleine, steinreich und einsam am Ortsrand von Bergstein.«

»Steht Ihnen auch nicht bevor, Schmelzer. Wo ist der Bauernhof mit dem Pächter Tyssen?«

»Hinten am Sportplatz von Bergstein.«

»Haus versiegeln, KTU informieren. Wir fahren rüber.« Dann hörten beide ein Geräusch aus dem Keller, als ob eine Flasche umgekippt sei.

Fett legte den linken Zeigefinger an seine Lippen und zog mit der rechten Hand die Dienstwaffe aus dem Holster. Schmelzer nickte ihm zu, zog ebenfalls seine Pistole. Fett zeigte in Richtung Kellertür. Schmelzer ging vor. Die Tür war offen, leicht angelehnt. Wieder ein Geräusch. Schweißperlen auf der Stirn. Fett wischte kurz mit dem linken Handrücken. Schmelzer schaute ihn an.

»Polizei! Kommen Sie heraus! Das Haus ist umstellt.« Fett übertrieb. Aber für Telefonate mit Aachen blieb ihm keine Zeit. Schmelzer öffnete vorsichtig die Tür und knipste blitzschnell den Lichtschalter an. Mit einem lauten und fauchenden »Miau!« schoss ein schwarzer Kater an beiden vorbei in Richtung Wohnzimmer. Die Kommissare schauten sich überrascht und erleichtert an. Dann stiegen sie mit gezogenen Waffen die Treppen hinunter.

Der Kater hatte eine Weinflasche umgeworfen und mit der Flasche gespielt.

»Im Keller nichts Neues«, sagte Fett und steckte die Waffe ein. »Sagen Sie der KTU, dass hier ein Kater rumläuft. Fall fürs Tierheim. Oder er haut ab in die freie Wildbahn. Auf zu Bauer Tyssen.«

Schmelzer atmete tief durch. Auch ihm hatte die Überraschung zugesetzt. Und das alles auf leeren Magen.

Kurz danach bogen sie in den Hof von Tyssen ein, und Fetts Erinnerungen an die Kindheit auf dem Bauernhof in Langerwehe waren sofort präsent, als er den Geruch von Stall, Futter, Jauchegrube wahrnahm.

»Wen suchen Sie?« Ein vierschrötiger Mann um die 50 kam auf sie zu. Gummistiefel, grüne Arbeitshose, verschmutzte Joppe und auf dem Kopf etwas, das mal ein Hut gewesen sein konnte.

»Fett, Schmelzer. Kripo Aachen. Sind Sie Lorenz Tyssen?«

»Wer sonst?«

»Sie könnten ein Knecht sein?«

»Knechte gibt es nicht mehr. Nur Landwirtschaftshelfer.«

»Wo waren Sie heute Morgen von 6 bis 10 Uhr, Herr Tyssen?«

»Was ist los? Wurde eine Bäckerei ausgeraubt oder wieder ein Geldautomat gesprengt?«

»Für Fragen sind wir zuständig.« Fett hatte ein ungutes Gefühl.

»Lassen Sie mich meine Arbeit machen. Ich hatte Nachtschicht in Düren bei den ehemaligen Fordwerken. Bin um 6 Uhr zurückgekommen, hab die paar Kühe gefüttert und dann die Abrechnung für die Molkerei gemacht.«

»Gibt es Zeugen dafür?«

»Ja, neben Elli noch 30 andere Kühe.«

»Dann werden wir die verhören.«

»Was soll das?«

»Eugen Kaltenbach ist tot.« Fett hielt Todesort und -art zurück.

»Kaltenbach tot? Wenn Sie kommen, dann ist er kaum sanft entschlafen?«

»Gut kombiniert. Also, haben Sie Zeugen?«

»Meine Frau und die Kinder. Meine Frau hat mir um 6 Uhr das Frühstück gemacht, um 7 Uhr sind die Kinder zum Schulbus, um 7.30 Uhr kam der Milchwagen. Reicht das?« Tyssen wurde leicht aggressiv, auch wenn er eine gewisse Freude über den Tod von Kaltenbach nur schwer unterdrücken konnte.

»Wir prüfen alle Angaben. Wie war denn Kaltenbach als Eigentümer?«

»Ein Arschloch. Blutsauger. Wehe, wenn die Ernte mal schlecht ausfiel. Von Stundung der Pacht keine Rede. Der hetzte sofort Anwälte los. Wurde noch schlimmer, als seine Frau bei dem Autounfall gestorben ist. Wenn Kaltenbach stirbt, dann wird es in Bergstein besser. Das sagten alle. Wie ist es passiert?«

»Erfahren Sie noch früh genug, Herr Tyssen.«

»Was wird aus dem Hof?«

»Es gibt bestimmt noch Verwandte der Ehefrau. Dauert. Vielleicht wird alles besser für Sie.«

Tyssen nahm die undefinierbare Kopfbedeckung in die Hand, drehte sie hin und her. Er dachte nach. All die Auseinandersetzungen mit Kaltenbach, die Inkassotypen noch vor Heiligabend. Wenn Agatha Kaltenbach damals den Alten nicht aufgehalten hätte, dann wäre Familie Tyssen rausgeflogen. Warum musste sie diesen absurden Tod sterben?

»War es das, Herr Kommissar? Ich muss mich hinlegen. Heute wieder Nachtschicht.«

»Wem trauen Sie einen Mord an Kaltenbach zu?«

»Gehasst wurde er von vielen. Mord? Hören Sie sich im Dorf um. Ich bin zu müde, um über Kaltenbachs Mörder nachzudenken. Wiedersehen.« Er stampfte in Richtung Küche und ließ Fett und Schmelzer auf dem Hof stehen.

»Prüfen Sie das Alibi, Schmelzer. Jetzt ab ins Präsidium.«

SCHMELZER WIRD ÜBERWACHT

Sie waren spät dran. Keine warmen Speisen mehr am Buffet. Drei einsame Schüsselchen mit Vanillepudding und Himbeersirup. Fett zahlte für die drei, nahm zwei kalte Frikadellen und suchte mit Schmelzer einen Tisch mit Aussicht. Nur einige Kollegen von der Bereitschaft saßen in der Kantine.

»Brauchen wir eine besondere Aufbauorganisation?« Schmelzer vertilgte Pudding Nummer eins. Die Frikadelle erledigte er mit zwei Bissen. Er hatte Fleischeslust. Wie immer.

»Dafür fehlt das Personal. Da müssen wir beide ran und wieder in die Vergangenheit schauen.«

Pudding zwei war an der Reihe, und Schmelzer blickte so intensiv auf die Verlaufsformen des Himbeersaftes, dass er den Mord vergaß. »In meiner Kindheit gab es oft Pudding mit Himbeersaft.«

»Ja und Schokopudding mit selbstgemachter Sahne am Sonntag.« Fett hatte keine Lust auf diese Nahrungserinnerungsgespräche.

»Ich mochte mehr Vanillepudding.« Schmelzer biss sich fest. Sein Lieblingsthema.

»Was macht die vegetarische Küche von Anne?« Fett wusste, dass Schmelzer seit Freitag nur Gemüse, Tofu, salzlose Kost bekommen hatte.

»Wird immer ideologischer. Wenn nur die Belehrungen nicht wären. Alles weiß sie besser. Alles. Aus dem Essen wird eine Wissenschaft. Die freudlose Küche. Justus und ich fahren heimlich zu Metzgereien. Sie macht sogar Kontrollanrufe. Ob ich Kunde bei Lemmen oder Brach sei. Fleischkonsumüberwachung.«

»Nehmen Sie meine Frikadelle. Ich hab Bockwürstchen im Kühlschrank.«

Schmelzers Laune besserte sich für wenige Minuten. Fett ging auf die Probleme nicht weiter ein. Er hatte genug für den Tag. Sie verabschiedeten sich freudlos.

Fett verließ das Polizeipräsidium und stieg auf sein Klapprad. Trierer Straße und Adalbertsteinweg waren um die Uhrzeit dicht. Er zog die Gelbweste an, steckte

Vorder- und Rücklicht an den Rahmen und legte das schwere Kettenschloss ins Körbchen. Seit dem Sommer fuhr er Rad. Den Alfa hatte er verkauft wegen Altersschwäche. Ein neuer Wagen war nicht in Sicht. Sein Vater hatte immer gesagt: »Auto fängt mit AU an und hört mit O auf.« Über VW-Käfer und einen Golf Diesel war Fetts Vater nie hinausgekommen. Reichte ihm für seine Fahrten zur Wache nach Düren und zur Bereitschaftspolizeiabteilung IV nach Linnich. Der Wind war frisch, kein Schnee, nasses Laub, spiegelnde Pfützen. Fett fuhr an der Lützow-Kaserne vorbei in Richtung Aachen-Arkaden. Ein Denkmal vergangener Konsumlust. Er passierte die Josefskirche und steuerte auf den Kaiserplatz zu, wo seit Jahren mit Drogen gehandelt wurde. Nichts hatte sich verbessert. Wahrscheinlich wurde in der Tiefgarage vom *Aquis Plaza* Einkaufszentrum gedealt. Über den Willy-Brandt-Platz, wo bei der Einweihung Willy mit zwei »i« falsch geschrieben worden war, radelte er, nach links abbiegend, am Parkhaus vorbei auf die Peterstraße zu. Hubert Moonen, Herren-Oberbekleidung, seit Jahren schon geschlossen. Er schob über die Fußgängerampel in Richtung Parkhaus Büchel. Der Weihnachtsmarkt. Er hatte den Weihnachtsmarkt vergessen. »Stille Nacht, heilige Nacht.« Die Musik umfing ihn bereits. Um die Uhrzeit könnte er sich noch mit dem Fahrrad durch die Besucher schlängeln. Reibekuchen tauchten vor seinem inneren Auge auf. Montagabend mit Reibekuchen. Der Kantinenpudding als Mittagessen reichte nicht. Sie waren spät aus Bergstein zurückgekehrt. Am Nachmittag die Besprechungen und Spurensuche. Eine große Mordkommission lehnte sein Chef Kosslowski ab. Er habe zu wenig Personal wegen Urlaub, Krankheit und den Einsätzen in Hambach. Fett war nicht unzufrieden mit der Entscheidung des Chefs. Das Gewimmel, die Unruhe, die Rennerei im Lagezentrum einer Besonderen Aufbauorganisation waren nichts für ihn. Klar, wenn das Kapitalverbrechen es erforderte, machte er mit. Ansonsten: allein zu zweit. Sein alter Spruch.

REIBEKUCHEN UND REFLEXIONEN

Fett schob sein Klapprad an Hütte 16 und von Glühwein geröteten Gesichtern vorbei. Die Hütte stand wieder an der Ecke am Elisengarten. Um sie wurde heftig gestritten. Ausweitung der Kampfzone. Der Weihnachtsmarkt dehnte sich in den Park hinein aus. Auf dem Münsterplatz stand der Kommissar vor dem labyrinthischen Imbissgewirr *Hexenhof*. Einen Eingang konnte er kaum erkennen. Menschen strebten mit Einkaufstaschen, Glühweintassen, Currywurst, Reibekuchen und gebrannten Mandeln hinein und heraus. Hinter dem Budenwirrwarr erhob sich majestätisch der Dom gen Himmel. Ruhig und gelassen. Als ob ihn das konsumfreudige Treiben nicht stören würde. Was hatte er alles gesehen, der Dom? Seit der Erbauung des Oktogons bescherten Märkte, Messen, Krönungsfeiern Umsatz und Trubel. Händler waren von nah und fern nach Aachen gekommen, um ihre Produkte anzupreisen und zu verkaufen. Mit den Krönungen war stets ein Auftrieb von Gauklern, Narren, Prostituierten und Händlern einhergegangen. Blieb nicht alles gleich? Ging es nicht im Mittelalter auch um Alkohol, Grillgut, schnelle Freude, Wein, Weib und Gesang? Und heute? Fett kettete sein Klapprad an einen der wenigen freien Ständer. Auch hier Not. Zu wenig Fahrradbügel in der Stadt. Zu wenige Sitzbänke im Sommer. Zu wenige öffentliche Toiletten für die älter werdende Bevölkerung, für die Tages-Senioren-Touristen. Er stellte sich vor das Schaufenster der Buchhandlung Schmetz am Dom, betrachtete die Neuerscheinungen, die Auswahl von Kinderbüchern, einen Bildband über die Eifel, den neuen Kalender des Fotografen Andreas Herrmann. Er schritt zur Bratwursthütte an der Ecke des Münsterplatzes. Als er bestellen wollte, kaufte gerade ein gut genährter Tourist die letzte Portion Reibekuchen.

»Sie bekommen gleich welche.« Die eingemummelte junge Frau, wahrscheinlich Studentin, schaute auf den Reibekuchenkoch, der stoisch den Teig in das spritzende Öl kippte.

»Vier Euro. Mit Apfelmus?«

»Ja, mit Apfelmus.« Zurück zu den Schaufenstern der Buchhandlung. Nebenan, bei *Hanswurst*, wurden die Bratwürste verzehrt. Die Reibekuchen waren heiß und ölig. Er genoss sie mit Blick auf die Klassiker, schaute auf Fontane, dessen 200. Geburtstag bevorstand, auf Rilke,

Brecht und Thomas Mann. Wunderschöne Ausgaben. Fontane, dachte Fett, als er ein Stück Reibekuchen zur Abkühlung in das kalte Apfelmus tunkte, Fontane müsste ich nochmal lesen. *Der Stechlin*, die Geschichte vom alten Dubslav. Dann drängte sich Eugen Kaltenbach zwischen seine Betrachtungen. Heute Morgen lag er tot auf dem Krawutschketurm, jetzt in der Rechtsmedizin der Uniklinik Köln. Ein Leben geht davon. Von dem oder den Tätern keine Spur. Fett tippte auf einen Täter. Ein Mann. Muss ein Mann gewesen sein, der kaltblütig im Graben auf Kaltenbach gewartet hatte. Ein Schuss. Die Stiche mit dem Messer. Der letzte Reibekuchen war soweit abgekühlt, dass Fett ihn mit wenigen Bissen vertilgen konnte. Er holte ein paar Servietten, um die fettigen Finger zu säubern, dann machte er sich auf den Weg, vorbei am Juwelier Grobusch in Richtung Eingang des Doms. Er schaute auf die hellgraue Ungarnkapelle, stieg ab und schob weiter in den Domhof. Er dachte über Deutschland im Winter 2019 nach. Was war los in diesem Land? Die Energiewende vergeigt, die Sicherheit vernachlässigt, die Verkehrswende nicht geschafft, Experimente im Bildungsbereich mit G8 und G9, die Bundeswehr unterfinanziert, die Bahn kaputtgespart, die Hochschulen überfüllt, neuer Rechtsextremismus. Der schwarze Hund schlich aus Richtung Taufkapelle des Doms an Fett heran. Die vom Glühwein erhitzten Gesichter hier, dort die Baustellen des Landes. Kann schnell gehen. Zack, ist die Rezession da. Die Autoindustrie schwächelt. Als ob Elektroautos und Lastenräder alles richten würden. Jeden Tag ein Überbietungswettbewerb für das Klima, den Umweltschutz. Ein Tempolimit bekam die Regierung nicht hin. Diese Widersprüche machten die Bürger kirre. Zumindest die, die noch Tageszeitung lasen, sich engagierten, Steuern zahlten, Kinder zur Kita und Schule brachten. Dazu eine immer bedrohlicher werdende Zahl der Abgehängten, die weit weg von den so genannten Diskursen und Narrativen der Eliten lebten. Narrativ, auch so ein Schaumschlägerwort. Die Rausgefallenen schauten den *Bachelor* und nicht Frank Plassberg. *Traumschiff* als Synonym für den Zustand der Gesellschaft. Er lachte, denn das *Traumschiff* war nicht mehr politisch korrekt. Nun mussten sich die Kreuzschifffahrtsreisenden rechtfertigen. Umwelt- und Meeresverschmutzung. Eher eine Reise im Orient Express, die würde durchgehen. Weihnachtsmarktbesucher strömten ihm entgegen und stoppten seinen Gedankenfluss.

»Geben Sie mir den Beutel.« Eine sehr bewegte Frau, vermutlich Gemeindemitglied der evangelischen Kirche, war neben dem Berufsbettler ausländischer Herkunft in die Hocke gegangen. Sie hatte ihm einen Becher Tee gereicht und zog dem überraschten Obdachlosen soeben zur umweltgerechten Entsorgung den Teebeutel aus dem Becher. Der arme Kerl verstand weder Deutsch noch die Sache mit dem Beutel. Die wohlgesinnte Frau, mit Kleidung wie aus einem Missio-Shop, sprach so laut, dass Hilfsbereitschaft und Selbstlosigkeit noch im Quadrum der Domschatzkammer und im Schlafzimmer des Bischofs gehört wurden. Sie packte den Teebeutel in eine Plastiktüte wie andere die Hinterlassenschaft ihrer Vierbeiner. »Ich mach das schon, ich mach das schon!« Fett erinnerte sich an die Klassenkameraden, die Streetworker werden wollten. Allein der Begriff war damals Kult. Streetworker, er dachte immer an die Aachener Kehrmännchen, das waren für ihn die wahren »Streetworker«. Die Kultstreetworker vom Sozialamt knieten zumeist im

Studentenlook der 70er-Jahre mit langen Haaren und Bart neben Drogenabhängigen und hatten »eh Mann, volles Verständnis« für den Typ. Er hatte nichts gegen Sozialarbeiter, die wurden gebraucht, aber die Gesten gingen ihm auf den Senkel, das klischeehafte Benehmen oder das offensichtlich zur Schau getragene »Ich bin ein besserer Mensch.« Das Büchlein *111 Tugenden, 111 Laster* hatte fein die Gratwanderungen herausgearbeitet, ab wann eine vermeintliche Tugend in ein Laster umschlägt. Wie hieß es im Kapitel über Mitgefühl: »Übersteigerte Empathie mündet in Missachtung sowohl der anderen wie unserer selbst.« Hatte Fett sich gemerkt. In der gerade beobachteten Szene wurde der Bettler entmündigt. Allein in der Menge schob Fett sein Fahrrad weiter Richtung Kockerellstraße. Es wurde ruhiger. Ab wann dominieren Minderheiten die Mehrheiten, fragte er sich. Wie kann eine Gesellschaft den lauten Dauerton aushalten, den Minderheiten, die es wirklich vor Jahrzehnten schwer hatten, nun anschlugen? Bei seinen Wanderungen in der Eifel erlebte er andere Herausforderungen. Kaum Nahverkehr, kein Internetanschluss, kein Gymnasium um die Ecke, Bäcker und Metzger geschlossen, höchstens ein furchterregendes Gewerbegebiet am Ortseingang zur Kreisstadt. Von Shuttle-Party, Ausstellungseröffnung, Streetfood-Events und Karneval im Sommer war dort nicht die Rede; höchstens Schützenfest und Maibrautversteigerung. Nachdenklich und melancholisch blickte er in Richtung Eilfschornsteinstraße.

HERR JENS UND DIE IDENTITÄTSFRAGE

»Sind Sie nicht Herr Jens?«

Ein älterer Herr kam im Halbdunkel der Straßenbeleuchtung auf Fett zu. »Sie sind doch Herr Jens!«

»Was nicht ist, das kann noch werden. Fett, Vorname Michael. Jens steht nicht in meinem Ausweis.«

»Oh, entschuldigen Sie bitte. Sie sehen aus wie Herr Jens. Auf Wiedersehen.«

Fett blieb irritiert stehen. Zum wiederholten Mal war er verwechselt worden. In Kloster Steinfeld war ein Bierkutscher auf ihn zugekommen und hatte ihn mit »Guten Tag, Herr Scheidtweiler« begrüßt. Als er *Toni Erdmann* im *Capitol*-Kino schaute, drehte sich die Dame vom Nachbarsitz zu ihm und sagte: »Sie sehen aus wie mein Bruder.« Und bei einer Podiumsdiskussion freute sich der Historiker Michael Wolffsohn: »Schön, dass Sie gekommen sind. Wir kennen uns ja.« Diese plötzlich auftauchenden und zunehmenden Verwechslungen nagten an ihm. War er ein Avatar, ein geklonter Kommissar? Oder war sein Vater in Wirklichkeit ein umherziehender Kurzwarenverkäufer gewesen, der an vielen Orten seine fruchtbaren Spuren hinterlassen hatte? Fett versuchte, es von der komischen Seite zu betrachten, so richtig gelang es nicht. Er war nicht einmalig, sondern es gab viele Fetts. Wenigstens äußerlich. Ihm fiel eine Erzählung von Clemens Brentano ein, die er kürzlich im Antiquariat gefunden hatte: *Die mehreren Wehmüller*. Sie handelte von der Auflösung der Identität, von Verwechslungen, von Spuk, Zauberei und der Wilden Jagd. Er dachte daran, als er in Höhe des Hauses stand, in dem einst *Sport Gruber* beheimatet war. Für immer geschlossen. Danke, Internet, dachte Fett. Was wird aus unseren Städten? In Höhe des Bistros *Anvers* stieß er fast mit Vera Braun zusammen, Redakteurin des Zeitungsverlags. Sie bewegte sich beschwingt in Richtung Jakobstraße.

»Dein Freund und Helfer, ja da schau an. Der liebe Kommissar Fett.«

»Vera, die Chefaufklärerin des Zeitungsverlags. Welche Freude, welche Ehre.« Wenigstens sie hat mich nicht verwechselt, dachte Fett.

»Hör auf zu säuseln, du alter Colombo. Oder Columbo? Wie hieß der denn?«

»Columbo.« Schon wieder eine Verwechslung, aber nicht mit Columbus, schoss es Fett durch den Kopf.

»Lass uns einen Kaffee trinken, gleich hier im *Anvers*.« Sie lächelte ihn an.

»Wenn du mich nicht ausquetschst. Einverstanden.«

Fett schloss sein Rad an eine Laterne. Er öffnete der Redakteurin die Tür des Lokals. Sie standen im studentisch anmutenden Bistro *Anvers*, eher eine griechische Taverne als ein Bistro aus Antwerpen.

»Was hast du für mich? Mord, Totschlag, Eifersucht, Gift?« Vera Braun konnte ihre Neugier nicht verbergen.

»Kaffee. Oder auch einen Schoppen. Trinkst du noch gerne Chianti?«

»Eins, nur ein klitzekleines Gläslein. Muss zum Dom. Da spricht heute Aleida Assmann.«

»Friedenspreis des Buchhandels.« Fett nickte wie ein allwissender Professor.

»He, Kommissar Fett kennt sich aus. Das gibt's nicht.« Ihre dunkelbraunen Augen blickten erstaunt.

»Ein bisschen Bildung kann nicht schaden. Stammt von Heine, nicht von mir.«

»Bildungsmonster Fett. Wow. Darauf einen Chianti.«

Sie rief den Kellner und bestellte zwei Gläser.

»Vorsorgliche Bevormundung. Merci. Wenn du es nicht wärst.«

»Wer dann, Columbo? Du hast sonst nur den Schmelzer.«

Das saß. Fett hatte nur Schmelzer. Fett, der Chef, und Schmelzer, der Schüler. Oder war er eher sein alter Lehrmeister. Nur Schmelzer. Ja, wenn er darüber nachdachte, er hatte wirklich nur Schmelzer. Er verbrachte mehr Zeit mit Schmelzer als mit irgendeinem anderen Menschen.

»Zwei Chianti?« Der Kellner jonglierte ein Tablett durch die Tischreihen.

»Hier. Die junge Dame und der alte Mann.« Fett verwies freundlich auf Vera Braun.

»Ein Toter in der Eifel, und der Kommissar schiebt in Seelenruhe sein Klapprad durch die Kockerellstraße.«

»Feststellung oder Frage?«

»Beobachtung.«

»Zum Wohle. Auf die vierte Gewalt.«

Sie lächelte ihr Journalistenlächeln. Halb wissend, halb fragend, neugierig, auf der Suche nach einer Story. Dunkelblauer Blazer, die Daunenjacke von *Moncler* hing lässig über dem Stuhl, braune Lederstiefel und strohblonde Haare.

»Lass mich nicht verhungern, Herr Fett.«

»Herr Fett bestellt einen gemischten Vorspeisenteller und sagt dir höchstens unter drei etwas.« »Unter drei« nannte man die vertrauliche Information, die sie in ihrem Blatt nicht drucken durfte.

»Unter drei. Immer so verschwiegen.«

»Warte bis zur Pressekonferenz vom Kollegen Kemmen.«

»Jörg, der gute Jörg. Du weißt viel mehr als Jörg Kemmen. In jeder Beziehung. Und der Jörg ist vor 14 Tagen in den Ruhestand verabschiedet worden.« Sie schaute ihm so tief in die Augen, dass er die Doppeldeutigkeit ihrer Bemerkung überhörte. Stimmt, er hatte vergessen, dass Kemmen pensioniert worden war.

»Ein alter Mann aus Bergstein, morgens auf dem Krawutschketurm, wird mit einem amerikanischen Karabiner, wie ihn die GIs hatten, erschossen. Danach noch sieben Stiche in die Brust«, berichtete Fett. »Heute kurz vor Tagesanbruch.«

»Wer war der Ermordete?«

»Ermittlungstaktik. Nicht öffentlich.«

»Komm. Unter uns.«

»Wir wollten einen Kaffee trinken, nun ist es ein Wein, und du quetschst mich aus. Schade.« Fett wirkte enttäuscht und ein wenig genervt. Lieber wäre er nach Hause geradelt. Er, der »Herr Jens«.

»Schon gut, schon gut. Themenwechsel. Muss eh gleich zum Dom. Die Kulturleute sind alle krank. Da darf ich mal einen Beitrag für die Kulturseite schreiben.«

»Kann nicht schaden.«

»Was, der Dom oder Kultur oder beides.«

»Ein wenig Kontemplation.« Fett trank sein Glas aus.

»Schlechte Laune, Herr Kommissar?« Sie schaute ihn neckisch und frech an.

»Zu viel Trubel, schöne Vera. Wo geht die Reise hin? Die Gesellschaft rutscht, Schieflage. Organisierte Kriminalität, Clans, Gewalt, Drogen, Prostitution, Prepper-Typen, die sich auf den Weltuntergang vorbereiten, und diese Diskussion über die Antoniusstraße in der Innenstadt. Der Polizeipräsident hat recht. Dort wird es immer Kriminalität geben. Wollen wir daneben einen Kindergarten einrichten? Nein. Trotzdem proben die bewegten Damen von der Prostituiertenhilfe den Aufstand.«

»Einer muss den Zwangsprostituierten aus Osteuropa und Afrika helfen.«

»Ja, helfen. Und Gesetze respektieren und durchsetzen. Wir lassen unsere Spielregeln aufweichen. Klappt auch nicht beim Fußball. Wenn jeder seine eigenen Regeln macht, funktioniert das Spiel nicht. Schau nach Hambach. Schau nach Hamburg zum G20-Gipfel oder Berlin Rigaer Straße. Manche sprechen von befreiten Zonen. Wovon befreit? Von der Ordnung, den Gesetzen, die unser Zusammenleben regeln.«

»Spannender als Aleida Assmann. Könnte dir noch lange zuhören.«

»Mach dich nur lustig.« Fett war gereizt.

»Im Ernst, Michael.« Erstmals sprach sie seinen Vornamen aus. »Der Zynismus in der Redaktion geht mir auf den Senkel. Ein Ausdruck unserer Unsicherheit. Wer liest noch Zeitung? Wir glauben, dass wir für das System wichtig sind. Jeder blöde Youtuber hat mehr Follower als wir Leser. Manchen Redakteuren bleiben nur Zynismus und Alkohol. Und hin und wieder eine richtig gute Geschichte von den jungen Kollegen, die abtauchen in wahre Sorgen, Nöte und Probleme.«

»Wie heißt der Song? *Hurra, unsere Welt geht unter*?«

»Ja. Glaube schon.«

»Ich zahle vorne, Vera. Lass dir das Lächeln nicht stehlen. War vielleicht der falsche Moment für einen Plausch.

Du musst los. Sonst platzt du mitten in die Veranstaltung.«

Vera Braun schaute dem Kommissar nachdenklich hinterher, als er zum Tresen ging. Sie fand ihn seit Jahren interessant. Eine harte Nuss. Sie wurde nicht schlau aus diesem heiteren Melancholiker, von dem die Polizeireporter mit großem Respekt sprachen. Seine Aufklärungsquote sei beeindruckend. Aber er selbst unnahbar.

»Alles erledigt, schöne Frau Braun. Grüß mir den Dom, den Dompropst und Paul, den Chefredakteur, wenn du ihn siehst.«

»Paul Schnigge. Den sehe ich morgen bei der Redaktionskonferenz. Werde es ausrichten, Columbo. Mach's gut. Beim nächsten Mal reden wir nicht über die Toten. Nur über uns, die Lebenden.«

»Gerne.« Fett hielt ihr die Tür auf, grüßte den Wirt, der ein Glas polierte und lächelnd nickte.

FETT UND DIE VERFOLGUNG

Schmelzers Recherchen halfen nicht weiter: keine Kameraaufnahmen, keine Spuren, keine Scharfschützen aus Bergstein, und der Karabiner M1 lag ohne Schlagbolzen und dadurch unbrauchbar im *Museum Hürtgenwald*. Herr Falter, der Vorsitzende, bestätigte, dass nichts abhandengekommen sei. Alle ausgestellten Waffen seien unbrauchbar. Das Alibi von Bauer Tyssen war wasserdicht. Verwandte der Ehefrau waren in Rostock informiert worden. Kaltenbach hatte seiner Ehefrau den Kontakt zu ihnen untersagt. Nun würden sie das Erbe antreten. Von ihnen kam niemand als Täter in Betracht; ihre Alibis hatten die Kollegen an der Ostsee überprüft. Zudem hatte wegen der Abneigung von Kaltenbach niemand mit einer Erbschaft von ihm gerechnet.

Am Dienstagnachmittag fuhren Fett und Schmelzer erneut zum Burgberg. Schmelzer ließ den Wagen wieder auf dem Parkplatz hinter der Kirche stehen. Das Monster erwähnte er nicht.

»Wir nehmen zunächst den Rundweg, und dann geht's hinauf.« Fett brauchte Bewegung und den Überblick über den Burgberg.

»Wenn's denn sein muss. Habe heute festes Schuhwerk an«, maulte Schmelzer.

Schmelzers Laune nervte Fett. Es wurde immer offensichtlicher: Der Kollege war nicht motiviert. Wer nicht motiviert ist, der ist unaufmerksam. Wer unaufmerksam ist, schaut nicht genau hin und hört nicht genau zu. Ob er zu wenig Fleisch bekommen hat, überlegte der Kommissar.

Fett schritt zügig voran, links an der Krawutschke-Infotafel vorbei im Uhrzeigersinn um den Burgberg. Nach 100 Metern stießen sie auf Überreste eines massiven Bunkers am Abhang Richtung Obermaubach.

»Da kann man lange sprengen. Das Ding wird wahrscheinlich die nächste Eiszeit überleben.« Schmelzer interessierte sich kaum für den Marsch durch die feuchte Luft. Das Laub unter den Schuhen hatte jeden Glanz verloren. Schmutz, Dreck, Matsch. Sie gelangten an eine Aussichtsstelle mit Blick auf Obermaubach. Rechter Hand von der vermoosten Plattform stand ein Kreuz mit einer Tafel, die an die toten deutschen und amerikanischen Soldaten erinnerte. Fett registrierte alles und folgte dem Weg zu einem Familienplatz mit zahlreichen Bänken. Von dort aus reichte der Blick hinüber zu Burg Nideggen und ins Rurtal nach Nideggen-Brück. Auch Gut Kallerbend und das anliegende Gestüt waren gut sichtbar. Immer wieder warf Fett einen Blick hoch zum Krawutschketurm, der zwischen den Bäumen auftauchte, dann wieder von Kiefern verstellt wurde.

»Dauert es noch lange?«, imitierte Schmelzer seinen Sohn Justus.

»Alles braucht seine Zeit, Schmelzer. Sie können morgen vom PC aus recherchieren. Ihre Motivation ist unterirdisch. Das nervt. Wir haben einen eiskalten Mord, und Sie laufen hinter mir her wie Stan Laurel hinter Oliver Hardy. Machen Sie ihre Gucker auf und kombinieren Sie. Ist Ihre Stärke.«

»Hoho, danke für die Motivation, Chef. Was soll das hier alles? Oben wurde der Sohn vom Goldfasan abgeknallt. Vermutlich wieder so eine uralte Geschichte, wir laufen durch den Wald, schauen auf die Rurtalbahn, während sich in Aachen der Schreibtisch biegt.«

»Es reicht, Schmelzer. Gehen Sie zurück zum Wagen, googeln Sie in den Dateien, finden Sie mehr über Kaltenbach raus. Auch über diese Anzeige von damals. Ich komme in ungefähr 40 Minuten nach.« Fett setzte mit schnellem Schritt die Runde fort. Schmelzer stand verdutzt im Wald und nahm schließlich denselben Weg zurück, den er gekommen war. So hatte ihn Fett lange nicht mehr stehen gelassen. Es reichte ihm. Er brauchte Veränderung.

Fett erkannte bei seinem Rundgang, dass der Täter über genaue Ortskenntnisse verfügt haben musste. Zudem schien ihm Kaltenbachs Ritual bekannt gewesen zu sein. Fett erreichte wieder die Krawutschketafel und nahm den Weg hinauf zum Turm. Es dauerte zehn Minuten, dann erreichte er sein Ziel. Kaltenbach wird sich oben auf das Geländer gestützt haben, überlegte Fett, um Luft zu holen. Dann fällt der Schuss. Der Täter sammelt die Hülse ein, läuft hoch zu Kaltenbach, sieben Messerstiche, runter vom Turm, und zum Abschluss legt er die Patronenhülse vor das Kreuz von Peternell. Fett blickte in die Richtung, aus der der Schuss gekommen sein musste. Die grauen Wolken rasten aus Westen in die Köln-Aachener Bucht. Langsam dunkelte es. Etwas bewegte sich unten im Gebüsch. Fett starrte durch die blattlosen Bäume auf den Graben, der sich westlich entlang zog. Er sah, wie eine Person mit Tarnjacke vorsichtig und langsam, fast katzenhaft, durch den Graben schlich. Hätte ich nur ein Fernglas mitgenommen, ärgerte sich der Kommissar. Schmelzer anrufen? Eine SMS. Er griff zum Handy.

»Verdächtige Person westlich unter Turm. Sofort kommen!«

Die Rückkehr des Täters zum Tatort? Kommt immer wieder vor. Wie ein Kätzchen näherte sich Fett der Treppe.

Nur kein Geräusch verursachen. Die Person im Wald hatte ihn noch nicht bemerkt. Mit leisen Schritten nahm Fett Stufe um Stufe. Er erreichte die nächste Plattform. Die Tarnjacke huschte weiter im Graben umher, als ob sie dort etwas suchen würde. *House of Cards* – mit dieser Melodie klingelte Fetts Handy. Schmelzer hatte den Klingelton letztes Jahr programmiert. Die Person im Graben schaute hoch zum Turm. Dunkle Mütze, Sonnenbrille trotz einbrechender Dunkelheit. Mit einem Satz sprang sie aus dem Graben und raste den Burgberg hinunter gen Westen. Fett nahm die nächsten Stufen mit einem Satz. Letzte Plattform. Nochmals drei Stufen, er rutschte ab, landete neben dem überfüllten Mülleimer. »Scheiße!« Stechender Schmerz im linken Knöchel. Er rappelte sich auf. Mit einem Sprung landete er in einem alten Granattrichter und brach durch das Unterholz in Richtung Graben. Äste peitschten ihm ins Gesicht, rissen die rechte Backe auf. Er stolperte, schlug auf den Boden, kullerte durch Gestrüpp und Gebüsch, knallte gegen einen Kieferstamm, der Knöchel schmerzte höllisch. Schmelzer näherte sich von rechts. Fett rappelte sich auf und kämpfte sich im Wald vorwärts, die Hände und Unterarme vor das Gesicht, den Höllenschmerz ausblendend. Er torkelte auf den Panoramaweg nach Bergstein zu. Nach links oder rechts? Schmelzer keuchte aus Richtung Bergstein heran.

»Sie rechts, ich links«, stöhnte Fett.

Die wilde Jagd ging weiter. Fett hinkte, Schmelzer lief in Richtung Krawutschketafel. Fett stolperte durch das Unterholz, hörte nur sein eigenes Schnaufen, das Krachen der Äste, spürte die Dornen an der Hose.

»Halt! Stehenbleiben, Polizei!« Fett brüllte in den dunklen Wald. Die Person verschwand immer tiefer im

Unterholz. Katzengleich oder wie Rotwild flog sie durch den Wald, entfernte sich mit jeder Sekunde weiter und drohte, in der Dunkelheit zu verschwinden. Fett donnerte wie ein herabtaumelnder Bruchstein mitten durch das Gestrüpp, die Büsche, rutschte auf totem Holz aus, trat in Matschlöcher, taumelte, knallte mit dem Brustkorb gegen eine Betonmauer und sah nur Sterne. Als er die Augen öffnete, blickte er in den fast dunklen Abendhimmel, die Baumwipfel und das Gesicht von Schmelzer.

»Sie sind gegen eine Bunkerwand gelaufen, Chef. Volle Pulle. Zum Glück nicht mit dem Kopf, sondern dem Brustkorb. Da geht die Puste aus. Der Typ ist weg. Keine Spur. Nichts.«

»Männliche Person, Tarnjacke. War oben im Graben.« Fett keuchte. Er stützte sich langsam auf, Schmelzer hakte ihn unter und zog ihn hoch. Wie zwei Kriegsversehrte wankten sie zurück zum Panoramaweg. Die Hände zerkratzt, Schrammen im Gesicht, Hose zerrissen und voller Dreck, linker Knöchel verstaucht – zum Glück konnte Fett sich selbst nicht sehen.

»Warum haben Sie mich angerufen?«

»Falsche Taste, Chef.«

»Das hat er gehört. Mist!« Fett atmete tief. »Hoch zum Graben. Der hat da was gesucht. Vielleicht hat die KTU was übersehen. Scheiße. Das war kein Monster und auch kein Zombie-Wiedergänger. Das war ein flinker Mann in Tarnjacke.«

»Ich bring Sie zum Wagen, Chef.« Schmelzer drehte ihm den Sitz runter, und Fett ließ sich hineinfallen. Er war keine 30 mehr. Sport hatte er in letzter Zeit ausfallen lassen. Jetzt kam die Quittung. Keuchend lag er im Ford Focus, machte die Innenbeleuchtung an, klappte den

Spiegel runter. Er sah sein verzerrtes Gesicht, Schrammen auf beiden Backen, Blutspuren und verschwitzte Haare. So ein Käse, dachte Fett, ich bin zu alt für den Job. Und Schmelzer zu unaufmerksam.

Schmelzer kraxelte derweil lustlos zum Graben. Die Dunkelheit nahm zu. Er fand nichts und hatte keine Lust, etwas zu finden. Er kehrte zu Fett zurück, klopfte an die Scheibe des Wagens:

»Wir müssen die KTU anrufen. Ich sehe nichts mehr.«

»Okay«, sagte Fett. »Kommen Sie rein. Rufen Sie an.«

Sie verbrachten die nächste Stunde im Dienstwagen, wartend auf die Kollegen. Die unbekannte Person sollte keine Gelegenheit mehr bekommen zurückzukehren.

Elke Unsleber erreichte mit zwei Kollegen gegen 17.45 Uhr den Burgberg. Mit starken Handlampen leuchteten sie die Umgebung aus. Fehlanzeige. Keine Faserspuren, Fußabdrücke durch all die modrigen Blätter unbrauchbar.

»Ich glaube, die Person trug sogar eine Motorradsturmhaube«, murmelte Fett auf der Rückfahrt nach Aachen, bevor er hinter Vossenack einschlief und sich in einem Traum mit Iska Sonntag wiederfand. Er lief durch den Wald, suchte sie. Plötzlich tauchte der Maskenmann mit einem Messer auf. In Höhe von Kornelimünster schreckte Fett aus dem Albtraum auf.

Die Stimmung in Aachen war so bedrückend wie die Suche nach dem Mörder von Kaltenbach. Das sollte sich in den nächsten Tagen nicht ändern. Schmelzer ließ sich krankschreiben. Das erste Mal in all den Jahren, dass er ohne Vorwarnung von Mittwoch bis Freitag nicht auftauchte. Fett hinkte durch das Präsidium, den Spott der Kollegen bekam er gratis. Er erledigte Papierkram, las den

Bericht der KTU und recherchierte über Kaltenbach und den Burgberg. Die Stiche im Körper des Toten stammten von dem Bajonett eines US-Karabiners. Alles passte zusammen, und doch kam er nicht weiter. Elke Unsleber war auf Fortbildung, Kosslowski, sein Chef, in Köln im Ständigen Einsatzstab, und Frau Hof vom Sekretariat hatte Urlaub für Weihnachtseinkäufe. Alles wundervoll. Bis zum Samstagabend, den er eigentlich für Iska Sonntag reserviert hatte. Aber sie musste kurzfristig Bereitschaft übernehmen. Absicherung für ein Hochrisikospiel des FC Köln. Super.

ZUR LAGE DER NATION

In der Robert-Koch-Straße, am Rande des Grüngürtelviertels in Düren, nahe beim Städtischen Krankenhaus, standen herrschaftliche Villen, von denen einige den Bombenangriff am 16. November 1944 fast unbeschädigt überstanden hatten. Hier wohnte ein Unternehmer, dort ein Anwalt, nebenan ein Architekt, und etwas zurückgesetzt, von Bäumen und Büschen verdeckt, stand das Haus von Doktor Adele Borsche. Adele Borsche lebte mit ihrer Schwester Gundula zusammen, die ihr sehr ähnelte, obwohl sie keine Zwillinge waren. Beide waren im reifen Alter, devisengeschützt, und hatten sich vor Jahren, nach dem Tod der Ehemänner, auf diese Lebensform verständigt: gemeinsamer Lebensabend im elterlichen Haus. Adele bewohnte die eine Hälfte, Gundula die andere. Adele hatte es für sie herrichten lassen. Adele war Jahrgang 1935, Gundula 1936. Ihr Vater war der längst verstorbene Kreismedizinalrat Professor Doktor Rutger Borsche, eine anerkannte Autorität, Mitglied der Partei und die oberste medizinische Instanz in Stadt und Kreis Düren sowie Direktor der Landesklinik von 1933 bis 1945. Danach war es ruhig um Rutger Borsche geworden. Er hatte sich aus der Öffentlichkeit zurückgezogen und beantwortete keine Fragen von Eltern, deren Kinder zur angeblich besseren Versorgung nach Hadamar geschickt worden waren. Wo waren die Insassen der Dürener Landesklinik geblieben, die 1942 aufgelöst wurde? Professor Rutger Borsche schottete sich ab und finanzierte seinen Töchtern das Studium aus Mitteln, von denen seine Ehefrau nichts wusste. Adele Borsche wurde klinische Psychiaterin und promovierte über neue Methoden zur Behandlung psychisch gestörter Gewaltverbrecher. Gundula widmete sich der Agrarkunde, promovierte über den Zuckerrübenanbau und beriet im Vorstand der Jülicher Zuckerfabrik die regionale Zuckerindustrie bei der Diversifizierung der Produkte.

Am Samstag nach dem Mord an Kaltenbach trafen sich die bourgeoisen Damen mit Freundinnen zu einem Plauderkaffee in der *Bar Celona* am Markt in Düren. Ihr

Kriegsrat, wie Adele lächelnd sagte. Adele, Gundula, Irmgard, Margarete und Maria diskutieren die Lage der Stadt und des Landes. Im Grunde behandelten sie die Lage der Nation. Sie alle hatten den Zweiten Weltkrieg erlebt, das zerstörte Düren und den Wiederaufbau. Sie waren eher konservativ, treue Wählerinnen der Partei mit dem großen C. Manchmal büxte eine zu den Liberalen aus. Mit ihren Kindern stritten sie sich über Umweltschutz. Aber dem Herrn Habeck, dem konnten sie etwas abgewinnen. Der wirkte so wie Raimund Harmstorf 1971 in der Verfilmung vom *Seewolf*. Hatten sie sich nicht alle nach Raimund Harmstorf gesehnt? Seine Männlichkeit und seine Kraft, als er die rohe Kartoffel zerquetschte. Da konnten ihre Freischwimmerzeugnis-Männer nicht mithalten. Noch bevor die ersten Kännchen Kaffee eintrafen, wurde die Lage der Stadt Düren und der Bundesparteien unter die Lupe genommen. Bürgermeister Paul Larue wollte nicht mehr kandidieren, die SPD war auf dem Weg der Selbstverzwergung wieder einen Schritt weitergekommen, und Frau Kramp-Karrenbauer hatte immer noch nicht den richtigen Modeberater gefunden.

Die Ehegatten des Damenkränzchens waren bereits im Jenseits. Die Damen hatten die Herren überlebt und trotzdem oder deshalb den Humor nicht verloren. Irmgard hatte die Papierfabrik längst dem ältesten Sohn überschrieben. Die Hüfte bereitete ihr Kummer. Sie trug bei besagtem Treffen viel Schmuck aus dem Familienbesitz, wann sollte sie ihn auch sonst vorzeigen? Margarete fummelte im Spielzeuggeschäft herum, das ihre Tochter mit Bravour führte. Sie raste schneller durch den Laden als manch tätowierte Verkäuferin. Immer ein Bonbon in der Tasche für die Kinder und ein liebes Wort für die Eltern.

Ihre grauen Haare leuchteten zwischen Lego-Star-Wars-Kartons und den Modellbaukästen vom Schweren Panzerkreuzer Prinz Eugen. Maria verzehrte die Pension von Kurt, ihrem verstorbenen Ministerialratsgatten. Sie besaß ein Premierenabo für das Aachener Theater, eine Dauerkarte für die Kölner Philharmonie und verfügte, darin waren sich alle einig, über die beste Perle, also Putzfrau, von allen. Maria lud im Herbst zum Krebsessen und im Frühjahr zum Magnoliensekt. Sie alle waren für ihr Alter gut in Form. Viele Spaziergänge, Wanderungen und kleinere Radtouren halfen dabei. Kartenspiele mochten die fünf nicht. Eher gemeinsame Besuche von Ausstellungseröffnungen im Leopold-Hoesch-Museum und Konzerte der *Villa Duria* vom begnadeten Herrn Esser, dem sie stets einen Blumenstrauß überreichen ließen. Den musikalischen Höhepunkt der Region bildete ihre Fahrt zu *Spannungen*, dem Kammermusikfestival des Pianisten Lars Vogt im Jugendstilkraftwerk bei Heimbach. Sie waren Dauergäste und buchten einen Minibus mit Fahrer, der sie während der Zeit des Festivals nach Heimbach kutschierte. Nach knappen Bemerkungen zur Stadt Düren widmeten sich die Damen den Parteivorsitzenden von SPD und CDU.

PUTZFRAU UND PAKETZUSTELLERIN

»Nun haben wir neben der Putzfrau aus Püttlingen die Paketzustellerin aus dem Schwarzwald«, preschte Irmgard vor und bezog sich auf Frau Kramp-Karrenbauer aus Püttlingen und Frau Esken, die neue SPD-Vorsitzende.

»Nicht so abwertend, Irmi!«, warf Gundula ein.

»Ist doch wahr«, echauffierte sich Margarete. »Die beiden machen nichts her. Übergangsgestalten! Können nicht reden, sehen aus wie frustrierte Nonnen und sollen unser Land repräsentieren? Ab einem bestimmten Punkt ist jeder für sein Aussehen selbst verantwortlich.«

»Hoch lebe die Frauensolidarität! Herr Ober, bitte eine Runde Sekt für uns.« Adele nannte die Kellner nie Kellner, immer nur Ober. Auch wenn der junge Mann mit Migrationshintergrund mit dem Wort nichts anfangen konnte, so ahnte er, dass an diesem Tisch reichlich Trinkgeld fließen würde.

»Sehr gerne, die Damen.« Husch, schon verschwand er im Erdgeschoss.

»Und für den Larue sehe ich auch keinen würdigen Nachfolger.« Maria, die es gerne gehabt hätte, wenn man sie, wie in früheren Zeiten, mit Frau Ministerialrat angesprochen hätte, hielt viel von ihrer eigenen Meinung zur Lage der Nation. Kurt, ihr verstorbener Mann, hatte ihr täglich Lagevorträge aus dem Verteidigungsministerium in Bonn gehalten. Nun predigte sie dem Damenkränzchen und daheim der Putzfrau Božena aus Kroatien, die nur Bahnhof verstand.

»Man wächst mit den Aufgaben. Wir brauchen in Stadt und Land neue Köpfe. Junge Leute. Egal, ob Frauen oder Männer«, setzte Adele nach.

»Oder drittes Geschlecht«, warf Margarete lachend ein.

»Dieser Käse! Hör bitte auf damit! Es vergeht kein Fernsehabend ohne irgendeine Frau mit Bart oder einen Mann mit Busen. Selbst im *Tatort* sind die alle verkehrt herum. Ich sehne mich nach Blacky Fuchsberger und Peter Frankenfeld.« Irmgard redete sich in Rage.

»Verkehrt herum. Typisch Irmgard. Wer ist denn richtig herum?«, insistierte Margarete.

»Wir zum Beispiel, Margarete. Haben wir nicht unseren Beitrag geleistet? Kinder erzogen und den Männern den Rücken freigehalten?«

»Den Rücken freigehalten! Du lieber Gott!«, seufzte Margarete.

»Jetzt kommt auch noch Gott ins Spiel«, bemerkte Gundula lakonisch.

»Unsere alten Herren haben bestimmt gerackert. Das ist wahr. Ein Spiegelei bekam keiner von ihnen hin, von unseren Vätern wollen wir gar nicht reden. Die konnten höchstens ein Butterbrot schmieren und erzählten, was es im Krieg aus der Gulaschkanone gab. Wenn sie überhaupt was erzählten«, warf Margarete ein. Alle nickten, lachten. Dann kam der Kellner.

»Fünfmal Sekt für die Damen.«

»Danke, Herr Ober, wie heißen Sie übrigens?«, fragte Adele.

»Nico.«

»Herr Nico, bringen Sie mir bitte einen Espresso, wenn wir den Sekt getrunken haben.« Adele wurde leicht müde, sie war seit 6 Uhr auf den Beinen, obwohl sie nicht gut zu Fuß war. Der Arzt hatte ihr aber dringend Bewegung verordnet.

»Gerne, die Damen.«

»Herr Nico, eine Frage«, Adele schaute ihn aufmerksam an. »Woher stammen Sie und wie gefällt es Ihnen in Düren?«

»Ich stamme aus Düren. Bin hier geboren. Wenn Sie das meinen. Meine Eltern stammen aus Ioannina in Griechenland.«

»In Düren geboren! Sie sprechen gut Deutsch, Herr Nico.« Adele blinzelte ihn an.

»Ich kann auch nur gut Deutsch. Griechisch haben meine Eltern nie richtig mit mir gesprochen.«

»Ermittelst du, Adele? Der junge Mann wird verlegen. Und wenn er in Düren geboren wurde, warum soll er nicht Deutsch sprechen?« Gundula reichte es. Immer die Marotte mit »Herr Ober« und die Charmiererei. Als Nico im Erdgeschoss verschwunden war, wandte sich das Gespräch der fünf Grazien dem alltäglichen Leben zu. Witze flogen hin und her, die eine oder andere Freundin wurde durch den Kakao gezogen, verwitwete Männer wurden reihenweise mit ihren Vor- und Nachteilen analysiert. Die Damen waren sich einig, dass die Herren der Schöpfung mit zunehmendem Alter rasch abständig wurden, die Kontrolle über sich, die Kleidung und das Leben verloren. »Also, Herr Hamacher, der bürstet nicht mal sein Sakko, wenn er zur Ausstellungseröffnung ins *Leopold-Hoesch-Museum* kommt. Mit all den Schuppen kann er auf Schloss Merode beim Weihnachtsmarkt Schnee rieseln lassen. Unglaublich!«, mokierte sich Maria.

»Und erst Herr Alt, der ständig das Bundesverdienstkreuz am Knopfloch trägt. Der *Pour le Mérite* ist es nicht. Außerdem sendet er nur. Zuhören kann kaum einer von den Stützen der Gesellschaft. Oder fragt jemand, wie es mir geht?« Irmgard beantwortete sich selbst die rhetorische Frage. »Keiner von den alten Karpfen! Sie sind nur mit sich selbst beschäftigt. Geschichtenerzähler, Aufschneider, Besserwisser. Bei Konzert und Oper schlafen sie nach fünf Minuten ein. Theater verstehen sie nicht. Lesungen finden sie langweilig. Dafür schauen sie jede dumme Talkshow und jedes noch dümmere Fußballspiel. Die Krone der Schöpfung sind die alten Herren unseres Städtchens nicht. Sehen wir von den wenigen Ausnahmen ab.«

»Selbst einen Kaffee können sie nicht kochen, von der Bedienung der Waschmaschine ganz zu schweigen. Ach, mein Kurt selig, der war auch so einer. Konnte die Welt erklären, aber keinen Dübel in die Wand schrauben.« Maria seufzte ein wenig.

»Solange es nur die Wand war.« Margarete war stets zu lasziven Witzen aufgelegt, und alle, bis auf Maria, prusteten los.

»Also bitte, wo bin ich denn hier gelandet? Das *Maxim* gibt es in Düren schon lange nicht mehr«, Maria schaute entrüstet zu Irmgard.

»Auf unsere toten Helden und das *Maxim*«, Adele hielt das Glas in die Höhe, alle anderen schlossen sich an, und die Frage des richtigen oder falschen Dübelns wurde mit einem Schlückilein weggespült.

»Das *Maxim* war eine besondere Bude. Irgendwie gehört so ein Etablissement in jede Stadt. Wie ein *Scotchclub* oder eine Tanzbar, findet ihr nicht auch?« Margarete blieb an dem Thema hängen.

»Für die Herren das *Maxim* und für uns ein Tanzcafé, das wäre was.« Adele Borsche blickte versonnen auf den Marktplatz, dort wo einst das Offizierscasino der Belgischen Truppen gestanden hatte. Sie erinnerte sich an Colonel Rouland, einen begnadeten Tänzer, der manchmal von Vogelsang zu den Offizierskameraden nach Düren anreiste. Adele begleitete ihren Vater zu einigen Empfängen, denn ihr Vater zählte, trotz seiner ominösen Vergangenheit, zu den Honoratioren der Stadt. Sie seufzte. »Ja, die Nachkriegszeit und die Männer. Die besten sind auf den Schlachtfeldern geblieben.«

Nachdenklichkeit machte sich breit, wenn die Kriegs- und Nachkriegszeit behandelt wurde. Adeles Aufgaben als Ärztliche Direktorin der Landesklinik blieben nebulös. Oft betonte sie: »Damals hatten wir nicht den Stand der Wissenschaft von heute.« Oder: »Es war sehr schwierig, und wir hatten wenig ausgebildetes Personal. Der Rest fällt unter die Schweigepflicht.« Adele schwieg über ihre Arbeit in der Landesklinik, dieser am Rande der Nordstadt gelegenen Einrichtung, die sich am Ende des letzten Jahrhunderts langsam geöffnet hatte. Sie überließ die Erinnerung an die Väter den Freundinnen. Ihre Väter waren im Krieg mit unterschiedlichen Aufgaben betraut gewesen. Keine von ihnen wusste genau, was ihr Erzeuger im Krieg gesehen und getan hatte. Sie wollten es auch nicht wissen. Marias Vater hatte vor langer Zeit irgendetwas von einem Sonderstab Künsberg erzählt. Es drehte sich um Akten oder so ähnlich. Irmgards Vater Reiner war bei der Luftwaffe gewesen, Jagdpilot in einer Messerschmidt Me109 und später Focke-Wulf FW190, mit denen er über fast jedem europäischen Land feindliche Piloten abgeschossen hatte. Ab 1943 flog er in Bonn Hangelar beim Jagdgeschwader 300 *Wilde Sau* nachts Angriffe auf die amerikanischen und britischen Bomberverbände. Ein Himmelfahrtskommando, denn oft genug schoss die deutsche Flak die eigenen Maschinen ab. 1944 wurde das JG300 aufgelöst, und er flog an der Ostfront Einsätze. Heinz, Vater von Margarete, war schwer verwundet mit einer der letzten verfügbaren Junkers Ju52 Transportmaschinen im Januar 1943 vom Flughafen Gumrak aus dem Kessel von Stalingrad ausgeflogen worden. An diesem Tag feierte er stets Geburtstag und Totengedenken. Er verschwieg das Grauen in Stalingrad, den Kannibalismus, den Kampf Mann gegen Mann, das Erschießen von Verwundeten und Gefangenen. Nur die Albträume kehrten wieder und ließen ihn bis zum Tod kaum eine Nacht durchschlafen. Gundulas und Adeles Vater hatte im Reich der Sache der Volksgesundheit gedient. So lautete die offizielle Version der Geschichte ihres Vaters, Professor Doktor Rutger Borsche, über die ansonsten der Mantel des Schweigens gelegt wurde.

DER LETZTE MUSIKANTENSTADL

Als die Dunkelheit nahte, verließen die Freundinnen die *Bar Celona*. Die Marktfahrer hatten bereits alles abgeräumt. Irmgard wollte noch rasch zur Thalia-Buchhandlung in der Kölnstraße. Adele und Gundula schritten in Richtung Annakirche, dort stand zumeist ein Taxi, sonst würden sie in die Buchhandlung *Zander&Decker* hineinhuschen, bei der religiösen Literatur ein wenig stöbern und einen Wagen von *Taxi Schumacher* oder *Cobra* bestellen. So hielten sie es für gewöhnlich.

Samstagabend in der Robert-Koch-Straße bei Adele und Gundula. Im ersten Programm ein volkstümliches Weihnachtsfest mit Roland Kaiser, einem Samino oder Ramino, mit Kastelruther Spatzen und Regensburger Domknaben. Das watteweiche Programm der ARD sprach eine Bevölkerung an, die es so wahrscheinlich nicht mehr gab. Als ob die Zeit bei Heinz Schenk und Lia Wöhr stehengeblieben wäre. Eine heile Studiowelt mit künstlichem Schnee, Plastikrehen, glitzernden Halogensternen und schunkelnden Studiogästen, die ab und an verschmitzt in die Kamera lächeln durften. Gleichwohl freuten sich die beiden promovierten Damen auf den beschaulichen Abend. *DIE ZEIT* lag neben *BRIGITTE woman* auf dem Beistelltisch, *Dürener Illustrierte* und *Prisma* daneben. Mit einem Glas Portwein und Printen von Nobis freuten sie sich auf die Bespaßung durch die ARD. Sie saßen in der ersten Reihe.

Adele war nicht gut zu Fuß. Das linke Knie, der Rücken, die Bandscheibe. Sie habe zu viel am Schreibtisch gesessen. Gundula hörte es mindestens zehnmal am Tag, aber es störte sie nicht. Sie bildeten einen harmonischen Mikrokosmos. Ihre Garderobe kauften sie gemeinsam bei Exkursionen in Köln am Neumarkt oder in Düsseldorf auf der Königsallee. Untergehakt flanierten sie in edelster Markenware über das Trottoir. Adele etwas langsamer. »Von hinten Lyzeum, von vorne Museum«, so scherzten sie beide über sich und erfreuten sich an den Blicken deutlich jüngerer Rentiers, die in den Edelboutiquen mit gezückter Kreditkarte auf die Kaufentscheidung der Angebeteten warteten. Die Lebenswege der Borsche-Schwestern waren grundverschieden verlaufen, doch die Erinnerung an die gemeinsame Kindheit in den Kriegs- und Nachkriegsjahren blieb ein unzerstörbares Band. Ein unsichtbares und unerwähntes Band. Ein geheimnisvolles Band, über das sie beide selten sprachen. Nur wenn sie in einem Anflug von Nostalgie die alten Fotoalben herauskramten und gemeinsam auf dem Sofa die Bilder und die Erinnerung Revue passieren ließen, hörte man ein »Weißt du noch?« oder »Daran kann ich mich nicht erinnern.« Die Geschichte des Vaters wurde tunlichst vermieden. Sie war ein Tabu zwischen den beiden Schwestern. Das Thema der Euthanasie im Nationalsozialismus war verschlossen, als ob es diese Verbrechen nicht gegeben hätte. Vati, wie die beiden Frauen den verstorbenen Doktor Borsche nannten, hatte ihnen die Karriere ermöglicht und ein sorgenfreies Rentendasein. Mutti war früh verstorben und verblasste in den Erinnerungen der beiden zur zwar stets anwesenden, allerdings eigenschaftslosen Hausfrau in der Küche, im Wohnzimmer und im Garten. Vati hatte die Töchter geprägt und ihnen auch seine Härte mitgegeben.

Als es kurz nach der Tagesschau an der Tür in der Robert-Koch-Straße schellte, war Gundula diejenige, die zur Tür eilte. Sie war besser zu Fuß als ihre Schwester. Die entrüsteten Worte ihrer Schwester über die späte Störung hörte sie beim Öffnen der Tür nicht mehr, nur die Frage, ob sie Frau Doktor Borsche sei. Sie bejahte. Dreimal paff, paff, paff. Ein Schalldämpfer verschluckte die Schüsse. Gundula verstummte. Sie schrie nicht. Mit geweiteten Augen schlug sie hintenüber, was Adele aufgrund der Auftaktmusik der weihnachtlichen Hüttengaudi und der Klatschorgien des Studiopublikums nicht hörte. Der Täter zog die Tür von außen zu, schraubte den Schalldämpfer ab, steckte ihn zusammen mit der Walther PPK in einen kleinen Rucksack und verließ rasch die Robert-Koch-Straße in Richtung Kölner Landstraße. Dort verlor sich seine Spur.

Adele genoss den Auftakt der Sendung mit Helene Fischer.

»Es geht los!«, rief sie der Schwester zu. »Gundula, es geht los!«, wiederholte sie lauter. Als die Schwester sich auch bei ihrer dritten Aufforderung nicht meldete, raffte sich Adele auf, nahm den Krückstock und wankte zur Tür. Der Rest war ein Albtraum, an den sie sich in der Notaufnahme des Krankenhauses Düren kaum erinnern konnte. Wie hatte sie die Polizei informiert? Wann war sie zusammengebrochen? All die Lichter, die Menschen, die Uniformen, die Krankenbahre. Ein junger Assistenzarzt aus Afrika injizierte Adele Borsche starke Beruhigungsmittel, mit denen sie selig hinwegdämmerte in einem Zimmer auf der Station *Dubai*, so nannten die Mitarbeiter des Krankenhauses die Komfortstation im neunten Stock: Einzelzimmer mit weitem Blick ins Land.

SCHMELZER BOCKT

Fett war bis zum Wochenende im Fall Krawutschketurm nicht weitergekommen. Schmelzer, der kranke Mann vom Steppenberg, hatte sich nicht gemeldet. Fett ärgerte sich. Als am Samstagabend ein Anruf der Leitstelle bei Fett und Schmelzer einging, kochte Fett gerade Spaghetti Bolo, und Schmelzer suchte im Kellerkühlschrank nach einem Paar Landjäger, denn der Tofusalat von Anne war für ihn definitiv zu vegetarisch gewesen. Schmelzer erfreute sich einer Spontangenesung und holte Fett am Templergraben ab. Sie fuhren über die A4 nach Düren.

»Toller Samstagabend.« Schmelzer greinte.

»Schon mal über Geschäftsführung bei *Yogifritt-Schnitzel* nachgedacht?«

»Was meinen Sie?«

»Normale Arbeitszeiten, immer mit Fleisch zu tun, keine Toten, höchstens Tiere. Wäre was für Sie, Schmelzer.«

»Kennen Sie da jemanden?«

»Klar, den Herrn Yogi persönlich.«

»Sie nehmen mich auf den Arm!« Schmelzer drosselte kurz vor Düren das Tempo von 180 auf 100 Stundenkilometer.

»Wenn Sie mit dem Job bei der Mordkommission nicht klarkommen, lassen Sie sich in die Asservatenkammer versetzen. Das Gemaule nervt. Konzentrieren Sie sich. Ich brauche einen wachen Kopf. Den hatten Sie in den letzten Jahren.«

Schmelzer schoss mit quietschenden Reifen aus der Abfahrt Düren auf die B56, querte bei Rot die Ampel bei McDonald's. Nach fünf Minuten standen sie vor dem Anwesen der Borsche-Schwestern in der Robert-Koch-Straße, wo die Kriminaltechnik bereits einpackte. Fett dachte einen Moment darüber nach, ob er die Herdplatte ausgemacht hatte, auf der die Bolo-Soße köchelte. Er konnte die Bilder einer stundenlang vor sich hin kochenden Soße mit vulkanhaften Eruptionen in der Pfanne nicht sofort verdrängen. Fehlte noch, dachte er.

Sie betraten das Haus der Borsche-Schwestern. Kollege Meier zwei von der Kriminaltechnik hatte Dienst. Meier eins war krank.

»Die Herren von der Mordkommission. Endlich. Wir möchten Schluss machen.«

»Fangen Sie an, Meier zwei.« Fett und Schmelzer zogen Überschuhe und Handschuhe an.

»Volkstümliche Weihnacht im Ersten. Es klingelt. Zwei betagte Schwestern sitzen vor dem Fernseher. Adele ist nicht gut zu Fuß. Gundula geht zur Tür. Paff, paff, paff. Nächste Nähe. Sie war bestimmt sofort tot, meinte der Doc. Wie es aussieht, Kaliber 7,65 Millimeter. Drei Schüsse. Die Patronenhülsen lagen im Gestrüpp vor der Tür. Er hat die Tür zugezogen und ist verschwunden. Die Kollegen aus Düren haben die Nachbarn befragt. Niemand hat Schüsse gehört. Vermutlich Schalldämpfer. Auch kein Auto, Motorrad, Roller oder E-Bike ist aufgefallen. Das Opfer, Gundula Borsche, war promovierte Agraringenieurin, hat in Jülich bei der Zuckerfabrik gearbeitet, bis sie mit 68 aufhörte. Hat weiter kleine Aufgaben erledigt. Doktor Adele Borsche war lange Leiterin der Landesklinik in Düren. Sie ist mit 70 in den Ruhestand gegangen. In verschiedenen Gremien der Landesklinik und des Landschaftsverbands hat sie ehrenamtlich mitgearbeitet. Haben wir in den Unterlagen auf dem Schreibtisch gefunden. Als Gundulas Mann gestorben ist, irgendwann um die Jahrtausendwende, da ist sie zur Schwester in das elterliche Haus gezogen. Adele war bereits früher Witwe. Ihr Mann starb mit 60. Beide haben keine Kinder.«

»Vermutliche Todeszeit?«

»Kurz nach der Tagesschau. Zu Beginn vom Silbereisen, oder was weiß ich, wer da heute jodelte.«

»Die Schwester?«

»Unter Schock. Nicht vernehmungsfähig. Drüben im Krankenhaus. Sind nur wenige Schritte.«

»Alter des Opfers?«

»Jahrgang 1936, also 83.«

»Personal?«

»Eine Putzfrau unter der Woche. Nicht am Wochenende. Sagen die Nachbarn von gegenüber.«

»Wurde etwas gestohlen?«

»Sieht nicht danach aus. Klingeln, öffnen, drei Schüsse, Tür zu und weg.«

»Fast wie ein Auftragsmord?« Fett schaute in Richtung Wohnzimmer. Großbürgerliches Ambiente, Bibliothek, Qualitätsmöbel, Fotos im Goldrahmen auf dem Beistelltisch, aktuelle nationale und lokale Zeitungen.

»Sonst noch was?«

»Die beiden Frauen sind am späten Nachmittag mit einem Taxi nach Hause gekommen. Sagen die Nachbarn. War öfter so. Samstags hatten die ein Kaffeekränzchen mit Freundinnen in der Innenstadt.«

»Haben wir die Namen und Adressen der Freundinnen?«

»Wir sind dran.«

»Danke. Schönes Wochenende.« Meier zwei und sein

Team rückten ab. Fett und Schmelzer schauten sich die Situation in der Wohnung an.

»Was war Doktor Gundula Borsche nochmal?«

Schmelzer suchte in einem Sekretär nach Unterlagen.

»Gundula war in der Zuckerfabrik«, rief Schmelzer.

»Bestimmt nicht in der Produktion.«

»Hier sind Unterlagen. Vorstand oder Revision oder so. Sie hat noch lange nach der Pensionierung Aufträge angenommen. Immer wieder im Herbst jeden Jahres die Bitte um Prüfung des Zuckers verschiedener Anlieferer, da das Labor nicht mehr zeitgleich alle Auflagen der EU erfüllen konnte. Sie erhielt die Untersuchungsergebnisse und musste sie einordnen, begutachten und bewerten. Dann konnte der Zucker freigegeben werden.« Er blätterte im Aktenordner Zuckerfabrik 2015-2019. »Merkwürdig. Hier ist ein Brief an die Geschäftsführung der Zuckerfabrik, an einen Doktor Hallstein, in dem sie auf den Einsatz von verbotenen Pflanzenschutzmitteln hinweist. Oh, starker Tobak. Sie droht mit Einschaltung der Aufsichtsbehörden, falls die Geschäftsführung nicht durchgreift. Beweise habe sie an einem sicheren Platz.«

Fett las den Brief vom Herbst 2019. Sie habe Proben einer Zuckerrübenlieferung gezogen und dabei Dioxin in der Charge eines Großbauern aus Arnoldsweiler nachgewiesen.

»Schmelzer, warum wird sie an der Tür erschossen, und die Unterlagen bleiben hier?«

»Die Hauptbelastungszeugin aus dem Weg räumen, alles als Unfug einer alten Frau darstellen?«

»Wenn der Mörder sie wegen der Zuckerrübenchose auf dem Kicker hatte, hätte er die Wohnung durchwühlt. Nur so an der Tür direkt erschießen? Trotzdem, wir überprüfen den Vorwurf in der Zuckerfabrik und beim Landwirt.«

»Alles auf Zucker«, murmelte Schmelzer.

»Auf zum Krankenhaus.« Fett machte sich auf den Weg zum Wagen. Schmelzer kam nicht aus dem Quark mit der Versiegelung. Fett wurde ungeduldig.

DOKTOR SCHUMPETER UND DIE VERGANGENHEIT

Auf der Station 9, liebevoll *Dubai* genannt, trafen sie Oberarzt Doktor Schumpeter.

»Frühestens morgen, meine Herren. Frau Doktor Borsche steht unter Schock. Sie ist absolut vernehmungsunfähig. Keine Chance.«

»Hat sie irgendetwas gesagt?« Fett schaute Doktor Schumpeter an, einen jungen Arzt, der gemeinsam mit einem Team von Schwestern und Pflegern aus mehreren Nationen die Nachtschicht schob.

»Hat sie irgendetwas gesagt?« Schumpeter wiederholte Fetts Frage. »Nein. Eigentlich nein.«

»Und uneigentlich?« Fett hasste diese Geschwafel mit Füllwörtern und blöden Redewendungen wie »auf Augenhöhe« oder »Luft nach oben« oder »eigentlich« oder »ein Zeichen setzen«.

»Wirres Zeug. Racheengel oder rachitisch.«

»Dazwischen liegen Welten. Irgendein Hinweis auf den Mörder. Bitte, denken Sie nach! Es war ein eiskalter Mord. *Cold Blood.*«

»Truman Capote.«

»Ja, von Truman Capote. *Kaltblütig* und im Original *In Cold Blood.*« Fett schaute ihm direkt in die Augen. Schmelzer war irritiert, hungrig und lustlos.

»Racheengel. Sie erwähnte mehrfach in ihrem Schockzustand den Begriff Racheengel. Dann sagte sie mehrmals: ›Vati, was hast du gemacht? All die Kinder. Das Erbe, das Erbe. Gundula, Gundula.‹ Das war es. Im Anschluss wirkte die Spritze.«

»Danke. Wir kommen morgen gegen 11 Uhr. Ist die Visite dann vorüber?«

»Ja. Um 9 Uhr ist Visite. Wenn Sie nichts von mir hören, können Sie vorbeikommen. Schonen Sie Frau Doktor Borsche. Sie war eine gute Ärztin.«

Fett wollte gerade den Aufzugknopf drücken, dann drehte er sich um: »Wie meinen Sie das?«

Schumpeter räusperte sich. »Sie war eine Koryphäe, eine anerkannte Spezialistin. Gutachterin. Sie hat als junge Ärztin die Forensik geleitet und später das gesamte Landeskrankenhaus. Ich habe sie öfter auf Seminaren erlebt. Sie arbeitete noch nach dem Ruhestand.«

»Wir werden sie schonen, Doktor Schumpeter.« Beide

Kommissare betraten den Aufzug, aus dem eine Gruppe von Kettenrauchern herauswackelte, die vor dem Eingang des Krankenhauses ihrer Sucht nachgegangen war. Sie hinterließen eine Nikotinwolke in der Kabine.

Fett und Schmelzer saßen zur Nachlese im Ford Focus auf dem Parkplatz des Krankenhauses. »Null, niente. Zwei promovierte alte Damen wollen nach der Tagesschau das Weihnachtspotpourri anschauen. Es klingelt. Gundula geht zur Tür. Öffnet. Drei Schüsse in den Oberkörper. Der erste war bereits tödlich. Der Täter flüchtet. Es ist stockdunkel. Niemand in der stillen Straße hat etwas mitbekommen. Flucht wahrscheinlich Richtung Kölner Landstraße. Von dort geht es rasch über Merzenich zur A4 oder die neue B56 in Richtung Zülpich und Euskirchen auf die A1. Waren es mehrere Täter? War es ein Mann oder eine Frau?«

Schmelzer hörte den Fragen von Fett nur halb aufmerksam zu. Er hatte Hunger. Doch der Chef hatte anders entschieden. Nachbesprechung.

»Ob Gundula überhaupt gemeint war?«, murmelte Schmelzer vor sich hin.

Fett schaute ihn an, als ob sich der Heilige Geist auf dem Beifahrersitz niedergelassen hätte. »Sehr gut, Schmelzer. Dafür spendiere ich den nächsten BigMac. Die Schwestern ähneln sich. Im Hausflur ist es dunkel. Jemand fragt nach Frau Doktor Borsche. Sie sagt: ›Ja, bitte‹, und zack ist sie tot. Ihre Schwester hätte genauso geantwortet.«

»Logo. Vielleicht war sie nicht gemeint. Weil Adele schlecht zu Fuß ist, öffnete Gundula die Tür.«

»Und was folgt daraus?«

»Dass wir auch nach einem Mordmotiv für Adele

suchen müssen und nicht nur für die promovierte Agraringenieurin. Und dass der Mörder bisher nicht ahnt, dass er die falsche Frau erschossen hat.«

Schweigend fuhren die Kommissare nach Aachen zurück. Sie hatten sich nichts mehr zu erzählen. Ein Samstagabend wie so oft. Schmelzer machte in Familie, Fett telefonierte mit Iska, die Bereitschaftsdienst hatte.

VON KRANKENHÄUSERN UND MENSCHEN

Am Sonntagvormittag trafen Fett und Schmelzer im Krankenhaus Düren in der Roonstraße ein. Sie wollten Adele Borsche auf der Station *Dubai* befragen. Doktor Schumpeter hatte keinen Einwand.

Sie nahmen den Aufzug bis Etage neun, öffneten die Glastür und standen vor der Bereitschaftstheke.

»Sie wünschen?« Eine blondgelockte Schwester im eng sitzenden weißen Dress lächelte sie an.

»Fett und Schmelzer, wir haben reserviert.«

»Wie bitte?«

»Kleiner Scherz. Sie verbreiten so eine Hotelatmosphäre. Erinnert gar nicht an ein Krankenhaus.«

»Ich bin Schwester Gabi, und für weitere Scherze, meine Herren, fehlt mir leider die Zeit. Auch wenn ich Ihr Kompliment nett finde.«

»Wir fangen nochmal von vorne an. Fett und Schmelzer, Kriminalpolizei Aachen. Wir müssen zu Doktor Adele Borsche.«

»Zwei Kommissare am Sonntagmorgen. Sie sind doch erst heute Abend beim *Tatort* dran. Die zwei aus München finde ich gut. Und das Paar aus Weimar.« Schwester Gabi taute auf und schüttelte die Locken.

»Ich bin Batic, und das Leitmeyer. Oder, Schmelzer?«

»Können wir bitte.«

»Nicht so freudlos, Kollege Leitmeyer. Schwester Gabi, wir kommen wieder. Hier bekomme ich direkt Lust krank zu werden.«

»Solange es nicht die Prostata ist«, schmiss Schmelzer in den Raum. Schwester Gabi gluckste vor Lachen, und Fett verzog den Mund.

»Wissen Sie, Schmelzer, die kriegen auch das in Düren wieder hin. Nur schlechte Laune, die wird ans Landeskrankenhaus verwiesen. Eine Schwester Gabi bekommen Sie da nicht zu sehen. Stimmt doch, oder, Schwester Gabi?«

»Zimmer *Jülich*«, rechts lang und das letzte Zimmer auf der rechten Seite.« Schwester Gabi schmunzelte und schaute Fett tief in die Augen.

»Danke, Schwester. Setzen Sie den hier auf die Schwarze Liste. Vierbettzimmer mit Rauchern und mittags nur Gemüse.« Fett zeigte auf Schmelzer.

Die Kommissare verschwanden im Flur, und Schwester Gabi drehte sich zu den Kolleginnen Uschi und Natalia im Sekretariat: »Der Alte war nicht schlecht. Den würd' ich glatt in ein Einzelzimmer aufnehmen.«

»Du schwärmst eh für alte Panther. Mir gefiel der Junge. Hat nur leider schlechte Laune. Die würd' ich ihm austreiben.« Schwester Uschi lachte so herzhaft, dass der Arzt im Praktikum, Friedrich Sennecke, seine Nase zur Tür hineinsteckte und fragte, ob er mitlachen dürfe.

»Nein. War nur für Erwachsene«, patzte ihn Schwester Uschi an, worauf der dünne Brillenträger rot anlief und wieder in seinem Bereitschaftszimmer verschwand.

Derweil klopfte Fett dezent an die Tür des Zimmers *Jülich*, öffnete vorsichtig, und die Kommissare betraten den eher nach einem Hotelzimmer aussehenden Raum, der über das Parkhaus und das Schwesternwohnheim einen Fernblick in die Köln-Aachener Bucht ermöglichte.

»Guten Morgen, Frau Doktor Borsche, Fett und Schmelzer von der Kriminalpolizei. Unser aufrichtiges Beileid zum Tod Ihrer Schwester.« Fett machte eine Pause, atmete durch, den Satz, den er gleich sagen würde, mochte er nicht: »Wir kommen zu Ihnen, um den Mord an Ihrer Schwester aufzuklären.«

Doktor Adele Borsche nickte benommen und blickte aus dem Fenster in Richtung Schwesternwohnheim.

»Bitte schildern Sie uns den Abend.«

»Wir waren im Wohnzimmer.« Adele Borsche schaute irgendwo in die weite Ferne. Sie sprach mechanisch. »Ich kann mich an das Ende der Tagesschau erinnern. Dann fing die Musik an. Es klingelte. Weg, alles weg.« Sie war über Nacht uralt geworden. Die Freude des Nachmittags, das Lächeln, die tiefgründigen Augen, die so viel gesehen hatten, die lebendige Mimik – sie war einer Totenmaske gewichen.

»Alles ist wichtig, Frau Doktor Borsche. Jede Kleinigkeit.«

»Mehr weiß ich nicht.«

»Wer öffnete die Tür, als es klingelte?« Fett zog einen Stuhl an das Bett heran und fragte sie mit sanfter Stimme.

»Gundula. Sie ist besser – sie war besser auf den Beinen als ich. Gundula hat immer die Tür geöffnet.«

»Wurde Gundula bedroht?«

»Bedroht? Wer sollte sie bedrohen?« Sie fasste sich, so wie sie als Ärztin vor vielen Jahren das Leiden der Patienten nicht an sich herangelassen hatte.

»Wir haben Unterlagen über die Zuckerrüben gefunden. Dioxin.«

»Ach, die Rüben. Gundula und ihre Rüben.« Adele Borsche riss sich zusammen; sie war es gewohnt, Contenance zu wahren.

»Wissen Sie etwas darüber?«

»Gundula hat noch gearbeitet. Untersucht. Sie wollte saubere Nahrung. Früher war alles besser, sagte sie.«

»Was meinte sie damit?«

»Der Konkurrenzkampf hat zugenommen. Ihr taten die ehrlichen Bauern leid, die Kleinbauern.«

»Was hat sie denn herausgefunden?«

»Irgendwas mit Dioxin in Rüben. Das hat sie der Fabrik mitgeteilt. Die wollten es nicht glauben.«

»Wann war das?«

»Am Ende der Rübenkampagne, vielleicht Mitte oder Ende November. Die Kampagne dauerte dieses Jahr sehr lange.«

»Wie kam sie an die Unterlagen?«

»Sie machte die Endkontrolle, ehrenamtlich, höchstens etwas Champagner zu Weihnachten. Warum? Weil sie so gut war. Gundula war eine exzellente Agraringenieurin.«

»Und dann?«

»Sie entdeckte, dass die Fuhre eines Großbauern verseucht war. Ihr glaubte niemand. Sie wollte, dass diese Fuhre aus der Produktion rausgehalten wird. Das wollten die nicht.«

»Wer sind ›die‹?«

»Die Fabrik und der Bauer.«

»Wie heißt der Bauer, und wusste er von den Ergebnissen?«

»Den Namen habe ich vergessen. Irgendwas mit Lü, Lüxheim oder so ähnlich. Ja. Irgendwie hat er es erfahren.« Sie atmete schwer.

»Wurde sie danach bedroht?«

»Nein, bitte, ich kann nicht mehr. Sie wurde nicht bedroht. Ich verstehe das alles nicht.« Sie drehte das Gesicht ins Kopfkissen. Plötzlich liefen Tränen die Wange hinunter.

Fett legte seine Hand auf ihren dünnen Oberarm. »Danke, Frau Doktor Borsche. Sie haben uns sehr geholfen.« Er nickte Schmelzer zu, und sie verließen das Krankenzimmer. Doktor Adele Borsche öffnete die Schublade des Beistelltisches, zupfte ein Papiertaschentuch aus der Packung, schnäuzte sich und blickte nachdenklich über das Parkhaus des Krankenhauses in Richtung Zuckerrübenfelder. Etwas arbeitete in ihr. Dann nahm sie eine Flasche Kölnisch Wasser, benetzte die Hände und fuhr sich über die Stirn.

ADIEU, SCHMELZER

Am Montag, dem 16. Dezember 2019, lag die offizielle Benachrichtigung der Personalabteilung in Fetts Post. Kollege Bernd Schmelzer werde am 18. Dezember 2019 in das Kommissariat für Wirtschaftskriminalität wechseln und sofort mit dem Lehrgang für die höhere Laufbahn beginnen. Ab Mittwoch, dem 18. Dezember, sei für den Kollegen Schmelzer eine Hospitation beim Landeskriminalamt in Düsseldorf vorgesehen. Als Nachfolgerin für Schmelzer werde ebenfalls am Mittwoch Kommissarin Daniela Conti, vormals Mordkommission Düsseldorf, mit Fett zusammenarbeiten.

Fett saß seit 7.30 Uhr auf seinem Stuhl. Er war nicht ansprechbar. Gegen 8.15 Uhr traf Schmelzer ein, der sofort erkannte, dass die Stunde der Wahrheit schlug.

»Ich konnte es nicht sagen, Chef, sorry. Ich kann nicht mehr. Die Toten verfolgen mich. Unsere Personalabteilung ist auf mich zugekommen. Führungsnachwuchsprogramm und Wirtschaftskriminalität. Hat nichts mit Ihnen zu tun. Ich habe alles von Ihnen gelernt. Sie sind der beste Kriminalist, den ich kenne. Sie stehen vor der Pensionierung, aber ich muss noch einige Jahre. Hier habe ich übrigens die Akte Recher, das ist der Nachbar von Kaltenbach …«

Fett hob kurz die Hand. Genug, es war genug. »Danke, Schmelzer. Schon gut. Ich geh zur Kantine.« Er stand auf, nahm seine Jacke und verließ den Raum. So leer. So alleine. So einsam. Sein Blick schweifte ziellos umher. War er so schlimm? Hatte er nicht Schmelzer überall einbezogen, ihn geschont, auf Sohn Justus Rücksicht genommen? Oder war es die Häufung all der Morde, die mit der Vergangenheit zusammenhingen, mit den Schatten der NS-Zeit, mit dem Grauen? Somnambul bewegte sich Fett zum Kaffeeautomaten, warf mechanisch Geld hinein, bis eine Kollegin hinter ihm fragte, wie viele Becher er den tragen wolle?

»Einen Kaffee.«

»Sie donnern gerade Geld für mindestens zehn Becher in den Automaten.«

»Ach. Danke. Dann drück ich besser die Korrekturtaste.« Wie beim Hauptgewinn im Automatencasino rauschten die Münzen in das Rückgabefach. Fett ging. Ohne Kaffee. Er setzte sich an ein Fenster in der Kantine und schaute in den Himmel, ohne ihn zu sehen. Wie viele Jahre hatte er mit Schmelzer ermittelt? Er dachte an die frühen Fälle. Damals war Justus noch nicht im Kindergarten. All die Jahre, all die Besprechungen, die Neckereien mit der Wurst, dem Schnitzel, der Kantine, der Poseidonplatte. Als er wieder im Büro war, sagte er nicht viel.

»Schmelzer, danke. Viel Erfolg bei der Wirtschaftskriminalität und für die höhere Laufbahn. Nicht einfach. Sie haben das Zeug dazu. Gut auf Justus aufpassen. Der braucht Sie. Grüßen Sie Anne von mir.« Er wollte sich wegdrehen. »Alle Infos zu den beiden Fällen können Sie für die Kollegin Conti vorbereiten. Sie kommt Mittwoch. Sagen Sie nichts. Vielleicht besser so. Man sieht sich.«

Fett verließ das Präsidium. Polizeirat Kosslowski hatte ihn nicht informiert. All die hohlen Worte über Teambuilding, Kommunikation auf Augenhöhe, das Gelaber vom Personalrat, die fürchterlichen Weiterbildungen zur optimalen Mitarbeiterführung – alles für die Katz. Der

Blitz war eingeschlagen. Bernd Schmelzer. Ende 30. Er musste seinen Weg gehen. Vielleicht Landeskriminalamt oder Bundeskriminalamt. Wir sind alle nur Gäste auf der Erde, hatte er kürzlich irgendwo gelesen. Oder erinnerte er sich an Frank Schirrmachers Buch *Minimum*? Zusammenhalt nur in der Familie. Die Geschichte von dem Treck, der im 19. Jahrhundert in den USA gen Westen zieht. Schneesturm. Sie sind abgeschnitten. Wer überlebt? Die kräftigen jungen Männer, die allein ihr Glück im Westen suchen? Nein. Die Familien überleben, die, die sich gegenseitig helfen. Blutsbande. Fett schmunzelte über das Wort *Blutsbande*. Bande war mehrdeutig. Er war allein. Nur Fett und Iska in Köln, die mit der SEK-Führung völlig aus- und überlastet war. Er hatte keine Eltern mehr, keine Geschwister, keinen Hund, keine Katze. Nur Michael Fett, Mordkommission Aachen. Die kalte Abstrahlung des Alters schlich sich an. Man machte einen Bogen um ihn. Altes Eisen. Wird Zeit, dass die Pensionierung erfolgt. Er raffte sich auf, dachte an seine eigene Laufbahn. An die Chancen, die er verpasst hatte, an die Chancen, die er ergriffen hatte. Dass Schmelzer in letzter Zeit bedrückt war, hatte er gespürt. Er würde ihm ein Abschiedsgeschenk machen. Vielleicht eine Werkausgabe von Simenon? Fett schmunzelte. Oder ein Buch über Wintergrillen. Dann würde Schmelzers vegetarische Ehefrau ihrem Mann endgültig Hausverbot erteilen. Kommt Zeit, kommt Geschenk. Er war nahe dran, Iska anzurufen. Die hatte eigene Sorgen und Nöte mit ihrem Team. Merkwürdige Todesfälle bei der Kölner SEK-Einheit hatten keine Ruhe einkehren lassen. Ihre Männer standen ständig unter Strom. Wenn sie gerufen wurden, gab es ernste Probleme. Gerade hatten sie die Kinderpornographiesache von Bergisch-Gladbach an der Backe. Sie mussten ran und die angeblich normalen Vatis, die die eigenen Kinder missbraucht hatten, um 4 Uhr aus den Betten holen. Die Gefahr, dass einer durchdrehte, war groß. Suizid vor den Augen der Familie drohte. Also SEK. Iska fand Ruhe durch den Sport. Laufen war ihr Allheilmittel. Fett versank in Büchern und Filmen oder besuchte das Theater. Es blieb ein winziger Slot für ihre Begegnungen. Er rief sie nicht an. Fett war leer und ausgebrannt. Er sagte Frau Hof im Sekretariat Bescheid und schnappte sich sein Klapprad. Fett rollte die Trierer Straße hinunter, vorbei an der Lützow-Kaserne, an Audi Jacobs, an den *Aachen Arkaden*. Er rollte und rollte. Nur ab und an trat er in die Pedale, fuhr über den Willy-Brandt-Platz Richtung Seilgraben bis zum Pontdriesch. Er war zu weit gefahren, rollte zurück zur Peterstraße und bis zum Friedrich-Wilhelm-Platz. Dort kettete er das Rad an und ging ins Restaurant *Elisenbrunnen*, in den Bücherraum. Er saß so, dass er Hütte 16 sehen konnte. Qualm stieg auf. Bratwürste wurden immer verkauft. Der Weihnachtsmarkt war ein Touristenmagnet. Schöne Bescherung, sagte sich Fett und bestellte ein Glas eiskalten Crémant. Es blieb nicht bei einem Glas. Fett trank sich in eine melancholische Schwere. Zum Glück blieb er bei Crémant. Rotwein wäre fatal geworden. Irgendwann gegen 19 Uhr, die Hütten leuchteten, seine Nase auch, wankte er zu seinem Klapprad und schob wieder in Richtung *Hexenhof*. Dann kehrte er um und wankte über den Büchel hoch zum Markt. Ihm war schlecht. Er hatte nichts gegessen, dafür zu viel getrunken. Irgendwie erreichte er den Templergraben, kettete sein Klapprad an und schleppte sich die Treppe hoch zu seiner Wohnung. Frau Kleinjohann,

Ende 80, öffnete die Tür, sah ihren Nachbarn und wusste Bescheid. In letzter Zeit begegnete sie ihm immer öfter leicht angeheitert und zu Tode betrübt im Treppenhaus.

»Essen Sie was, Herr Fett. Wenn Sie mögen, ich habe Hering in Tomatensoße. Sonderangebot vom *Netto*.«

»Genau das Richtige. Merci, Frau Kleinjohann.«

Sie verschwand in ihrer Vorratskammer und übergab ihm schließlich zwei Dosen Hering und noch eine mit Kieler Sprotten.

»Hilft an so Tagen. Sie wissen schon, Herr Fett.«

»Ja, ich weiß. Doppeltes Merci, Frau Kleinjohann.« Fett wankte mit dem Fischmenü in seine Wohnung, nahm eine Scheibe Graubrot und öffnete eine Dose Hering in Tomatensoße. Er tunkte die Scheibe hinein und stieß mit der Gabel in den toten Fisch.

Am nächsten Morgen standen die drei leeren Dosen auf dem Küchentisch, die Tomatensoße hatte ein Muster auf seinem blauen Hemd hinterlassen. Sein Frühstück bestand aus zwei Tassen Kaffee. Das Klapprad stand noch vor der Tür. Ein Wunder.

PRESSE PRESSIERT

»Pelzer Pressestelle, Herr Fett?« Der Kollege meldete sich am Dienstagmorgen.

»Was gibt es?«, fragte Fett barsch. Er war nicht in bester Laune.

»Ich habe die *Dürener Zeitung* am Apparat. Was kann ich zu dem Fall Krawutschketurm sagen?

»Nichts«, maulte Fett in den Hörer.

»Wunderbar, Herr Kollege, wie so oft bei Ihnen. Etwas mehr Kooperation würde uns das Leben leichter machen.« Pelzer verdrehte die Augen. Er hatte Schwierigkeiten erwartet.

»Aus ermittlungstaktischen Gründen keine Auskunft.«

»Ob der Kaltenbach sieben Stiche aufweist, will Guntram Engels wissen.« Pelzer überhörte absichtlich Fetts Bockigkeit.

»Guntram Engels, Düren, genannt Männlein?« Fett dachte nach. Engels, der nicht gerade groß gewachsen war, trug seit der Volontärszeit schwer an dem Spitznamen Männlein. Woher hatte er das mit den sieben Stichen? Vera Braun? »Stellen Sie ihn durch«, murrte Fett.

»Engels, *Dürener Zeitung*, Lokalredaktion.«

»Fett, Mordkommission, wir hatten mehrfach das Vergnügen.«

»Es gibt einen Toten auf dem Krawutschketurm. Wir haben kurz darüber berichtet. Jetzt soll eine richtige Story daraus werden, Herr Fett.«

»Gab. Vergangenheit, Herr Engels. Es gab einen Toten. Letzte Woche.«

»Was können Sie uns über das Opfer und den Täter sagen, Herr Fett?«

»Über das Opfer etwas, über den Täter nichts.«

»Das ist ja eine ganze Menge!«

»Opfer heißt Eugen Kaltenbach und stammt aus Bergstein. Wurde von einem Wanderer gefunden. Zum möglichen Täter bitten wir die Bevölkerung um sachdienliche Hinweise unter der bekannten Nummer.«

»Klasse! Das wird eine gute Geschichte. Mindestens eine halbe Seite. Danke, dass Sie mir so viel Informationen gegeben haben.« Männlein Engels schwieg eine Sekunde. »Schade nur, dass ich das alles bereits wusste.«

»Warum rufen Sie dann an?«

»Herr Fett. Sieben Messerstiche, Kopfschuss. Gerüchte gehen um. 75 Jahre nach dem Sturm auf den Burgberg. Der Wiedergänger aus dem Mittelalter. Wir haben uns umgehört.«

»Und?«

»Ein Kapitalverbrechen, Herr Fett. Der Mörder läuft da oben rum. Wenn ich darüber nicht sauber berichte, sehe ich die fetten Schlagzeilen der Konkurrenz. ›Der Messermörder vom Krawutschketurm‹ oder ›Eifelkiller unterwegs‹ oder ›Mordeifel‹. Möchten Sie das? Unruhe in der Bevölkerung, in der Politik und bei Polizeipräsident Offenhaus kurz vor Heiligabend? Lassen Sie uns kooperieren. Gute und saubere Geschichte für Infos. Dazu der Aufruf an alle, die etwas gesehen haben im schönen Bergstein. Und ruckzuck wird daraus ein ganz normaler Mord.«

»Mord ist nie normal.«

»Dann eben die Horrorgeschichte. Liegt an Ihnen.« Männlein Engels wurde ungeduldig.

»Erpressung?«

»Nein! Ich bitte Sie. Wir werden die Geschichte bringen. Erpressung, wo denken Sie hin?«

»Er wurde erschossen. Auf dem Krawutschketurm. Lassen Sie die Messerstiche weg. Das ist Täterwissen. Erschwert unsere Ermittlungen und stiftet Unruhe. Auch …«, er überlegte einen Moment und wusste nicht mehr, ob Schmelzer und die Kollegen aus Kreuzau bei der Befragung der Anwohner über die Todesart gesprochen hatten. »Auch wenn einige Anwohner es wissen könnten. Wir ermitteln in alle Richtungen. Der Täter muss an diesem Montagmorgen Kaltenbach abgepasst haben. Sachdienliche Hinweise nehmen wir gerne entgegen.«

»Mann, Frau, zwei Täter, Motiv, Zeugen?« Männlein blieb dran.

»Vermutlich ein männlicher Täter. Zum Motiv können wir noch nichts sagen. Wir recherchieren in alle Richtungen und stehen noch am Anfang. So heißt das doch?«

»Ist nicht viel, Herr Kommissar.«

»Danke. Wissen wir auch.«

»Und der Mord an Gundula Borsche am Samstag?«

»Was soll damit sein?«

»Mann, Herr Fett, erzählen Sie mir was darüber.«

»Gundula Borsche wurde an der Haustür erschossen. Schwester Adele geschockt. Wir ermitteln auch hier in alle Richtungen.«

»Also auch keine Ahnung.«

»Wir verfolgen Spuren.«

»Ah, immerhin. Welche Spuren?«

»Kann ich nicht sagen. Stört die Ermittlungsarbeit.«

»Wie viele Schüsse?«

»Drei.«

»Hinrichtung, Auftragsmord, Mafia?«

»Alles Spekulation.«

»Doktor Gundula Borsche erschossen. Eugen Kaltenbach erschossen. Der Mörder killt die Alten.«

»Warum der Mörder, Herr Engels?«

»Ich formuliere drauflos, Herr Fett. Schließlich wurden zwei Senioren nahezu hingerichtet.«

»Zufälle, Herr Engels. Legen Sie sich nicht zu früh fest.«

»Ich mach was draus. Sachdienliche Hinweise auch bei Frau Borsche?«

»Können wir immer brauchen. Ich muss. Das war es.«

»Okay. Männlein Engels dankt und grüßt.« So beendete Engels stets seine Telefonate. Danach setzte er sich an den PC und haute die Geschichte in die Tasten: »Seniorenkiller in der Nordeifel?« Die Überschrift gefiel ihm. Oder sollte er »Senioren-Serien-Killer?« formulieren. Er entschied sich für »Senioren-Serien-Killer schlägt zu«.

Fett nahm den zivilen VW-Passat und fuhr nach Bergstein zum Ortsvorsteher Butz. Der musste mehr über den Toten wissen. Frau Hof von der Verwaltung des Kommissariats hatte Butz informiert, dass Fett ihn aufsuchen würde. Später konnte Fett sich nicht mehr daran erinnern, wie er nach Bergstein gekommen war. Schmelzer, Männlein Engels, Adele Borsche, Gundula Borsche, Rocky, Iska – alles drehte sich in seinem Kopf.

HERR BUTZ UND DAS MONSTER

Es stürmte. Der Regen peitschte auf die Scheiben des VW-Passats. Fett bemerkte nicht, dass der Scheibenwischer automatisch mal schneller und mal langsamer die Scheibe vom Regen befreite. An den Straßenrändern standen bereits die orangefarbenen Orientierungsstangen für den Schnee. Das Thermometer im Armaturenbrett zeigte acht Grad. Frost nicht in Sicht. Auf der Strecke von Brandenberg bis Bergstein wehte der Westwind extrem stark. Er bog in Richtung Kirche ab und fand das massive Steinhaus des Ortsvorstehers.

Peter Butz, 65, Schreinermeister, Jahrgang 1954. Er war der Sohn vom alten Butz. Darum wurde er in der Schule Bützchen gerufen. Er strahlte eine rustikale Wärme und Bodenständigkeit aus, wobei seine Äuglein zugleich eine gewisse Bauernschläue andeuteten. Mit einer eher jovialen Art, die manchmal in Kratzbürstigkeit umschlagen konnte, öffnete er dem Kommissar die Tür und bat ihn ins Esszimmer an einen massiven Tisch, den er zweifellos selbst gezimmert hatte. Holzschnitzereien zierten den Raum, untergebracht in einem Anbau, der nach Stil und Struktur nicht von einem Architekten geplant worden war. Überall blinkte etwas in den Farben des Regenbogens und verwies Fett darauf, dass Weihnacht vor der Tür stand. Er hatte kein Geschenk für Iska! Butz bestimmt für seine Familie. Fett war nicht bei der Sache. Er schaute auf das karierte Hemd von Peter Butz, dann auf die großen Hände und schließlich auf die buschigen Augenbrauen des Ortsvorstehers.

»Eugen Kaltenbach. Kannten Sie ihn?«

»Ich kannte ihn ein Stück weit. Der war hier nicht beliebt. Sage ich direkt. Über Tote soll man ja nicht schlecht reden. Aber bei Kaltenbach nehme ich mir das raus. Er war der Sohn des Goldfasans. So habe ich es als Kind am Küchentisch immer wieder gehört. Da können Sie meine Geschwister fragen.«

»Wer war Eugen Kaltenbach?«

»Sag ich doch. Der Sohn vom Goldfasan. Sein Vater Wilhelm war kein gebürtiger Bergsteiner. Der ist nach 1933 gekommen. Hat den Bauernhof vom Goswin Schlipp gekauft. Goswin liegt in Verdun. Seine Witwe Rosi konnte den Hof nicht mehr halten. Der alte Kaltenbach musste weg aus Schlesien oder Pommern. Na, jedenfalls aus dem Osten. Da hat der den Hof gekauft. Und ist früh in die Partei eingetreten. Hat mir mein Vater Josef erzählt. Jedenfalls ließen sich Anfang der 30er-Jahre Ouillon, Binz und Pieperbeck oft in Bergstein blicken.«

»Wer war das denn?« Fett blickte ihn fragend an und sah zugleich auf das massive Kreuz an der Wand des wuchtigen Anbaus.

»Mein Vater sagte: die Häuptlinge der Goldfasane. Die Spitzen der lokalen Nazis. Ja, der alte Kaltenbach, der hatte es ein Stück weit raus. Bauernschaft, Boden, Blut und so. Das kann ich Ihnen sagen, Herr Kommissar. Der wusste, wie er seine Fahne in den Wind hängt. Wir haben oft in der Messe darum gebetet, dass Kaltenbach stirbt. Ist zwar gotteslästerlich, aber Kaltenbach war ein Nazi und ein Sünder. Wenn Kaltenbach stirbt, wird Bergstein aufblühen, hieß es damals. Er hatte damals noch keinen Sohn. Dann wären sein Hof und seine Felder unter uns hier in Bergstein versteigert worden. Das alles hat mir mein Vater erzählt.«

»Nun ist Kaltenbach tot. Der Sohn. Geht es auch etwas genauer, Herr Butz?«

»Ich hab' das alles nur als Kind mitbekommen. Der alte Kaltenbach, der kaufte einen Acker nach dem anderen. Woher der das Geld hatte? Ich weiß es nicht. Mein Vater wusste es auch nicht. Bestimmt was mitgebracht aus dem Osten. Jedenfalls erzählte mir mein Vater, dass bei dem Kaltenbach nach 1933 große Feste auf dem Hof stattfanden. Mit Spanferkel und so. Da sei die lokale Elite der Nazis in Bergstein angereist. Und als es mit dem Bau vom Westwall und der Ordensburg Vogelsang losging, da bekam der Kaltenbach einen Auftrag nach dem anderen. Hier waren Hunderte, ach was, Tausende Arbeiter und Soldaten. Milch, Eier, Kartoffeln, Fleisch, Mehl. Der Kaltenbach lieferte alles. Meine Eltern mussten bei ihm pachten und billig abliefern. Er verkaufte es mit Aufschlag an die Ordensburg und die Bauarbeiterlager vom Westwall. Für uns blieb nicht viel übrig. Darum wurde ich Schreiner.«

Muss ein Trauma für die Familie Butz gewesen sein, dachte Fett. Ein Zugezogener kommt daher, schnappt ihnen den Boden weg, erkennt, woher der politische Wind weht, und erhält einen Auftrag nach dem anderen. Vielleicht späte Rache an Kaltenbach?

»Und sein Sohn Eugen? Der Tote?«

»Eugen, ja, Eugen, das war ein besonderer Fall. Einzelkind. War sonderbar. Verwöhnt von seiner Mutter Rosi. Die starb früh, irgendwann Ende der 50er-Jahre. Eugen, der war gut zehn Jahre älter als ich. Der Eugen, der hatte hier als Erster ein Motorrad.« Butz versank in Erinnerungen.

»Jetzt ist er tot. Erschossen oben auf dem Krawutschketurm.«

»Und erstochen, Herr Kommissar. Erstochen …«

»Woher wissen Sie das?«

»Ich weiß es von den Nachbarn, die am Burgberg wohnen. Nun ja. Sürches Mossel.« Er ließ die Worte klingen, als ob er ein geheimes Passwort ausgesprochen hätte.

»Ja und?«

»Sürches Mossel, Herr Kommissar.«

»Haben Sie bereits gesagt. Sie glauben an den Spuk?«

»Spuk. Natürlich nicht. Altweibergeschwätz – aber manchmal, so im Winter, wenn es nachmittags früh dunkel wird, ist die Eifel unheimlich. Sürches Mossel.« Wieder ließ der Ortsvorsteher das Wort klingen und erinnerte sich an seine Jugend als Bützchen.

»Kaffee, Herr Kommissar? Ich habe noch nichts angeboten. Oder etwas Warmes?«

»Ist Ihr Kaffee denn kalt?«

»Nein, wie kommen Sie darauf. Ach so. Nein. Ein Els oder Niederhäuser, der wärmt um diese Jahreszeit, auch wenn es verdammt mild ist, finden Sie nicht auch?«

»Mild ja, Niederhäuser nein. Danke. Im Dienst. Die Fahrt ist anstrengend. Sie sind der Ortsvorsteher, Herr Butz. Nicht der Märchenerzähler von Bergstein. Verbreiten Sie nicht Angst und Schrecken.«

»Ich? Der Mörder verbreitet Angst und Schrecken, Herr Kommissar! Das ist schlecht für den Tourismus, so ein Toter.«

»Welchen Tourismus?«

»Na, die Niederländer in Heimbach und die Camper unten bei Zerkall. Die bekommen Angst. Die bleiben weg.«

»Wo sollen die denn in Bergstein ihr Geld ausgeben?«

»In der Gemeinde Hürtgenwald. Muss man alles zusammen sehen. In Vossenack und Kleinhau in den Märkten und Restaurants. Dann in Heimbach und Nideggen.«

»Eugen Kaltenbach!«

»Eugen, der Sohn vom Goldfasan. Der alte Kaltenbach starb irgendwann Anfang der 70er-Jahre. Da war der Eugen knapp 30. Der erbte alles. Den Hof, die Äcker, die Pachten. Arbeiten musste der nicht mehr. Das Geld kam von der Pacht. Dann machte er in Windenergie. Direkt Anfang der 90er. Einer der Ersten. Das war eine Lizenz zum Gelddrucken. Mannomann. Und wir guckten in die Röhre. Der Eugen war verheiratet. Der heiratete die Agatha, die kam nicht von hier. Auch aus dem Osten. Hat er irgendwann auf einem Treffen von Landsmannschaften oder so kennengelernt. Keine Kinder. Die beiden sind gereist. Die Agatha hatte hier auch keinen Kontakt. Die ist vor zehn Jahren bei einem Autounfall auf der Landstraße von Vossenack nach Schmidt ums Leben gekommen. Jemand soll sie gerammt haben. Die ist ins Kalltal geschossen. Explodiert. Den Verursacher haben sie nie gefunden. Tragisch. Ausgerechnet im Kalltal. Da gab es ja genug Tote bei der Allerseelenschlacht.« Butz versank in Nachdenklichkeit, öffnete den Buffetschrank und stellte eine Flasche Niederhäuser auf den Tisch. »Tragisch. Der Eugen, der machte das immer weiter. Jeden Morgen latschte der zum Krawutschketurm. Hatte sein Vater auch so gehalten. Die Sonne begrüßen und sein Land anschauen. Irgendwie so. Die erzählten ja nichts. Prost. Kein Aufwärmer?«

»Danke, ich warte auf den Kaffee.«

»Ach, der Kaffee! Meine Frau ist in der Stadt, da muss ich dann ran.« Er kramte an einem Wasserkocher herum, suchte Kaffee, Milch, Zucker. »Nescafé auch?«

»Ja, geht. Hatte er Streit mit vielen, der Kaltenbach?«

»Streit? Er war unbeliebt. Erfolg schafft Neider. Und er war nicht von hier. Streit? Wir hatten so Diskussionen.« Butz zögerte.

»Erzählen Sie. Alles ist wichtig.«

»Der Kaltenbach war auch Vorsitzender vom Segelflugverein. Mehr so als Aushängeschild. Früher ist der ab und zu mitgeflogen. Zuletzt war er nur Vorsitzender. Macht ja auch was her. Der wollte hier so einen Ultraleichtflugplatz draus machen. Nicht mehr nur Windenstart, Motor auf dem Lkw an, Flugzeug hochschleppen, Motor ausmachen. Der wollte hier oben so eine richtige Konkurrenz für Vettweiß und die Dahlemer Binz aufmachen. Da lag er falsch. Das wollten die Bergsteiner nicht. Da war Qualm im Karton, so richtig mit Bürgerinitiative. Stellen Sie sich das vor! Sonntags im Garten am Koiteich. Sie gucken auf die Kois, und dann fliegen die Rasenmäher über Sie drüber. Da ist die Ruhe weg. Futsch. Keine Meditation. Hab' ich mir dafür die Kois gekauft? Immerhin einen für 1.000 Euro. Das ist japanische Kontemplation oder so ähnlich. Manchmal bewege ich meinen Mund schon wie die Fische. Und dann dieser Lärm!«

Fett stellte sich die Mundbewegungen von Herrn Butz vor, wie er mit dem Kiefer mahlend auf seinem Liegestuhl am Koiteich sitzt. »Bestimmt nicht. Da können die Kois ja auch nicht schlafen. Übrigens war ich bis 1984 selbst im Segelflugverein. An Kaltenbach kann ich mich nicht erinnern.« Fett musste weg von der Vorstellung mit den Fischen, ansonsten hätte er laut gelacht.

»Kaltenbach übernahm den Vorsitz vor etlichen Jahren. Da gab es Knatsch im Club, und die suchten jemanden aus Bergstein mit Geld und Einfluss. Kaltenbach hat gespendet und wurde Vorsitzender. Auf seine alten Tage noch ein Ehrentitel. Bis ihm diese Idee mit Ultraleicht in den Sinn kam.«

»Wer leitete die Initiative dagegen?«

»Birkenstolz, Heinz Birkenstolz. Der alte Grundschullehrer, wohnt hier um die Ecke.«

»Was wurde daraus?«

»Stress mit der Bezirksregierung. Antrag wurde zurückgestellt. Kaltenbachs Unterstützung im Verein bröckelte. Er drohte mit Rücktritt.«

»Wer ist mein Ansprechpartner beim Segelflugverein?«

»Woldemar Brepols, den können Sie fragen, der ist im Vorstand und hatte auch Bedenken gegen den Ultraleichtkram. Wohnt in Nideggen.«

»Woldi, der lebt noch? Woldi, der hatte immer so gute Laune und sorgte dafür, dass jeder der Jungen in die Luft kam. Großer Gerechtigkeitssinn.« Fetts Erinnerungen an seine Jugendzeit ploppten hoch. Beim Gang über den Burgberg, am Tag zuvor, hatte er vieles verdrängt.

Das Wasser kochte. Butz füllte zwei Löffel Nescafé in die Tasse, schüttete das heiße Wasser drüber und stellte die Tasse vor Fett.

»Heiß.«

»Merci.«

»Noch Fragen, Herr Kommissar? Haben Sie schon mit Tyssen gesprochen?«

»Ja, mit Tyssen habe ich gesprochen.« Fett überging den Hinweis auf den Pächter. »Hatte Kaltenbach Todfeinde?«

»Todfeinde? Ich sag mal. Eine trübe Geschichte. Die Rechers, seine Nachbarn, die hat der alte Kaltenbach von Haus und Hof verjagt. Von denen ist keiner mehr da.«

»Was war da los?«

»Die Rechers hatten den Hof direkt neben Kaltenbach. Die hatten nicht so viel Geld. Nebenerwerb. Jedenfalls mussten sie an Kaltenbach verkaufen. Das war zu der Zeit vom alten Goldfasan. Nach dem Krieg gehörte den Rechers nicht mehr viel und sie mussten für den Alt-Nazi Kaltenbach arbeiten. Recher versuchte über mehrere Wege, etwas zurückzubekommen. Den alten Kaltenbach schützten Seilschaften aus der Zeit des Führers. Jedenfalls, so erzählte es mir mein Vater, verschwand der alte Recher eines Tages in den 60er-Jahren im *Jeckeberg*. Sie wissen schon. Die Anstalt in Düren.«

»Er kam nach Düren in die Landesklinik?«

»Ja, Haus 5. Der hatte mehrmals dem Kaltenbach aufgelauert, leicht angetrunken, Schlägerei, Drohungen, Gefahr für die öffentliche Sicherheit. So hieß es damals. Alles lange her.«

»Und dann?«

»Der Recher hatte einen Sohn, Franz, um die 15 Jahre alt, als das alles passierte. Seine Mutter hat sich umgebracht, als ihr Mann in die Klinik eingeliefert wurde. Franz kam in ein Heim. Jedenfalls wurde Rechers Hof versteigert, und wer kaufte ihn? Na klar, der alte Kaltenbach. Schmeckt der Kaffee?«

»Danke, macht wach. Brepols und Recher – Ultraleicht und Existenz weggenommen. Ich muss aufbrechen nach Aachen. Wenn Ihnen noch etwas einfällt, einfach anrufen.«

»Noch was, Herr Kommissar. Wie soll ich sagen. Also der alte Kaltenbach war ja Großbauer, und da brauchte er im Krieg Knechte. Kurzum: Da waren viele Polen und Russen. Hier redet keiner gerne über die Zwangsarbeiter und Kriegsgefangenen. Dabei gab es sogar Küddelschen zwischen den Zwangsarbeitern und den Frauen, deren Männer an der Front waren Die Zwangsarbeiter waren auf jedem Bauernhof. Sonst wären ja Führer, Volk und Vaterland verhungert. Ich mach es kurz. Der Kaltenbach hat die Zwangsarbeiter beschissen behandelt. Weiß ich alles nur von meinem Vater. Kaltenbach bekam aus dem Lager in Arnoldsweiler immer wieder neue Zwangsarbeiter, weil die sich bei ihm zu Tode schufteten. Er war ein Menschenschinder. Der ging wirklich über Leichen oder ließ sie im Feld verschwinden. Das ist eine dunkle Seite unserer Geschichte hier oben. Zum Glück kamen die Amis im Winter 1944/45.«

»Was wurde aus den Zwangsarbeitern und Kriegsgefangenen?«

»Da fragen Sie mich zu viel. Ich habe gehört, die hätten auf die Amis und das Ende des Krieges gewartet. Dann sind die zu Fuß in ihre Heimat zurück. Nur nicht alle Russen, die wussten, was ihnen blühte: Stalin hat sie nach Sibirien geschickt.«

»Wollen Sie andeuten, dass ein Nachfahre der Zwangsarbeiter Rache an Eugen Kaltenbach genommen haben könnte.«

»Nein, das will ich nicht sagen. Sie haben mich nach Kaltenbach gefragt. Ich erkläre nur, warum die Redewendung im Dorf umherging: ›Wenn Kaltenbach stirbt‹. Und noch eine Bitte: die Legende von Mossel. Schaffen Sie diesen Mist aus der Welt. Sonst kommen Geisterjäger, aber keine Touristen.«

»Mal sehen, was ich machen kann. Werde im Aachener Dom eine Kerze aufstellen. Die Kois scheinen ja gerettet. Noch eine Frage: Wer kennt sich hier aus mit den Kämpfen im Dezember 1944?«

»Die Kämpfe um den Burgberg? Der Lossner. Hauptmann Lossner. Der wohnt drüben in Kommerscheidt. Macht Führungen. Auch für Amerikaner. Der weiß genau, was hier an jedem Tag von September 1944 bis Februar 1945 passiert ist. Solange brauchten die Amis, um durch den Hürtgenwald zu kommen.«

»Haben Sie seine Nummer?«

»Klar.«

Fett speicherte die Nummer in seinem Handy.

»Was wollen Sie denn von Lossner?«

»Abrundung der Ermittlungen, Herr Butz. Routinefrage. Wo waren Sie am Montagmorgen letzter Woche zwischen 6 und 10 Uhr?«

»Beim Frühstück und dann in der Werkstatt. Da bin ich montags immer. Es sein denn, wir haben Urlaub. Fragen Sie meine Frau.«

»Danke. Auch für den Kaffee. Wo wohnt Herr Birkenstolz, sagten Sie?«

»Das zweite Haus neben meinem. Wenn Sie rauskommen links.«

»Mal schauen ob er da ist.« Als Fett das Haus verlassen hatte, nahm Peter Butz einen Nachschlag aus der Flasche Niederhäuser. Wenn Kaltenbach stirbt, dann wird alles besser.

DER DALAI LAMA IN BERGSTEIN

»Hier wohnt Familie Birkenstolz« verkündete ein Schild an der Wohnungstür: »Heinz, Heike und Hildegard«. Fett klingelte, und Heinz Birkenstolz persönlich öffnete in Breitcordhose und Seemannspullover die Tür. Modell Ökomann im besten Alter. Ein säuerlicher Geruch schlug Fett entgegen.

»Fett, Kripo Aachen, Mordkommission. Komme gerade von Herrn Butz nebenan. Hätten Sie fünf Minuten, Herr Birkenstolz?« Er zeigte seinen Dienstausweis.

Heinz Birkenstolz, Mitte 50, etwas kleiner als Fett, rückte seine Hornbrille zurecht, betrachtete den Dienstausweis, verglich das Foto mit dem Original und murmelte: »Wenn es der Wahrheitsfindung dient. Kommen Sie rein. Meine Frau ist da, wo die Frau von Butz ist. Im Supermarkt in Kleinhau. Hier entlang.«

Ein Kachelofen strahlte behagliche Wärme ab. Irgendetwas mit Pansen oder Kutteln köchelte auf dem Herd. Fetts lange Nase schnappte den säuerlichen Geruch auf. Er erinnerte sich daran, wie sein Vater den Familienhund mit Frischfleisch vom Schlachthof gefüttert hatte. Im Wohnzimmer von Birkenstolz hingen Fotos vom Dalai Lama an der Wand. Räucherkerzen verströmten angeblich den Duft des Himalayas, konnten den Geruch aus der Küche aber nicht verdrängen.

»Fair-Trade-Tee, Herr Kommissar?«

»Danke, hatte gerade Kaffee beim Nachbarn.«

»Der war bestimmt nicht fair gehandelt.«

»Freundlich und fair zubereitet.«

»Na ja.«

»Sie engagieren sich für die Umwelt?«

»Für das gute Leben, Herr Kommissar.«

»Das gute Leben. Schöne Formulierung. In der Küche riecht es nicht nach Dinkelmüsli.«

»Für unseren Hund. Durchgekocht. Einmal in der Woche. Reste vom Schlachthof, die so auch eine Verwendung finden. Das gute Leben ist ein nachhaltiges Leben.«

»Hab ich mir fast gedacht. Wie viele Mülltonnen haben Sie?«

»Fünf: Papier, Bio, Gelbe, Hausmüll und Glas.«

»Alle Achtung!«

»Wir wollen doch den Planeten sauber hinterlassen. Für unsere Kinder und Enkel.«

»Auf jeden Fall. Eugen Kaltenbach hat ihn bereits verlassen. Zumindest Geist und Seele. Die Hülle wird sicherlich eingeäschert.«

»Kaltenbach. Mit seinem Tod sind endlich die hirnrissigen Pläne für die Ultraleichtfliegerei gestorben.«

»Wo waren Sie denn letzte Woche Montag zwischen 6 und 10 Uhr?«

»Bin ich verdächtig? Bloß weil ich gegen Kaltenbachs Pläne war?«

»Alles Routine.«

»Erstens habe ich geschlafen. Fragen Sie meine Frau. Zweitens meditiert und drittens war ich um 9 Uhr in der Bäckerei Hallmanns in Nideggen Dinkelbrötchen kaufen. Montags habe ich die ersten vier Stunden frei. Sie können sich dort erkundigen.«

»Keine Feindschaft? Kein Hass auf Kaltenbach in der Bürgerinitiative?«

»Hass ist ein Fremdwort. Wir kennen keinen Hass. Nur

mit der Kraft der besseren Argumente und mit Nachhaltigkeit haben wir den Kurswechsel erzielt. Stellen Sie sich vor, hier würden an jedem Wochenende von Ostern bis Oktober die fliegenden Laubbläser starten und landen. Wohnen wir deshalb auf dem Land, damit rastlose Stadtbewohner ihren Emissionsalbtraum bei uns ausleben dürfen? Nein. Windenstart und sanftes Rauschen. Das geht. Rauschende Segelflugzeuge, die den Burgberg, getragen von der Thermik, umkreisen, das ist in Ordnung. Aber nicht diese Luftverpester. Kaltenbach hat nicht mit uns gerechnet. Der dachte, alles wäre noch so wie zur Zeit seines Vaters. Der alte Kaltenbach war hier das Gesetz. Er war der Führerstellvertreter. So spielte er sich auf. Eugen wollte unbedingt diese Ultraleichtchose durchsetzen. Sein Denkmal. Er hat jedes Gespräch abgelehnt und ist in Berufung gegangen. Nun ist Schluss. Die anderen Befürworter werden einknicken wie Gänseblümchen, wenn die Kuh drauftritt. Unser Sieg steht zu 90 Prozent fest.«

»Kaltenbachs Tod kommt Ihnen also gelegen?«

»Kaltenbachs Tod lässt mich kalt. Seine Familie hat genug Unheil angerichtet. Wenn Kaltenbach stirbt, so eine Redewendung im Dorf, geht es uns besser. Er und sein Vater haben Unordnung, Nationalsozialismus, Ungerechtigkeit und Gesetzesbruch ins Dorf gebracht.«

»Reicht das als Motiv für einen Mord, Herr Lehrer?«

»Natürlich nicht. Ich sag Ihnen was, Herr Kommissar. Es war niemand von hier. Da sind bestimmt andere Rechnungen offen. Schauen Sie sich genau um.«

»Kommt Ihnen jemand in den Sinn?«

»Nein. Auch wenn viele Leute Gründe hätten, ihn da oben auf dem Krawutschketurm abzuknallen. Hört sich so nach einem Profimord an. Diese Tat, nein, keine Idee.

Da muss was anderes dahinterstecken.« Der Lehrer Birkenstolz nahm die Hornbrille von der Nase, putzte sie mit einem Papiertaschentuch, hielt sie gegen das Licht, war nicht zufrieden, hauchte auf die Gläser und putzte erneut.

»Wenn Ihnen noch was einfällt, melden Sie sich bitte. Wir wollen ja die Dorfgemeinschaft wieder in Ruhe schlafen lassen.«

»Na, wir denken im Bett drüber nach, wer was ersteigern wird vom Kaltenbach-Besitz. Da werden die Nächte kurz. Ist ja eine Menge. Gute Nacht, Herr Kommissar.«

HAUPTMANN LOSSNER UND HILL 400

Fett verließ den nachhaltigen Lehrer und den Dalai Lama in Variationen, die Räucherstäbchen und den köchelnden Pansen. Alle Frauen waren einkaufen, die Männer befeuerten Kamin oder Kachelofen. Er ging durch die Dunkelheit und die nasskalte Luft zum Wagen und rief Hauptmann Lossner an. Der war zu Hause und sofort bereit, den Kommissar zu empfangen, nachdem Fett ihm die

Hintergründe seines Anrufs erklärt hatte. Die Dunkelheit lag schwer über Bergstein, dem Kalltal, den Höhen von Schmidt und Vossenack an diesem 17. Dezember 2019. Fett dachte an den Beginn der Ardennenoffensive vor 75 Jahren. Am 16. Dezember 1944 lagen bereits Tausende Tote in den Wäldern von Eifel und Ardennen, die Kampfgruppe Peiper war mit Königstigern auf dem Vormarsch, viele Amerikaner hatten nur noch wenige Stunden zu leben. Im Kalltall hatte Anfang November ein fürchterliches Gemetzel stattgefunden.

Während in Aachen der Weihnachtsmarkt brummte, fuhr er durch die Eifelnacht. Die Sterne waren nahe, jedoch sah man keine Hand vor Augen. Ein Sichelmond hing schlapp am Firmament. Was werden die jungen Soldaten 1944 so kurz vor Weihnachten gedacht haben? Die Amerikaner glaubten nach der Einnahme von Aachen im Oktober 1944, dass der Krieg Weihnachten beendet sein könnte. Die Wehrmachtssoldaten in den Ardennen hofften auf das Umkippen des Kriegsglücks. Bis Treibstoff und Munition aufgebraucht waren, der Himmel aufklarte und die US Air Force fliegen konnte. Fett versuchte, die Gedanken in eine Beziehung zu dem Mord zu setzen. Exakt 75 Jahre nach den Kämpfen um den Burgberg wird der Sohn vom alten Kaltenbach erschossen. Mit einem amerikanischen Gewehr. Gab es einen Zusammenhang? Er fuhr vorsichtig. Wildwechsel. Das fehlte noch, ein Wildschwein oder Reh auf der Kühlerhaube. Fett schaltete das Radio ein. WDR 3 oder WDR 5 oder WDR 4? Diesmal WDR 4. Hits, die er kannte. Es lief *Smalltown Boy* von Bronski Beat. Passend, dachte Fett. Vorsichtig fuhr er die Strecke von Nideggen-Brück nach Schmidt hinauf, die er vor 40 Jahren im Sommer mit dem

Motorrad hochgerast war. Abends, nach einem Sommersonnentag auf dem Segelflugplatz. Er dachte an seine Suzuki GT 250, ein Zweitakter, mit dem er damals jeden Golf GTI abhängte. Laut wie eine Motorsäge. Heute fragte er sich, wann die Eifel für Motorräder gesperrt würde. Oder warum keine leisen Motorräder gebaut wurden? Fett raste damals mit seiner Motorsäge nach einem Flugtag in Richtung Rurtalsperre, nach Kloster Mariawald und zurück nach Düren. Die Mücken klatschten gegen das Visier des Helms. Bis er auf der neugebauten Strecke von Vossenack nach Schmidt, die hinunter ins Kalltal führt, eines Tages unter der Leitplanke lag. Er hatte Glück, kam mit ein paar Kratzern davon. Die Suzuki war Schrott. Er kaufte sich eine GS 400 Viertakter. Damit fuhr er nach Stockholm und zum Gardasee. *Smalltown Boy* näherte sich dem Ende und Fett Kommerscheidt. Das Navi zeigte den Weg. Pechschwarze Nacht. Nur die bunte Weihnachtsbeleuchtung einiger Vorgärten wies den Weg: leuchtende Hirsche, bunte Kutschen, Sternenschlangen, beleuchtete Weihnachtsmänner. Er hielt vor einem Einfamilienhaus. Ein drahtiger Endfünfziger stand in der Tür, bevor Fett klingeln konnte. Der Hausherr lächelte.

»Lossner, Sie sind Kommissar Fett?« Offener Blick, fester Händedruck und die kurze und knappe Sprache, die Fett von Offizieren der Bundeswehr kannte.

»Fett, Mordkommission Aachen.«

»Spannender Besuch. Bitte.« Lossner führte Fett in das Wohnzimmer, wo ein Kamin wohlige Wärme verbreitete. Wenige Bilder an der Wand oder in einem Rahmen im Regal. Hauptmann Lossner in Uniform, Kameraden, Shakehands mit US-Soldaten, Lossner in den USA.

»Entschuldigen Sie die Störung, Herr Lossner. Ortsvorsteher Butz gab mir den Hinweis, dass Sie der beste Kenner der Kämpfe im Hürtgenwald seien.«

»Der beste Kenner sei dahingestellt. Die Militärgeschichte beschäftigt mich. In meiner aktiven Zeit kamen viele amerikanische Kameraden zu den alten Kriegsschauplätzen. Da habe ich begonnen, die Geschichte aufzuarbeiten.«

Sie setzten sich in zwei Sessel nahe am Kamin.

»Wasser, Tee oder was anderes, Herr Fett?«

»Wasser, gerne. Sie sind nicht mehr aktiv?«

»Nicht dauerhaft. Manchmal werde ich reaktiviert. Die Bundeswehr ist da flexibel geworden.«

»Sie waren in Aachen stationiert?«

»Technische Schule des Heeres.« Lossner brachte Mineralwasser und zwei Gläser.

»Kannten Sie Eugen Kaltenbach?«

»Vom Namen her. Ihm gehörten hier viele Äcker und Wiesen. Hab in der Zeitung davon gelesen. Wie ist er umgekommen?«

»Mord. Vorsätzlicher Mord. Gut geplant. So sieht es aus.« Fett schaute ihm in die Augen. Lossner dachte nach. »Was war hier im Dezember 1944 am Burgberg los, Herr Hauptmann?«

»Ein Gemetzel an *Hill 400*. So nannten die Amerikaner den Burgberg. 400 Meter hoch. Spezialeinheiten griffen am 7. Dezember an. Ranger. Viele starben im Artilleriefeuer der Wehrmacht. Unter großen Verlusten haben sie den strategisch wichtigen Burgberg erobert. Von dort aus hatten sie weite Sicht und Kontrolle in Richtung Düren, Nideggen, Hürtgenwald, Rursee.«

»Kam es zu Kriegsverbrechen?«

»Es kam an jedem Tag zu Kriegsverbrechen. Nur wenige wurden in den Medien so ausführlich dargestellt und vermittelt wie das Massaker von Malmedy.«

»Konkret in Bergstein?«

»Ein Sanitätsstützpunkt der Amerikaner wurde beschossen. Trotz der Rot-Kreuz-Flagge. Alle verwundeten Amerikaner kamen um. Die Präzision der Einschläge deutete darauf hin, dass jemand aus der Bevölkerung die Position verraten und das Feuer geleitet haben musste. Da gab es auch einen Prozess. Bitte fragen Sie mich nicht, gegen wen. Dann zog die Kriegsmaschine weiter Richtung Rhein. Später wurde versucht, das Geschehen aufzuarbeiten. Ich glaube, da ist nichts rausgekommen.«

»M1 Karabiner, Herr Hauptmann.«

»Standardkarabiner der Amerikaner. Davon lagen bei den Kämpfen im Hürtgenwald Hunderte in den Wäldern herum. Natürlich auch deutsche Mauser 98K, MP40, Walther PPK und P38 der Offiziere. Hier oben stolperte man über Waffen, Handgranaten, Blindgänger, Minen.«

»Wurden die nach Kriegsende alle konfisziert?«

»Es wurde versucht. Viele ältere Eifelbewohner haben noch irgendwo so ein Souvenir. Oder sie brauchten es für die Jagd. In der schlechten Zeit.«

»Sind die Waffen funktionstüchtig?«

»Kommt darauf an. Das wissen Ihre Spezialisten vom LKA besser als ich. Wurden die Waffen gut verpackt, eingeölt, sind die rasch funktionstüchtig. Natürlich.«

»Kaltenbach wurde mit einem M1 Karabiner erschossen. Mitten in die Stirn.«

»Mit dem amerikanischen Karabiner? Seltsam.«

»Wie beurteilen Sie das?«

»Den Treffer? Hängt von der Entfernung ab. Wenn das Gewehr in Ordnung und der Schütze ausgebildet war, dann ist das mit Zielfernrohr gut möglich. Warum M1? Worauf wollen Sie hinaus?«

»Könnte Rache ein Motiv sein?«

»Rache. Warum? Ach, Sie meinen der alte Kaltenbach hat den Rot-Kreuz-Stützpunkt verraten, und jetzt, nach 75 Jahren, wird sein Sohn auf dem Burgberg erschossen.« Er überlegte. Fett schwieg.

Lossner blickte Fett ernst an. »Viele US-Veteranen haben das Gemetzel hier oben nicht vergessen. Manche kommen jedes Jahr. Andere haben nie wieder deutschen Boden betreten. Die Grausamkeiten haben sich eingebrannt. Das Erschießen von Gefangenen, der Kampf mit dem Spaten und das Ermorden von Verwundeten. Das sitzt tief im Gedächtnis.« Lossner schwieg. Dann sagte er: »Ich fasse zusammen. Sie haben die These, dass vermutlich der Nachfahre eines GIs den Sohn von Kaltenbach nach 75 Jahren erschießt, weil der alte Kaltenbach die Amerikaner auf dem Gewissen hat. Ist das richtig so?«

»Ja. Ungefähr. Könnte ein Motiv sein. – Waren am 9. Dezember Amerikaner bei Ihnen zu Gast, Herr Lossner?«

»9. Dezember. Ein Montag. Nein, ich habe erst am Ende der Woche Besuch aus Arlington bekommen. Am Montag nicht. Auch sonst waren keine Gruppen unterwegs. Das hätte ich erfahren.«

»Da oben am Burgberg ist das Grab eines Private First Class.«

»Ja, Peternell. Der wurde 1981 dort gefunden.«

»Vor dem Kreuz lag die Patronenhülse der Kugel, mit der Kaltenbach erschossen wurde.«

»Vor dem Kreuz? Damit sie gefunden wird?«

»Vielleicht. Oder als Devotionalie. Als Signal für eine abgetragene Schuld.« Fett spürte eine Müdigkeit, die durch die Wärme des Kamins verstärkt wurde.

Lossner schaute in die Flammen, die plötzlich aufloderten, weil ein Holzscheit vollständig Feuer gefangen hatte.

»Ich glaube das nicht«, sagte er bestimmt. »Niemand der Veteranen, die ich kenne, hegt solche Rachepläne. Ich glaube, da will Sie jemand auf eine falsche Fährte locken.«

»Vielleicht haben Sie recht, Herr Lossner. Ich habe zu viele Fälle erlebt, die mit dem Krieg zusammenhingen. Wir müssen in alle Richtungen ermitteln. So hören Sie es ja sonntags im *Tatort*. Ich darf auf Sie zurückkommen?«

»Selbstverständlich.«

»Wo waren Sie vergangene Woche Montagmorgen zwischen 6 und 10 Uhr? Reine Routine.«

»Um 7 Uhr in der Leo-Löwenstein-Kaserne in Aachen. Fachseminar zur Inneren Führung. Da bin ich um 6 Uhr losgefahren. Sie können den Standortältesten fragen. Er hat das Seminar geleitet.«

»Danke. Reicht schon.«

Fett stand auf, schaute durch die große Scheibe des Wohnzimmerfensters in die dunkle Nacht. Das Kaminfeuer spiegelte sich.

»Ich begleite Sie.« Lossner öffnete Fett die Tür. »Die Geschichte lässt uns und die Amerikaner nicht los. Die Form der Erinnerung wird immer wieder neu diskutiert. Kluge Wissenschaftler möchten uns vorschreiben, wie wir erinnern dürfen. Ich respektiere die amerikanischen Veteranen und schreibe ihnen nicht vor, was sie denken und sagen sollen. Das unterscheidet mich. Und ich vergesse nicht, dass wir Krieg und Terror begonnen haben. Auch nicht, dass uns die Amerikaner beim Aufbau der Demokratie unterstützt und während des Kalten Kriegs stets Schutz geboten haben.«

»Stimmt«, sagte Fett nachdenklich. »Ursache und Wirkung. Danke. Tat gut, mit Ihnen zu sprechen. Wir hören bestimmt voneinander.«

Sie reichten sich die Hand. Kräftiger Händedruck. Richtung Roetgen, Himmelsleiter runter, Kornelimünster, dann Polizeipräsidium in Aachen-Brand. Es war spät. Das Licht der Wache brannte. In den Büros nur wenige Kolleginnen und Kollegen. Fett stellte den Wagen ab und nahm sein Klapprad.

Um 22.30 Uhr erreichte er Iska in ihrer Wohnung in Bonn. Sie war, wie so oft, auf der A555 in einen Stau geraten, viel zu spät heimgekehrt, die Geschäfte hatten geschlossen, blieb nur die Tanke. Ihre Laune erkannte er an der Stimme, die kurz angebunden war. Er störte wahrscheinlich bei einem frugalen Abendessen mit Tagesthemen.

»Ich esse.«

»Sehr spät.«

»Weiß ich selbst.«

»Schlechter Tag?«

»Scheißtag.«

»Dann lass ich dich in Ruhe essen.«

»Ja. Bis morgen.«

»Na dann.«

Diese Dialoge kannte er. Er mochte sie nicht. Zwar hatte er auch ab und an schlechte Laune. Ein wenig Mühe, und schon konnte er mit kleinen scherzhaften Bemerkungen seine Missstimmung überspielen. Oder er ließ es raus. Heute war er abgefertigt worden wie ein Callcenter-Agent, der eine Umfrage zu Fußpilzcreme durchführt. Einen Scheißtag hatte er auch gehabt. Und mit Schmelzers Abschied musste er sich allein rumplagen. Das nagte an ihm. Sehr sogar.

KEIN MITTWOCH WIE JEDER ANDERE

»Tu mir eins von denen da.«

»Hiervon?«, fragte die Verkäuferin.

»Nein, von denen.« Der gut geölte Sonnenbankkönig zeigte auf ein Sesam-, Mohn- oder Mehrkornbrötchen. Fett stand hinter ihm an der Brottheke. Der Name des gewünschten Brötchens fiel dem Sonnenkönig nicht ein. Die Verkäuferin griff zum Mohnbrötchen.

»Nein, von den anderen da.«

»Also Sesam.«

»Sesam, ja. Und zwei von denen da.«

»Mit oder ohne Rosinen?«

»Ohne Rosinen. Wie viele haben wir denn?«

»Eins und zwei macht drei.«

»Genau. Jut so.«

»Macht zwei Euro 50.«

»Mit Karte.«

»Erst ab zehn Euro.«

»Dann muss ich mal zum Auto gehen. Tu mir die solange weg.«

»Mach ich. Liegt auf Seite.«

Fett hatte dem Dialog staunend zugehört. Er wollte nur ein Schokocroissant mit Barzahlung. Ein kleiner Muntermacher nach dem Lauf, es war eher ein zügiger Gang gewesen, am Lousberg. 6 Uhr, die Nachbarn schliefen. Dusche, Frühstück, Klapprad. Schmelzer hatte freigenommen. Besser so, dachte Fett.

Frustriert stieg er auf das Rad und fuhr den Seilgraben hinunter, querte die Peterstraße, dann über den Willy-Brandt-Platz Richtung Adalbertsteinweg und weiter die Trierer Straße hoch zum Präsidium gegenüber von der Autowaschanlage mit dem sprechenden Namen *Niagara*. Fett dachte an all die Filme über die Wasserfälle an der Grenze zwischen den USA und Kanada. Der Aachener Wintertag war überraschend mild. Kein Schnee, kein Regen. Mit schlechter Laune passierte Fett die Pforte. Im Büro schloss er die Tür, griff die Akten, ein Blatt Papier. Er machte Notizen zu dem, was Butz, Birkenstolz und Lossner ihm erzählt hatten. Um 8 Uhr rief er Woldemar Brepols in Nideggen an. Er wollte diese Spur abschließen. Was heißt diese Spur? Ultraleichtflieger, Amerikaner – mindestens zwei Spuren. Zumindest diese Flugplatzspur wollte er abklären. Alles allein. Ohne Schmelzer. Und ohne Kommissarin Conti.

»Brepols.«

»Michael Fett. Woldemar, kennst du mich noch?«

»Michael Fett. Der kleine Fett.«

»Ja, der kleine Fett. Er ist nun erwachsen.«

»Micki, das ist ja eine Überraschung.« Woldemar verfiel in eine Mischung aus Hochdeutsch mit Mundart. Er hatte studiert. War Ingenieur bei *Rheinbraun* gewesen. So genau wurde damals mit den Jugendlichen nicht über die Arbeit gesprochen. Es zählte der Kamerad, nicht sein Beruf. Wie in vielen Vereinen. Oder ist es nicht das Wesen eines Vereins, dass man den Stand, die Herkunft, den Beruf abstreift und alle gleich sind? Vieles schoss Fett durch den Kopf.

»Mensch, Micki, was machst du denn, fliegst du noch?«

»Mit dem Fahrrad auf die Nase. Nein.« Er machte einen Moment Pause. »Leider nicht mehr. War die schönste Zeit der Jugend. Wirklich. Und du hast immer gute Laune verbreitet. Nie habe ich so viel gelacht wie mit dir und den anderen Kameraden oben in Bergstein.«

»Alles anders geworden.«

»Darum rufe ich an. Woldemar, ich arbeite bei der Kripo in Aachen. Mordkommission. Ich untersuche den Fall Eugen Kaltenbach. Er war der Vorsitzende des Segelflugvereins.«

»Eugen Kaltenbach.« Eine kleine Tonlagenveränderung schlich sich in Brepols Stimme. »Ja, der war der Vorsitzende, Micki. Und er war ein Problem.«

»Woldemar, ich würde dich heute Vormittag gerne besuchen in Nideggen. Ist das okay für dich?«

»Micki, ich freu mich. Klar. Komm vorbei. Claudia ist gleich unterwegs nach Köln. Wir haben Zeit. 10 Uhr. Kaffee inklusive.«

So verblieben sie, die ehemaligen Kameraden vom Segelflugverein Düren. Mörder im Segelflugverein? Alles ist möglich, sagte sich Fett.

DER PRÄSIDENT ENTSCHULDIGT SICH

»Herr Fett, sprechen Sie immer so lange? Könnten Sie bitte zum Polizeipräsidenten kommen?« Die Vorzimmerdame von Polizeipräsident Offenhaus. Auch die neue Landesregierung hatte ihn in Aachen belassen und seine Dienstzeit verlängert.

»Schöne Begrüßung, Kollegin. Können, ja. Wann denn?«

»Sofort, Herr Fett.«

Fett nahm den Aufzug und betrat das neue Büro des Polizeipräsidenten. Er staunte über den Blick auf die Trierer Straße, die vielen Bildschirme auf dem Schreibtisch, den Flachbildschirm an der Wand. Offenhaus blickte vom Schreibtisch auf.

»Ah, mein bester Kriminaler, Kollege Fett. Kaffee bestellt?«

»Danke, Herr Präsident. Habe bereits.« Fett schwante, dass etwas im Busch war. Wenn Offenhaus mit dem Wort »Kollege« rausrückte, drückte der Schuh.

»Na, was sagen Sie zu meinem neuen Büro? Allererste Sahne.«

»Schon beantwortet, Herr Präsident.«

»Mensch, Fett, Sie sind so kurz angebunden.«

»Meinen Sie?«

»Ja.« Offenhaus zögerte, räusperte sich: »Also die Schmelzer-Sache. Da ist was schiefgelaufen.«

»Ach so. Schiefgelaufen. Schmelzer-Sache?«

»Kommunikationspanne. Passiert, Fett. So etwas passiert.« Offenhaus stemmte sich aus dem Chefsessel, wies

Fett einen Platz in der Mustersitzecke für Büros aus den regionalen Möbelhäusern zu. Er ließ sich in einen der Sessel fallen, die Fett eher in einem Swingerklub oder Krimihotel bei Hillesheim vermutet hätte. Der Geschmack des Präsidenten war eigen.

»Blöde Sache. Ich habe es verbockt, Fett. Sie wissen, ich gebe nicht gerne Fehler zu. Sie kennen mich seit über zehn Jahren.« Er erwartete, dass Fett den Gesprächsfaden aufnahm. Der dachte nicht daran.

»Kosslowski kam zu mir mit dem Versetzungsantrag und der Laufbahnverbesserung. Ich muss an die Zukunft denken. Wir beide fahren bereits in den ewigen Lokschuppen. Die jungen Leute müssen aufs Gleis. Schmelzer schafft das. – Nun sagen Sie auch mal was, Fett.«

»Lokschuppen, Herr Präsident. Da stehen Rangierloks und Intercitys.«

»Halten Sie sich nicht am Lokschuppen auf, Fett. Tut mir leid. Ich sollte mit Ihnen sprechen. Hatte ich Kosslowski zugesagt. Hab es vergessen. – Und ich schiebe es nicht auf das Vorzimmer.«

»Wäre ja noch schöner.«

»Was haben Sie gesagt?«

»Schön von Ihnen, dass Sie es mir heute erklären. Heute kommt die Neue.«

»Conti. Kommissarin Conti. Fett, bitte fangen Sie die Kollegin auf. Hab mir die Personalakte angesehen. Sehr gute Frau. BKA Personenschutz. Die hat Horst Köhler beschützt. Auch kurz die Kanzlerin. Sehr gute Frau.«

»Und jetzt Mörderjagd am Kaiserplatz oder Bushof in Aachen?«

»Karriereknick. Da war was mit untenrum. Mit einem anderen Personenschützer. Dienstreise mit dem Buprä.

Irgendwie geriet der Dienstplan durcheinander. Jedenfalls war sie im Bett und nicht vor der Tür. Und im Bett nicht allein. Sie verstehen?«

»Einigermaßen sympathisch.«

»Typisch, Fett! Nicht, dass Ihnen das auch mal passiert.«

»Meine Sorge, Herr Präsident.«

»Die Conti kam zum LKA nach Düsseldorf. Da hat sie ziemlich viel durcheinandergebracht. Nicht untenrum, sondern weil sie massiv eingestiegen ist bei den Gefährdern ab 2015. Das LKA hat ihre Vermerke an das BKA gegeben, die hatten eine offene Rechnung mit ihr. So kam Druck vom Bundesinnenministerium. Da ist sie zwischen die politischen Räder geraten.«

»Auch sympathisch.« Fett blieb lakonisch.

»Kurzum: KK11 Düsseldorf. Mordkommission. Ihr letzter Job. Da war der Draht zum LKA etwas kürzer. Quasi vor der Haustür. Deshalb hat man ihr sofort den Schmelzer-Platz angeboten. Bewährungsaufstieg. Sagen wir so: nachdrücklich angeboten. Alternativ Rhein-Erft-Kreis. Da hat sie Aachen gewählt.«

»Schöner Zug von ihr. Und jetzt?«

»Was und jetzt? Heute gegen 13 Uhr ist sie bei Ihnen.«

»Alter?«

»Moment.« Offenhaus nahm eine Akte zur Hand. »Jahrgang 1980.«

»39. Gutes Alter. Familie?«

»Single. BKA Personenschutz bei Köhler von 2005 bis 2008. 2008 bis 2016 LKA. Mitten in der Flüchtlingskrise Versetzung zur Mordkommission Düsseldorf. Und nun Oche.«

»Woher kommt der Name?«

»Welcher, Daniela?«

»Nein, Conti!«

»Vater war Gastarbeiter. Kommt, glaube ich, aus Sizilien, dann Toskana und dann Bottrop. Zeche Prosper-Haniel. Mutter war Deutsche. Sie wuchs im Ruhrgebiet auf. Hat entfernte Verwandte in Italien. Vermute ich. Allein gegen die Mafia.« Er lachte sein rachitisches Selbstlachen, das längst niemanden mehr ansteckte.

»Conti und Fett. Bravissimo, Herr Präsident. Meisterleistung in der Kommunikation. Dann können wir ja die Mafia in Aachen ausheben.«

»Hab ich mich entschuldigt oder hab ich mich entschuldigt?«

Fett schaute den immer dicker werdenden Präsidenten an. Er würde es nicht mehr lange machen. Seine Fressorgien in der Mittagspause waren in aller Munde. Belgischer Reisfladen war seine Droge. Er verschlang mindestens einen pro Tag. Die Ablösung sollte bereits vor Jahren erfolgt sein. Die Landesregierung konnte sich nicht einigen. So blieb Offenhaus als Schnittmenge von Schwarz, Gelb, Rot und Grün im Amt. Selbst den Umzug des Präsidiums hatte er mitmachen müssen.

»Sie haben sich entschuldigt, Herr Präsident.«

»Kommen wir zum Fall Krawutschketurm. Was war da los? Ich schlage die Zeitung auf und denke, mich tritt ein Pferd. Dabei sind wir weg von der Soers und von Serienmördern in der Eifel, Seniorenkillern und so einem Käse. Das können wir vor Weihnachten nicht gebrauchen. Das subjektive Sicherheitsempfinden der Leute ist eh im Eimer. Also?«

»Präzisionsschuss auf einen alten Mann, dessen Vater hochrangiger Nazi war. Dann sieben Stiche. Der Schuss war bereits tödlich. Spur: M1 Karabiner der US-Armee aus dem Zweiten Weltkrieg. Die kämpfte hart um den Burgberg, auf dem der Krawutschketurm steht. Vater des Opfers soll Standort von amerikanischen Soldaten verraten haben. Die wurden durch Artillerie der Wehrmacht getötet.«

»Wieder so eine alte Geschichte von Rache und Vergangenheit?«

»Ich glaube nicht, dass ein Amerikaner als Rächer angereist ist. Zu kompliziert. Der hätte wochenlang das Verhalten des Opfers beobachten müssen. Wie soll der Ami an die Waffe rangekommen sein?«

»Wie hat der Mörder die Waffe beschafft?«

»Ende 1944, Anfang 1945 lag dort oben alles voller Waffen. Viele haben sich bedient, die Waffen versteckt, und jemand scheint sie nun hervorgeholt zu haben.«

»Ein deutscher Mörder mit amerikanischem Karabiner und sieben Messerstichen? Was soll das alles?«

»Eine Botschaft. Ein Zeichen. Wie sagte Kollegin Unsleber: Schuss in die Zwölf. Sieben Messerstiche. 75 Jahre nach den Kämpfen am 7.12.1944 auf dem Burgberg. Eine Botschaft. Kaltenbach, das Opfer, steht in einem Zusammenhang mit dem, was 1944 oder auch in der Nazizeit dort passiert ist. Zugleich werden wir, das heißt werde ich auf die amerikanische Spur gelenkt. Etwas kompliziert. Daneben gibt es eine Spur zum Segelflugverein. Kaltenbach wollte massiv Ultraleichtfliegerei in Bergstein durchsetzen. Da werde ich heute nachfassen.«

»Warum erst heute?«

»Schmelzer krank, Schmelzer weg und eine ermordete Frau in Düren.«

»Ach, der Fall Borsche. Sachstand?«

»Die Ermordete hatte einen Dioxinskandal mit Zuckerrüben entdeckt und verlangte Konsequenzen. Bisher die einzige Spur. Bleibt ein Restzweifel.«

»Der wäre?«

»Verwechslung mit der anderen Schwester. Doktor Adele Borsche. Liegt mit Schock im Krankenhaus Düren. Die Kaltblütigkeit des Täters macht nachdenklich. Sofort an der Tür mit drei Schüssen hingerichtet. Als ob es ein Mafiamord wäre. Kann Kollegin Conti direkt einsteigen.«

»Sie und Ihre Klischees. Machen Sie mir die Frau nicht sauer. Verwechslung? Wieso Verwechslung? Bleiben Sie mal an den Rüben dran. Mafia in der Voreifel. Fehlt mir noch. Im nächsten Jahr ist endgültig Schluss. Da brauch ich solche Schlagzeilen überhaupt nicht. Sollen die Kollegen in Bonn für den Raum Schleiden dran knabbern oder die in Rheinland-Pfalz. Hier bitte keine Mafia! Heute bekommen Sie Verstärkung. Und helfen Sie der Frau Conti etwas. Vom BKA nach Aachen, na ja, das ist wie von der Formel 1 auf den Autoscooter.«

»Wir sind also der alte Autoscooter vom Bendplatz?«

»Wie meinen Sie? Quatsch! So war das nicht gemeint. Sie wissen schon. Gehen Sie mit ihr essen oder zeigen Sie ihr den Dom. Nicht leicht für Frau Conti.«

»Ich zeig ihr den Dom. Immerhin ist Karl der Große auch bis Rom gekommen. Es gibt Anknüpfungspunkte.«

»Sehen Sie, Fett, darum kommt sie zu Ihnen. Sie sind der richtige Mann. Galant, umfassend gebildet, neugierig, charmant und Sie können zuhören.« Etwas, was Offenhaus abging. Der Polizeipräsident stand auf. Das sichere Zeichen für das Ende der Konversation. »Von Ihnen gehen immer Anregungen aus. Das brauche ich für den nächsten *Krüzzbrür*-Abend. Karl der Große in Rom. Da freut sich

Professore Paganini, wenn ich mit dem Wissen komme. Und erst der liebe Historiker Professor Kerner.«

Fett beobachtete, wie der Polizeipräsident in sich hineinlächelte. Aus dem Augenwinkel sah Fett einen Karton mit Reisfladen von *Moss* oder *Leo*, dem Bäcker, auf dem Aktenbock. Das Resultat, so dachte Fett, spannt sich so, dass in Kürze etliche Knöpfe vom karierten Hemd des Präsidenten die Flucht antreten werden.

»Ich muss aufbrechen, Herr Präsident. Kosslowski weiß von unserem Gespräch?«

»Ja, Fett. Kosslowski ist informiert. Schließlich, ich betone, habe ich ja was verbaselt.«

»Verbaselt, Herr Präsident.«

Beide standen an der Tür. Der Präsident schwitzte unter seinem alten Sakko, das karierte Hemd spannte sich, er reichte Fett die Hand und näherte sich Fetts rechtem Ohr, so als ob er befürchtete, abgehört zu werden.

»Fett, passen Sie auf. Rüschendonk hat nicht alle Bedrohungsszenarien ausgebreitet. Manche werden nur den zuständigen Kommissariaten erläutert. Wir haben in Deutschland zunehmend perfide Gewalttaten. Denken Sie an den Kannibalismusfall, an das Ehepaar, das Personen versteckt hielt, den Pfleger, der die Kranken zu Tode gespritzt hat. Jedenfalls nimmt die Zahl von gestörten Tätern zu, die kaltblütig und rücksichtslos vorgehen. Möglicherweise haben Sie es bei Kaltenbach oder Borsche mit einem Psychopathen zu tun. Darum möchte ich, dass Sie nicht allein unterwegs sind. Die Conti ist fit. Sonst wäre sie nicht beim BKA gewesen. Nehmen Sie die mit raus. Fahren Sie nicht allein in die Mordeifel. Verstanden?«

»Psychopathen. Ja, Herr Präsident.«

Dann erst ließ Offenhaus Fetts Hand los.

ULTRALEICHT UND ULTRASCHWER

Fett fuhr nach Nideggen. Er kannte die Strecke. Die Temperatur war mild. Fahl schien die Sonne, als er, von Düren aus kommend, Nideggen erreichte. Woldemar Brepols wohnte am Marktplatz. Er erwartete Fett. Überrascht von den vielen Cafés und Restaurants im pittoresken Nideggen, steuerte der Kommissar das massive Steinhaus an.

»Micki, Kripo Aachen«, sprach er in die Gegensprechanlage mit Kameraauge. Selbst hier im idyllischen Nideggen hatte moderne Technik Einzug gehalten. Ein groß gewachsener Mann Ende 70 öffnete die Tür, grauer Schnauzer, wache braune Augen, keine Brille, schlank.

»Lieber Micki, treten Sie ein, Herr Kommissar.« Sie umarmten sich, obwohl seit der letzten Begegnung über 35 Jahre vergangen waren. Fett erkannte die Stimme, das Lachen, die verschmitzten Augen, die Lebendigkeit. Er hatte Woldemar vor Augen, wie er im Segeflugzeugklassiker Ka6 startete, sich meldete, aufbrach zum 300 Kilometer-Dreiecksflug. Woldemar hatte nie Angst gehabt. Er liebte den Segelflug, beherrschte ihn, kannte die Grenzen und Chancen. Ein hervorragender Pilot.

Woldemar führte Fett in ein modern eingerichtetes Haus. Kein Barock, keine Eiche, keine Musterküche. Granit, Marmor, Edelstahl. Alles aufgeräumt, Buchregale maßgefertigt, kein Fernseher, *Frankfurter Allgemeine*, *DIE ZEIT*, *Aerokurier*.

»Moderne Einrichtung, Woldemar.« Fett griff nicht zur Abkürzung des Vornamens. Die alten Kameraden hatten ihn Woldi gerufen, die Jugendlichen immer Woldemar.

»Danke. Werde es meiner Frau ausrichten. Sie ist in Köln, Computerworkshop im Apple-Store oder so jät.« Wenn er guter Laune war, benutzte er auch früher schon Mundartbrocken.

»Könnte ich auch gebrauchen«, seufzte Fett.

»Dafür bist aber nicht gekommen.«

»Nein. Eugen Kaltenbach, der Vorsitzende, er ist der Grund, wie ich am Telefon sagte.«

»Kaltenbach war der Vorsitzende. Ich bin der Stellvertreter und nun der kommissarische Vorsitzende. Die Trauerfeier muss noch organisiert werden.«

»Er wollte Ultraleichtflug ermöglichen?«

Woldemar wurde ernst. Selbst in der Ernsthaftigkeit lächelte er ein wenig und machte so jedes Gespräch zu einem freudvollen Austausch. Eine seltene Gabe. »Du sprichst einen Konflikt an, der den Verein fast zerrissen hätte. Außerdem belastete das unser Verhältnis zu Bergstein und der Gemeinde Hürtgenwald.«

»Du warst dagegen?«

»Ja oder eher enthaltend. Damit wäre das Besondere verlorengegangen.«

»Was ist das Besondere, erklär es mir.«

»Die tiefe Ruhe, die Kontemplation, die Meditation, die Achtsamkeit vor der Natur.«

»Ganz schön viel.«

»Ja. Ich bin in dem Verein seit fast 50 Jahren. 1971 erhielten wir die Genehmigung für das Segelfluggelände. Du bist 1974 zu uns gekommen. Seit damals haben Hunderte Flugschüler den Pilotenschein dort oben gemacht. 1975 konnten wir die Halle bauen, du erinnerst dich. Alles immer im guten Einvernehmen mit der Bevölkerung. Dann kommt 2016 Eugen Kaltenbach mit der Idee für Ultraleichtflug ohne Beschränkung auf Typen.«

»Warum wollte er das unbedingt?«

Woldemar zog sein Handy aus der Tasche. »Das ist die Konkurrenz. Wer hat heute Zeit, den ganzen Tag auf dem Flugplatz zu verbringen? Die Jugendlichen können oder wollen das nicht mehr. Wir verlieren Mitglieder. Es gab vor Jahren eine Vereinskrise. Das fing an, als du 16 oder 17 warst. Mit den ersten Privatflugzeugen haben wir ein wenig vom Zusammenhalt verloren. Wir mussten nicht mehr zusammen die Maschinen auf- und abbauen, einige Kameraden kamen nur für Stunden mit der Privatmaschine raus. Danach kam der Motorflug. Zunächst die Motorsegler in Merzbrück und Nörvenich. Es folgte der Ultraleichtflug. Einige Mitglieder wanderten nach Vettweiß und Morschenich ab. Andere sind in Merzbrück und Nörvenich. Kaltenbach wollte als Vorsitzender in die Geschichte eingehen, der Mann, der das Steuer herumreißt. Er war besessen und glaubte, dass er über Kontakte verfüge, die das ermöglichen würden. Einige haben ihn unterstützt, andere hat er gekauft oder ihnen Fluggemeinschaften für einen Ultraleichtflieger in Aussicht gestellt. Aber Ultraleichtflug ohne jede Beschränkung, das war nicht durchsetzbar. Den Widerstand in der Bevölkerung hat er nicht richtig eingeschätzt. Auch nicht den im Verein. Er war im Grunde nur ein Vorzeigevorsitzender. Flog nicht selbst. Er hat gespendet, er hatte Geld, ihm gehörten die Wiesen der Start- und Landebahn. Wir hofften auf einen Geldsegen mit ihm. Neue Flugzeuge, neue Schleppwinde, neue Fallschirme. Du kennst das ja.« Woldemar schaute nachdenklich aus dem Wohnzimmerfenster in Richtung Rurtal. »Die schönen Tage von

Bergstein sind vorbei, Micki. Wir hatten so schöne Tage damals, in den 70er-Jahren. Wir holten morgens die Flugzeuge aus den Hallen der Papierfabrik in Zerkall und bauten die Maschinen zusammen. Um 9 Uhr begann der Flugtag. Bis zum Sonnenuntergang. Alle machten mit. Alle waren morgens da. Alle saßen am Abend am Lagerfeuer. Wir schliefen unter den Tragflächen und fuhren zur Kall hinunter uns waschen. Weißt du noch, Micki?« Fett bemerkte feuchte Augen. Etwas aus der gemeinsamen Vergangenheit erleuchtete das Herz von Woldemar Brepols, der mehr als 1000 Flüge absolviert hatte.

»Es vergeht kaum ein Tag, an dem ich nicht an Bergstein denke.« Fett blickte auch aus dem Fenster. »Verklären wir das alles?«

»Nein. Es war so. Ohne Handy. Nur wir, die Luft, das Fliegen, die Kameradschaft, die Verantwortung füreinander, das Miteinander von den Alten und den Jungen, die Fliegerfeste, die Rückholaktionen in Frankreich, in Luxemburg, in der Südeifel. Heute bleibt kaum jemand von morgens bis abends auf dem Flugplatz. Es ist etwas verlorengegangen. Und der Quatsch mit Ultraleicht hat die Situation verschärft.« Brepols drehte sich wieder zu Fett.

»Wo warst du am Montag, 9. Dezember, zwischen 6 Uhr und 10 Uhr?« Fett sprach die Frage ruhig aus.

»Bin ich verdächtig?«

»Routine. Bin halt Polizist geworden. Dadurch haben wir uns heute getroffen.«

»Wir waren bei Claudias Schwester in Hannover. Zweiter Advent war das? Ja, zweiter Advent. Der Sonntag. Wir sind erst am Dienstag zurückgekehrt. Als Rentner hat man Zeit.«

»Könnte der Mord mit den Ultraleichtplänen zusammenhängen? Hatte Kaltenbach Feinde im Verein?«

»Der Mörder im Verein? – Nein, unvorstellbar. Er war nicht beliebt. Er war nur ein Vorzeigevorsitzender. Wir hätten ihn bestimmt nicht mehr gewählt. Auch wenn er im Vorstand damit drohte, uns die Felder für Start- und Landebahn zu entziehen. Wir hätten es darauf ankommen lassen. Mord? Niemals. Die Bürgerinitiative, die hatte ein paar Heißköpfe. Rund um den Birkenstolz. Mord? Nein.« Er dachte kurz nach. »Der soll erschossen worden sein. Morgens auf dem Krawutschketurm.«

»Ja, Woldemar. So war das. Und wir suchen den Mörder. Der war eiskalt und präzise.«

»Schade, Micki, da kann dir nicht helfen. Wir werden eine außerordentliche Sitzung nach der Trauerfeier einberufen und einen neuen Vorstand wählen. Mal sehen, wie das weitergeht. Jedenfalls ist Ultraleicht vom Tisch. Dann kann wieder Ruhe einkehren.«

»Bis wir den Mörder haben, wird keine Ruhe einkehren, Woldemar. Lass dir das gesagt sein. Ich habe hervorragend fliegen gelernt im Verein. Mittlerweile bin ich viel länger bei der Mordkommission, als ich in der Luft war. Ruhe, die kehrt erst ein, wenn wir den Mörder haben. Drück mir die Daumen und grüß Claudia herzlich von mir. Sie hat uns damals immer Obst geschenkt, wenn du wieder mehrere Stunden mit der Ka6 unterwegs warst. Werde ich nie vergessen.«

Der Kommissar und der Ingenieur umarmten sich, klopften sich auf die Schulter. Der Sport hatte ein Band geknüpft, das man schwer einem Außenstehenden erklären konnte. Woldemar hatte dem damals 14-jährigen Micki als Erster auf den Hintern geschlagen nach den ersten drei Alleinflügen mit sicherer Landung. Ein altes Ritual. Jeder durfte einmal zuschlagen, damit der Hintern von da an jeden Thermiklupfer spürte. Fett erinnerte sich, dass die Anspannung einer gigantischen Freude gewichen war. Michaels Eltern schlugen am Abend seines Erfolgs die Hände über dem Kopf zusammen. Und doch waren sie stolz. Der Vater zumindest. Sein Sohn flog mit 14 Jahren allein durch die Luft.

Fett verließ ein wenig wehmütig das Haus des alten Sportfreundes und fuhr hinunter nach Zerkall. Parkte an den alten Hallen, wo er vor über 40 Jahren Hänger mit den Flugzeugen herausgezogen hatte. Er versuchte, sich zu konzentrieren. Könnte Woldemar der Mörder sein? Oder ein anderes Mitglied aus dem Segelflugverein? Sein Bauchgefühl verneinte das. Er dachte nach, suchte nach Puzzlesteinen. Ihm wurde kalt. Dann fuhr er nach Bergstein. Der Himmel war grau. Die Wolken hingen tief. Langsam passierte er den Segelflugplatz. Gedankenverloren. Mehrere Fahrer hinter ihm hupten. Er ließ sie überholen. Ihm war schwer ums Herz. Ultraschwer. Dazu noch die neue Kollegin.

DISPLACED PERSONS UND DIE NEUE KOLLEGIN

Um die Mittagszeit rief Fett Doktor Hamm an, den amtierenden Vorsitzenden der *Dürener Geschichtswerkstatt*. Im Internet hatte Fett mehrere Aufsätze, Bücher und Broschüren über Stadt und Kreis Düren zur Zeit des Nationalsozialismus gefunden. Leider konnte ihm der gute Mann nicht weiterhelfen. Zum Thema Einsatz von Kriegsgefangenen und Zwangsarbeitern in der Landwirtschaft seien alle Unterlagen beim Bombenangriff auf Düren vernichtet worden. Im Mittelpunkt habe zweifellos die Papierindustrie gestanden. Dort seien viele Zwangsarbeiter aus dem Lager Arnoldsweiler eingesetzt worden. Man wisse von Überlebenden, dass auch in der Landwirtschaft vor allem Polen und Russen gearbeitet hätten, aber weder beim Bauernverband noch im Stadtarchiv oder im Archiv des Unternehmerverbandes seien Listen oder Aufzeichnungen vorhanden. Die Archive seien so sauber, dass es zum Himmel stinke. Über Kaltenbach habe er auch immer wieder Gerüchte gehört, aber er habe keine Quellen, keine Urkunden, keine Akten und auch keine Tagebücher entdeckt. Frustriert legte Fett auf.

»Buon giorno, sind Sie Kommissar Fett?« Eine attraktive und durchtrainierte Frau, kurze schwarze Haare, hellblaue Jeans, braune Lederjacke, schwarze Augenbrauen, schwarze Augen, Sportschuhe, Funktionsuhr, nur ein Ring mit tiefblauem Stein am Mittelfinger. Lässig trug sie eine Sporttasche über der Schulter.

»Si, mi chiamo Michael Fett.« Er hatte seine Restkenntnisse Italienisch zusammengekratzt.

»Das fängt ja gut an. Der erste Kollege, der mit italienischen Brocken antwortet. Daniela Conti.« Kräftiger Händedruck, offener Blick.

»Zum Reich Karls des Großen oder Carlo Magno gehörte auch das, was wir heute Italien nennen.« Er spürte den Hauch eines unbekannten Eau de Toilette. Fett überragte Kommissarin Conti um einen Kopf.

»Oh, im zweiten Satz bereits Bildung.«

»Kann ja nicht schaden. Ihr Schreibtisch, Frau Conti. Kollege Schmelzer hat etwas aufgeräumt.«

»Grazie.« Sie legte ihre Sporttasche auf die Tischplatte und warf einen Blick auf das Industriegebiet hinter dem Polizeipräsidium. »Wie weit ist es bis nach Belgien, nur mal so aus Interesse?«

»Eine Minute mit dem Auto. Rauf auf die Autobahn, dann kommt der Grenzübergang Lichtenbusch. Wollen Sie sich dort bewerben?«

»Kommt drauf an, wie ich hier behandelt werde, Herr Fett. Kleine Fluchten machen den Reiz von Aachen aus.«

»Na dann. Kaffee? Fördert die Willkommenskultur.«

»Gerne. Aus einer Kanne, die seit Stunden auf der Platte steht, oder haben Sie irgendwas wie Cappuccino oder Latte?«

»Vielleicht ein Cornetto oder Tramezzini? Ich bevorzuge American Breakfast, eggs sunny side on the top. Sie brauchen nur die 222 zu wählen. Unser Bistroservice. Der bringt es gleich hoch.«

»Vero?« Sie schaute ihn irritiert an.

»Ja. Wir sind ein Musterpolizeipräsidium. Alles neu. Gerade erst eingezogen. Nur zu wenige Parkplätze. Hat sich jemand verrechnet. Küche auch vegetarisch und vegan.«

Das überzeugte Daniela Conti. Sie wählte die 222.

»Hundestaffel Amian, hallo?« Sie legte sofort auf.

»Hundestaffel? Was soll der Witz?«

»Vertrauensprobe. Cappuccino? Wir haben im Sekretariat bei Frau Hof eine Maschine. Ganz passabel.«

Sie schüttelte leicht den Kopf über die Nummer mit der Hundestaffel. »Okay. Sie den Cappu. Ich log mich ins System.«

»Und, wie ist die Neue?« Frau Hof, selbsternannte Seele des Kommissariats, schaute durch die Glasfenster in Richtung Daniela Conti.

»Sie hatte mal ein Verhältnis mit Paolo Conte.«

»Wahnsinn, gibt's nicht.«

»Darum heißt sie ja Conti.«

»Und das Techtelmechtel hat sie bereits nach fünf Minuten gestanden?«

»Fetts Verhörmethode. Da kommt alles raus, Frau Hof. Übrigens kocht das Wasser für Ihren Tee.«

Fett nahm die beiden Cappus.

»Schon im System?«, fragte er die neue Kollegin.

»Klar. Immer im System. Wir sind immer im System.«

»Bevor ich die Vorstellungsrunde mache. Hier der Cappu. Erzählen Sie. Was bringt Sie nach Aachen?« Fett setzte sich vor ihren Schreibtisch. Wieder missachtete er die Regeln für Führungskräfte: Lass die Untergebenen zu dir kommen.

»Wissen Sie von Polizeirat Kosslowski oder dem Präsidenten?«

»Höre ich gerne von Ihnen.«

»BKA, LKA, Mordkommission Düsseldorf. Jetzt

Aachen. 39, Single, Vater war Gastarbeiter, hat unter Tage gearbeitet, Zeche Prosper-Haniel, Mutter Hausfrau, keine Geschwister, keine Haustiere, Sport, Nichtraucherin, Chianti, Cappu statt Tee, Claudio Magris statt FC Milano, Toskana statt Kalabrien, Moto Guzzi statt Ducati, letzter Film *Das brandneue Testament*, letztes Buch *Die Tagesordnung*, nächster Film *The Irishman*, nächstes Buch *Die Winterbienen*. Tutto a posto? Alles okay? Sonst noch was?«

»Warum Aachen?«

»Planstelle Schmelzer war frei, und ich wollte weg aus der Landeshauptstadt. Zu nahe am LKA. Von meinen Abenteuern haben Sie bestimmt gehört.«

»Schon eine Wohnung in Aachen gefunden?« Fett umging ihre Abenteuer.

»Ja, habe ich. Feine Adresse: Promenadenstraße. Zwei Zimmer, Küche, Diele, Bad. An der Synagoge.«

»Willkommen in Aachen. Da sind Sie mittendrin.«

»E lei? Und Sie, Herr Fett? Mit wem habe ich es zu tun?«

»Ende 50. Mordkommission seit dem Mittelalter. Crémant statt Prosecco, Klapprad und gerade kein Auto, Pasta und Currywurst, Lüttich statt Maastricht, *Toni Erdmann*, letztes Buch *Römische Nächte*, Rhein statt Ruhr, Rur statt Maas, was noch?«

»Familie? Bambini?«

»Nein. Freundin ja. Familie nein. Keine Geschwister. C'est tout. Das ist alles.«

»Woher kommen die italienischen Wörter?«

»Sprachreisen. Cortona. Auch Tropea und Orbetello. Lange her. Habe viel vergessen. Purtroppo. Leider. Sind Sie zweisprachig aufgewachsen?«

»Piu o meno. Mehr oder weniger. Damals gab es keinen Unterricht für die Kinder in der Muttersprache. Ich bin hier geboren. In Bottrop. Also habe ich direkt im Kindergarten Deutsch gesprochen. Mein Vater hat nie richtig Deutsch gelernt, meine Mutter stammt aus Bottrop. – Sie waren dreimal in Italien für einen Sprachkurs? Habe ich nie von einem Kollegen gehört. Nach Rimini fuhr der mittlere Dienst, Toskana für die Kollegen vom höheren Dienst, Rom, Sorrent, Olivenernte und all der Quatsch für den gehobenen Dienst mit Töpferkurs in der Toskana. Aber Sprachkurs hat niemand gemacht, den ich kannte.« Sie war überrascht.

Fett reagierte nicht darauf. »Warum Polizei?«, setzte er nach.

»Ich habe einen Cousin, der ist viel älter. Paolo. Paolo war Personenschützer. Ein sehr guter Polizist. Paolo war Bodyguard von Richter Falcone. Wurde mit ihm 1992 in die Luft gesprengt und schwer verletzt. Er wird nie mehr gesund. Da wollte ich Polizistin und Personenschützerin werden. Er war mein Vorbild. Darum Abitur und Bewerbung beim BKA.«

»Giovanni Falcone. Ich erinnere mich. Fürchterliche Geschichte.« Fett dachte nach. Er hatte die Bilder im Kopf von dem Krater auf der Autobahn. Er dachte an Richter Borsellino. Auch er wurde von der Mafia in die Luft gesprengt. »Schmeckt der Cappu?«

»Danke. Fangen wir heute noch mit der Arbeit an oder erzählen wir nur?«

»Wir sind mittendrin, Frau Kollegin.«

»Schmelzer wollte weg?«

»Lange Geschichte. Wir haben viele Fälle gelöst. Es war seine erste Station nach der Ausbildung. Er blieb.

Bis Montag.« So richtig hatte Fett diesen Abschied nicht verstanden und verarbeitet. Er schaute Daniela Conti an. »Schön, dass Sie hier sind. Ich kann Unterstützung gut gebrauchen. Zwei aktuelle Mordfälle. Die Staatsanwältin, Frau Regauer, wartet dringend auf Ergebnisse. Ich habe nichts.«

»Allora, dann wollen wir, Signore Fett.«

»Dort sehen Sie die Infotafeln. Mord eins: Eugen Kaltenbach, 75, erschossen auf dem Krawutschketurm mit einem amerikanischen Karabiner aus dem Zweiten Weltkrieg. Danach sieben Stiche mit einem Bajonett. Keine direkten Angehörigen. Nur entfernte Verwandte von seiner Ehefrau, die vor zehn Jahren bei einem Autounfall ums Leben kam. Kontakt aber abgebrochen. Vater strammer Nazi. Kaltenbach war unbeliebt. Feinde? Nichts Konkretes. Zwei kalte Spuren: die amerikanische Spur und eine Bürgerinitiative gegen seinen Plan für Ultraleichtfliegerei in Bergstein. Mord zwei: Doktor Gundula Borsche, über 80, drei Schüsse abends an der Haustür. Sie hatte einen Skandal mit Dioxin bei Zuckerrüben aufgedeckt. Lebte mit ihrer Schwester Adele in Düren im Elternhaus.«

»Fast wie bei der Mafia oder 'Ndrangheta.«

»Sie müssen sich daran gewöhnen, dass bei mir Fälle landen, die in die Vergangenheit reichen.«

»Bis zu Karl dem Großen?«

»Fast.« Fett lachte. »Vor allem in die Zeit des Zweiten Weltkriegs. Eine Vergangenheit, die nicht vergeht.«

»Mögen Sie philosophische Bücher? Hört sich nach Norberto Bobbio an.«

»Sie lesen ja quer durch die Literatur und Philosophie. Norberto Bobbio habe ich zum 50. Geburtstag geschenkt bekommen. *Über das Alter.*«

»Gutes Buch.« Daniela Conti lächelte zurückhaltend. So schnell war sie bisher nie mit einem Kollegen über den italienischen Philosophen ins Gespräch gekommen. Gekannt hatte ihn eh keiner. Merkwürdiger Mann, dieser Fett mit seinen grauen Haaren, dem leichten Bauchansatz, seinem blauen Hemd, dem dunkelblauen Sakko und den Jeans. Dazu die Funktionsschuhe. Immerhin ein italienisches Modell. Ein leicht melancholischer Blick, redet oft von der Vergangenheit, soll eine gute Aufklärungsquote haben. Daniela Conti vergaß die Probleme der Vergangenheit, die Degradierung, die Versetzung, ihre ungehörten Warnungen im LKA. Daniela Conti hatte für Unruhe gesorgt. Sie scherte sich nicht um politische Korrektheit. Sie hielt den Dienstweg nicht ein. Sie arbeitete ohne Pause. Nun war sie in Aachen bei Kommissar Fett, der zwei geheimnisvolle Fälle auf dem Tisch liegen hatte, und dem der Schatten namens Schmelzer abhandengekommen war.

»Sind Sie im oggi, im Heute, oder …?« Fett schaute die Kollegin an, deren Blick in die Ferne gegangen war, zu anderen Menschen, anderen Zeiten, anderen Orten.

»Si, na klar. Womit fangen wir an?«

»Nach der Vorstellungsrunde lesen Sie sich ein. Wir sehen dann weiter. Ein Tipp für den Einstand: Belgischer Reisfladen kommt immer gut an.«

»Reis- was? Fladen. Kenne ich nur von Kühen.«

»Eine Spezialität. Finden Sie in jeder Bäckerei. Kommen Sie, ich stelle Sie vor.«

GERÜCHTE UND TAGLIATELLE

Fett stellte die Neue im gesamten Kommissariat vor. Manche Kollegen hatte er seit Wochen nicht mehr gesehen. Alle fragten nach Schmelzer, obwohl sie von seinem Weggang wussten. Die Kolleginnen scannten Daniela Conti. Sie bemerkten den Chic ihrer Kleidung. Von den Schuhen bis zur Lederjacke. Danach schauten sie auf Fett, den grauen Panther, zwinkerten ihm zu oder tuschelten hinter seinem Rücken über den Alten und die Conti. Es dauerte nicht lange, da hieß Daniela Conti nur noch »Die Italienerin« oder »Fetts Italienerin«. Fett nannten einige von nun an den »Commissario«. Kurz vor der Mittagspause ging Fett zu Frau Hof in das Sekretariat. Sie sollte für ihn einen Wagen reservieren.

»Herr Fett, ich hab da gehört, die Frau Conti, die hätte was mit dem Bundespräsidenten Köhler gehabt. Deshalb sei sie rausgeflogen aus dem BKA. Ist da was dran?«

»Anders herum, Frau Hof. Frau Conti hatte ein Verhältnis mit der Frau des Bundespräsidenten. Deshalb wurde sie versetzt.«

»Mit der Frau …?« Gisela Hof lief, passend zu den feuerroten Haaren, rot an. »Mit der Frau Köhler …?«

»Ja, mit der Frau Köhler. Und wenn Sie so eine Scheiße weiter fragen oder herumerzählen, liebe Frau Hof, sorge ich, Kommissar Fett, persönlich dafür, dass Sie alle Akten Ihres Geburtsjahrgangs im Keller bis zur Pensionierung digitalisieren. Sie werden nie mehr aus dem Keller kommen, Frau Hof. So eine Scheißfrage, diese beschissenen Latrinengerüchte. Mich kotzt es an. Reservieren Sie mir einen Wagen!« Fett hatte ruhig begonnen. Dann brüllte er Frau Hof an, dass sie nur so schlotterte, die Augen aufriss, an Fett vorbeischaute, der sich umdrehte und mit Daniela Conti zusammenstieß. Sie bewegte sich in Zeitlupe zum Schreibtisch der Kollegin Hof.

»Frau Hof, auch Herr Fett kennt nur die halbe Wahrheit. Köhler, ein Mann alter Schule, war eine Granatennummer. Dagegen waren Christian Wulff und Habeck Waisenknaben ohne Erfahrung. Schön war's. Ciao, Frau Hof. Davon können Sie nur träumen.« Sie drehte sich um, nickte Fett zu, der schmunzelnd zugehört hatte. Beide rauschten ab ins Büro.

»Grazie, Herr Fett.« Sie blickte aus dem Fenster, eine Träne lief über ihre Wange. »Die Geschichten sind vor mir da. Subito, sofort. Sofort sind die Geschichten da. Beim LKA, in Düsseldorf, in Aachen. Es war die Eifersucht des Teamleiters. Er hatte den Dienstplan so gemacht, dass ich den Einsatz verpasste. Wenn man andauernd unterwegs ist, keinen Partner hat, wird der Kollege irgendwann zum Partner. Das passiert. Überall. Auch beim Secret Service. Ich hatte das Pech, dass mein Teamleiter eifersüchtig war. Er wollte was von mir. Ich nicht von ihm. Kommt vor. Er hat mir die Falle gestellt. Ich hätte Dienst gehabt. Mein Kollege nicht. Der Teamleiter hat es hinausposaunt. Typisch Frau, typisch Italienerin. Grazie. Pezzo di merda. Dieser Drecksack. Und er verfolgt mich immer noch. Frau Hof hat die Info nicht aus dem *GdP-Magazin*.« Die Enttäuschung verwandelte sich langsam in Zorn und Trauer zugleich.

»Das tut mir leid.«

»Danke, dass Sie sich für mich eingesetzt haben. Grazie.« Tränen liefen, sie schniefte. »Überall wurde gelästert.«

»Nicht meine Art und MeToo-gefährlich, aber wenn es hilft, nehme ich Sie mal in den Arm.« Er umarmte sie mit gebührender Distanz und dachte über die Wege des Lebens nach, die blöde Neugier, die Tratscherei, das Gelaber, die Schicksale. In diesem Moment erinnerte er sich an die Tiefgründigkeit von Theresa Rosenthal. Er spürte eine Gemeinsamkeit zwischen der Kölner Kommissarin und Daniela Conti. Es blieb keine Zeit, wie so oft, um sich darüber mehr Gedanken zu machen.

»Kommen Sie, wir gehen in die Kantine. Wir brauchen was Herzhaftes.« Fett riss sich aus der Sekundenverträumtheit.

»Na gut. Nehmen wir den Kampf auf. Un altra volta. Ich lade Sie ein zu Ihrer Currywurst.«

»Ich glaube, heute, Mittwoch, da gibt es Lasagne.«

»Und ich soll die Qualität beurteilen. Weil ich ja aus Italien komme?«

»Genau. Bravo! So machen wir das.«

Vor dem Speiseplan am Eingang zur Kantine stand ein betagter Herr mit Krückstock, der das Menü des Tages aufmerksam studierte.

»Ach, Herr Polizist, ich wollte hier was essen. Sagen Sie mal, was ist das da mit den Pilzen?« Er zeigte auf die vegetarischen Tagliatelle mit Pilzsahnesauce.

»Tagliatelle, das sind Nudeln, guter Mann, Bandnudeln.«

»Bandnudeln, ach so. Warum schreiben die das denn nicht? Bandnudeln. Tagliatelle – und ich denk noch, es hätte was mit der Taille zu tun. Jetzt weiß ich es ja. Da dank ich Ihnen, Herr Polizist. Ich bin nämlich als Zeuge hier. Aber ich muss warten. Da denk ich mir, geh doch mal in die Kantine. Aber Tagliatelle, das Wort hatte ich noch nicht gehört, wa. Merci vielmals und guten Appetit.«

»Das wünschen wir Ihnen auch, nicht wahr, Frau Kollegin.«

»Aber natürlich. Buon appetito. Die Nudeln sind bestimmt lecker, egal, wie sie heißen.«

»Ja, das denk ich mir. Gehen Sie ruhig vor. Sie müssen ja noch Räuber jagen. Ich hab Zeit.«

Fett und Conti zogen an ihm vorbei und die Blicke auf sich. Daniela Conti vor allem. Die Blicke der Männer verweilten länger auf ihr als die der Frauen. Die Lasagne war passabel. Alles war passabel und manchmal sogar sehr gut. Als sie wieder im Büro waren, machte Fett zwei Cappuccini.

»Lesen Sie sich ein. Ich bin in einer Sackgasse. Vielleicht müssen wir andere Kollegen hinzunehmen. Zwei Morde, eigentlich eine extra Kommission wert. Krankheiten, Urlaube, unterbesetzt, und die meisten in Hambach. Deshalb bekommen wir keine große Mordkommission.«

»Grazie, also wie überall.« Sie nahm den Cappu und den ersten Stoß der Unterlagen. Obduktionsbericht, Tatortbeschreibung, Fetts Vermerke, Fotos.

»Können Sie alles auch online im PC lesen.«

»Bin altmodisch. Lese lieber Papier als Bildschirm.«

Fett griff lustlos vom Aktenbock den Vorgang Zucker. Schmelzer hatte alles sorgfältig abgeheftet. Fett würde seine Ordnung fehlen, das sagenhafte Gedächtnis, der Blick für die Details. Schmelzer war aufmerksam, wenn er satt war. Kratzbürstig bei Hunger und ätzend, wenn seine Frau Anne ihn und Sohn Justus mit vegetarischer oder veganer Küche nervte. Würde er Fett fehlen? Bestimmt. Ein wenig beneidete er Schmelzer um den familiären Alltag. Schmelzer brachte die alltäglichen Sorgen und Nöte des Mittelstands in Fetts Leben, das nicht arm an Außenseitertum war.

Zucker – Zuckerfabrik in Jülich und der Bauer in Arnoldsweiler. Und dann Recher. Er legte den Zucker zur Seite und griff zu Recher. Da wusste er noch nicht, was ihn und Daniela Conti erwartete.

DIE AKTE RECHER

Fett blätterte unaufmerksam in der Akte Recher. Der alte Recher war 1966 in die Landesklinik Düren eingewiesen worden. Gefahr für die Öffentlichkeit, lautete die Begründung. Mehrere tätliche Angriffe auf Kaltenbach. Zeugen? Keine. Nur Kaltenbach. Kaltenbach hatte es geschafft. Er hatte den Nachbarn wegsperren lassen. Fett las kursiv. Seine Augen pickten sich Namen heraus. Alles altes Zeug. Anschuldigungen, Vermerke, Verhaftung. Gutachter damals: Doktor Adele Borsche, Düren. Fett stockte. Er nahm einen Leuchtstift und markierte den Namen. Doktor Adele Borsche! Gundula Borsche, Adele Borsche,

Rutger Borsche, ihr Vater. Fett konzentrierte sich und las die Akte nochmals Zeile für Zeile. Kaltenbachs Vater hatte den alten Recher in Haus 5 der Landesklinik einweisen lassen. Entscheidend war das Gutachten von Doktor Adele Borsche, die Recher als gemeingefährlich klassifiziert hatte. Vater Borsche musste Vater Kaltenbach aus Zusammenkünften der NS-Leiter gekannt haben. Goldfasane und die Spitzen der Reichsärztekammer im Kreis Düren – die werden zum Führergeburtstag nicht separat gefeiert haben, sagte sich Fett. Nun waren der Sohn des Goldfasans und die Schwester von Adele Borsche tot.

»Frau Conti, ich hab da was.«

Er zeigte auf den Namen Adele Borsche und auf den Namen Recher.

»Bin nicht im Bilde.«

»Es existiert eine Verbindung zwischen der Schwester der Ermordeten in Düren und dem Vater des Ermordeten in Bergstein.«

»Nehmen Sie mich wieder auf den Arm? Ist das so ein Fett-Test?«

»Nein! Schmelzer hat über den Nachbarn recherchiert. Walter Recher. Mit dem soll der Vater des Toten, der Nazi, Stress gehabt haben. Der Vater des Ermordeten hat diesen alten Herrn Recher in die Landesklinik gebracht. Das Gutachten schrieb Doktor Adele Borsche. Ihr Vater war im Krieg Leiter der Landesklinik. Auch ein Nazi. Der Goldfasan, der alte Kaltenbach, könnte und müsste ihn gekannt haben. Die beiden Nazis haben zusammengearbeitet. So wurde der Nachbar Recher aus dem Verkehr gezogen.«

»Cui bono?«

»Auch noch Latein?«

»Wem nützt das, warum?«

»Der Goldfasan Kaltenbach hat aufgekauft. Ihm gehörte da oben in Bergstein alles. Felder, Wiesen, Anwesen. Machtrausch. Ein kleiner Nazikönig in Preußisch Sibirien, in der Nordeifel.«

»Uno momento. Wir sind bei den Vätern der Toten?«

»Ja. Professor Doktor Borsche war Nazi. Der alte Kaltenbach war Nazi. Die Tochter von Borsche wird Leiterin der Landesklinik. Der alte Kaltenbach will den alten Recher loswerden.«

»Und wer bringt die beiden um? Gundula Borsche und Eugen Kaltenbach?«

»Ich weiß es nicht. Das ist unser Job.«

»Nach all den Jahren. Mit einem Karabiner der Amerikaner und einer Pistole? Was ist mit den Zuckerrüben?«

»Der Täter hat nichts mitgenommen. Alle Papiere lagen im Haus der Borsche-Schwestern.« Fetts Synapsen kochten: Dioxin in den Zuckerrüben, US-Karabiner, *Hill 400*, Goldfasan, Ultraleicht, Bürgerinitiative, Messer, Legende vom Mossel. »Stopp! Frau Conti, wir fahren raus nach Bergstein. Schauen Sie sich den Tatort an, bevor es dunkel wird. Wir haben eine halbe Stunde und brauchen Taschenlampen. Morgen Zuckerfabrik, Freitag Landesklinik, heute Tatortbesichtigung am Burgberg.« Fett hatte irgendetwas übersehen. Ein Missing Link, ein Verbindungsstück, warum? Hatte er sich verrannt, war er blind durch Schmelzers Abgang?

»Allora, andiamo. Ich habe eine Taschenlampe. Fahren wir. Frau Hof hat mir freundlicherweise ein Auto besorgt. Sie denkt bestimmt, wir treiben es gleich im Auto.«

»Bitte was?« Fett schaute sie ungläubig an. Er war irgendwo im Kopf bei den Zuckerrüben. Sein Gehirn arbeitete unter Hochdruck. »Treiben es im Auto?«

»Si, bei der Meinung über mich. Mein Ruf ist ruiniert. Puttana Daniela.«

»Porca miseria!« Fett war das Schimpfwort aus dem Kurs in Cortona wieder eingefallen. »Elender Mist! Noch eine Bemerkung von Frau Hof, und sie verbringt den Rest ihrer Arbeitszeit im Aktenkeller. Es reicht. Und Sie nehmen bitte keine Opferrolle an, Kollegin Conti. Ich brauche Sie mit klarem Kopf!« Er hatte überdeutlich gesprochen, und sie war bei »Porca Miseria!« zusammengezuckt. »Außerdem haben Sie einen hübschen Kopf. Zu hübsch für die schwarzen Gedanken.« Das Lächeln der Kollegin konnte Fett nicht sehen. Er verließ nach ihr das Büro.

DIE DUNKLE SEITE DES BURGBERGS

Sie brachen auf und fuhren zügig über Breinig und Zweifall nach Bergstein. Gegen 15.45 Uhr erreichten sie den Parkplatz am Burgberg. Die Sonne versteckte sich hinter den Wolken, die wie so oft von Westen kommend über Bergstein in die Köln-Aachener Bucht jagten.

»Mamma mia. Am Ende der Welt. Wo bringen Sie mich hin? Was haben Sie vor?«

»Konzentrieren Sie sich. Wir gehen den kürzesten Weg hoch zum Krawutschketurm. Den wird Kaltenbach nicht genommen haben, sondern diesen hier rechts vom Schild. Kommen Sie, sehen Sie dort rechts all die Einbuchtungen? Bombentrichter, Artillerietrichter, Schützenlöcher.« Fett keuchte den steilen Weg hinauf. Daniela Conti, sie trug blaue *Coq Sportif* Laufschuhe, schien zu schweben.

»Dort ist das Kreuz zur Erinnerung an den Private Peternell. Hier lag die Patronenhülse. Scheiße! Was ist das?« Fett kniete vor dem Kreuz.

Conti schaute ihn erstaunt an.

»Hier, das Erinnerungsschild, das stand letzte Woche nicht da.« Hinter Plexiglas war das Foto eines Soldaten zu sehen. Daneben stand in Handschrift: »Wade Gregory jr. 2nd Ranger Batt Co F. Somewhere your body still lies on this hill. Your family will forever remember your sacrifice.« Fett las die Wörter laut vor. Er betrachtete das in Folie eingeschweißte Blatt mit dem Foto, das von mehreren dünnen Metallstäben gehalten wurde. Ein paar Pflanzen ragten empor. »Das war nicht da, als Kaltenbach ermordet wurde. Hier war nur das Kreuz von Peternell mit den Kerzen. Und Lossner hat mir gesagt, es seien keine Amerikaner anwesend, soweit er informiert ist. Und jetzt eine erneute Erinnerung an einen vermissten amerikanischen Soldaten.« Fett sprach mehr zu sich selbst.

»Lossner, Amerikaner? Chef, ich verstehe nicht.«

Fett stand auf. »Frau Conti, dieses Blatt ist neu. Hier war jemand kurz nach dem Mord an Kaltenbach und hat diese Erinnerung aufgestellt für Wade Gregory jr.,

Mitglied der Eliteeinheit, die diesen Berg vor 75 Jahren erobert hat. Mit horrenden Verlusten. Der junge Mann liegt hier irgendwo. Und der Vater von Eugen Kaltenbach, der soll während der Belagerung das deutsche Artilleriefeuer auf die Amerikaner gelenkt haben. Auf ein Haus, in dem Amerikaner ihre Verwundeten versorgten. Alle sind getötet worden. Alle. Verstehen Sie? Im Dezember 1944, in einem Scheißkrieg, den die Amis nicht angefangen haben, in einem beschissenen Winter, für den die Amis keine Ausrüstung hatten, in Schnee und Matsch und bei beschissenem Wetter, sodass kein Flieger starten konnte. Die kämpften Mann gegen Mann gegen Wehrmachtssoldaten, die mit Fronterfahrung von der Ostfront hier eingesetzt waren. Das war ein Trauma. Sonst käme nicht jemand aus Texas, Idaho, Utah oder Florida, um so eine Erinnerung aufzustellen. Das sind Traumata, wie bei den Deutschen Stalingrad.« Fett war erschöpft. Er hatte sich in den Zustand der Amerikaner hineingeredet. Er versuchte nachzufühlen, nachzuempfinden. Seine Methode. Eine Methode, die ihn erschöpfte. Conti schaute den Kollegen irritiert an. Diese Verwandlung und Ernsthaftigkeit von Fett überraschte sie.

»Mio dio. Mein Gott, was war hier los? Davon habe ich in der Schule nie etwas gehört. Zu Hause wurde von Monte Cassino gesprochen, von Mussolini, der Republik von Salò.«

»Lossner, ein Hauptmann der Bundeswehr, wohnt drüben in Kommerscheidt.« Fett zeigte in Richtung Schmidt. »Er begleitet oft Amerikaner, die hierherkommen, zu den Toten, zu den dunklen Wäldern, ins Kalltal, in den Hürtgenwald, zum Ochsenkopf, zum Wehebach, zu *Hill 400*, zu den Stellungen bei Großhau, wo Hemingway lag mit seiner Feldflasche voller Whisky, um das Grauen wegzuspülen.«

»Ernest Hemingway war hier?« Conti schaute ihn ungläubig an.

»Ja, da drüben. Es gibt sogar einen Hemingway-Trail, der führt in Richtung Wehebachtalsperre. Hemingway hat das Grauen erlebt. Auch Salinger.«

»Jerome Salinger, der Autor vom *Fänger im Roggen*?«

»Ja, der lag auch hier. Danach ist er verstummt. Hemingway nicht.« Fett wollte das alles nicht erzählen. Er hatte Schmelzer verloren, den diese Abgründe belasteten. Jetzt stand er hier mit der attraktiven Kollegin Conti, deren Gesicht ihn an Gianna Nannini erinnerte. Die schwarzen Haare passten nicht. Die Gedanken an Gianna Nannini verdrängten die Toten, die Motive, den Schmerz, die Trauer, den Frust über die fehlenden Spuren. »Fotografieren Sie bitte das Ensemble hier. Wir brauchen das. Lassen Sie uns zu Lossner fahren. Wenn einer etwas weiß, dann er.«

»Ich möchte den Krawutschketurm sehen.«

»Dann los, es wird bald dunkel.« Fett stapfte voran. Nach wenigen Minuten standen sie oben auf dem Turm. Die Sonne versteckte sich bereits irgendwo hinter dem Hohen Venn.

Daniela Conti blickte nachdenklich auf die Landschaft, die rasenden Wolken, die wie eine wilde Jagd von Westen nach Osten zogen, aneinanderstießen, sich verkeilten, neuformierten, auflösten, zerstoben.

»Viele Grautöne da oben.«

Fett nickte stumm. Er schaute zum Graben, in dem der Schütze auf Kaltenbach gewartet haben musste. »Von dort unten wurde geschossen. Eugen Kaltenbach stand hier.« Fett führte vor, wo Kaltenbach getroffen wurde. »Kopfschuss. Er fiel nach hinten. Sofort tot. Blutspritzer überall. Täter steigt den Turm hinauf. Sieben Messerstiche in den Bauch. Der Täter dreht Kaltenbach um. Ende.«

»Wieso nur ein Täter?«

»Ja, wieso nur ein Täter?«

»Der eine Täter schießt. Der andere läuft hoch und sticht zu.«

»Der Schütze läuft zu Peternell und legt die Patronenhülse dort ab? Am Tag nach dem Mord stießen Schmelzer und ich vermutlich auf den Täter. Er ist uns entwischt. Nur eine Person. Eine unsichtbare Person, die keine Spuren hinterlassen hat. Vieles spricht für einen Einzeltäter.«

Conti schaute in die Tiefe, hob den Kopf und blickte Richtung Bergstein. »Und die Geschichte mit dem Zombie?«

»Sie meinen die Legende von dem Soldaten? Hat Schmelzer entdeckt. Ich glaube nicht an Geister und Zombies.«

»Italiener in der Regel schon. Der Täter kann die

Legende gekannt haben und lenkt mit der Messerstecherei ab. Will sich geheimnisvoll machen. Möchte Angst verbreiten. Er weiß, dass die Bevölkerung anfällig für solche Geschichten ist. Ein Signal, eine Warnung, eine Bedrohung für Bergstein. Er hat eine Rechnung offen mit dem Ort.«

»Gute Idee, Frau Conti. Weiter.«

»Der Täter verfügt über Ortskenntnis. Er hat Kaltenbach beobachtet. Er kennt diese Legende. Er weiß, wo er hinlaufen muss, um Ihnen zu entwischen. Er kam am nächsten Tag zurück.« Sie machte eine Pause. »Der Täter ist hier. Er ist hier und er lebt hier oder er hat hier gelebt und er kennt Kaltenbach, kennt seine Gewohnheiten und hasste ihn, hasste ihn sehr. Eine große Verletzung. Eine große Schuld.« Daniela Conti drehte sich zu Fett. Sie hatte all das fast wie in Trance in Richtung Wald gesprochen. Fett hatte stumm zugehört. Selbst der Bussard auf dem Baumgipfel gegenüber hatte still auf die sprechende Frau geschaut. »Es war ein Einzeltäter. Ein professioneller Einzeltäter. Ein Schuss, das Gewehr, das Messer, keine Spuren. Wir müssen aufpassen. Er ist gefährlich.«

Es wurde dunkler. Fett wusste aus seiner Zeit als Segelflieger, dass in der Höhe noch gute Sicht war, die Dunkelheit aber bereits über den Erdboden kroch. Sie konnten die Bunkerreste kaum erkennen. Daniela Conti schritt mit ihren Sportschuhen vorsichtig Stufe für Stufe die Treppe hinunter. Ihre Mini Maglite flackerte kurz, zack, die Batterie war leer. Fett stolperte hinter ihr her, hielt sich am Geländer fest. Er ärgerte sich, dass er nicht auf die Zeit geachtet hatte. Conti hörte ihn fluchen und musste trotz dieser Malaise schmunzeln. Sie konnte gerade so die Stufen sehen, der Rest war pechschwarz.

Daniela Conti und Michael Fett sahen nicht, wie die Zweige eines Ginsterbuschs am Bunker langsam losgelassen wurden, sodass die Augen eines Beobachters in der Dunkelheit verschwanden. Der Blick war den beiden Polizisten gefolgt. Die Walther PPK mit Schalldämpfer pendelte zwischen Conti und Fett hin und her. Die Person machte sich klein, ging in die Hocke und hörte die italienischen Flüche der Kommissarin. Dahinter, ziemlich heftig auftretend, polterte Fett den Turm hinunter. Die Lautstärke seines Abgangs zeigte, dass die Stimmung ihm unheimlich war. Er hatte die Zeit aus dem Blick verloren. In Sekundenschnelle war alles von Grau ins Schwarz gekippt.

»Haben Sie keine Taschenlampe, Chef?«

»Im Auto.«

»Schön. Für das Auto.«

»Machen Sie das Handylicht an, Frau Conti.«

»Kaum Akku.«

»Vorsorge ist nicht Ihre Stärke.«

»Grazie. Sagt der Richtige.« Dann flüsterte sie ihm ins Ohr »Ich nehme meine Pistole in die Jackentasche. Gesichert. Hab ein merkwürdiges Gefühl. Der Täter könnte öfter hier auftauchen.« Mit normaler Lautstärke: »Wenn gleich die Kollegen kommen, wissen sie ja, wo sie suchen müssen.« Niemand hatte die Kollegen angerufen, aber sie sagte es so laut, dass selbst ein Bussard seinen Blick auf sie richtete. Sie schaute auf ihr Handy. »In zwei Minuten sind die Kollegen unten auf dem Parkplatz. Kommen Sie, Chef. Wir müssen uns sputen.« Sie eilten mit schnellen Schritten den steilen Weg hinunter, vorbei an Peternells Kreuz, und rutschten mehrfach auf den modrigen Blättern aus. Fett fing Conti auf. Sie glitt aus, raffte sich auf und sprang im Zickzack den Weg hinunter, Fett hinterdrein. Erschrocken huschten einige Hasen durch das Gestrüpp, ein Fuchs schaute den beiden ungläubig hinterher. Unten atmeten Fett und Conti erleichtert auf.

»Das war unheimlich, Chef.« Conti blickte außer Atem den Berg hinauf. »Ich habe ein blödes Gefühl. Erinnert mich an den Film *Picknick am Valentinstag*. Spielt in Australien. Da verschwinden einige Schüler am Hanging Rock, einem Berg.«

»Von Peter Weir, 1975. Habe ihn gesehen, da waren sie noch nicht geboren. Guter Film. Gute Assoziation. Mir war auch unheimlich. Lassen Sie uns zum Auto gehen.« Fett stöhnte. Er war zu alt für diese Waldnummern und ärgerte sich über seinen Vorschlag, so kurz vor Einbruch der Dunkelheit diese Expedition durchzuführen. Sie blieben einen Moment auf dem Parkplatz zwischen Friedhof und Burgberg im Focus sitzen. Fett griff zu einer Flasche Wasser und reichte sie Conti. Danach nahm er einen Schluck.

»Ihre Täterskizze hat etwas für sich. Wenn er tatsächlich hier lebt und zum Tatort zurückkehrt, müssten wir den Ort überwachen lassen. Dafür haben wir nicht genug Beamte.« Fett hatte zu schnell getrunken. Ein Schluckauf meldete sich.

»Ich glaube, hier im Dorf gibt es Geheimnisse.« Daniela Conti sprach nachdenklich und wischte sich den Schweiß von der Stirn. »Wir hatten beim LKA einen Fall im Bergischen Land, da stellte sich später heraus, dass fast das ganze Dorf den Täter schützte. Sie hatten sich gegenseitig Alibis verschafft und den Täter gedeckt. Das Opfer war ein Pfarrer, der im Verdacht stand, Kinder missbraucht zu haben.«

»Hatte er?«

»Ja.«

»Vermutlich hätte ich dann auch mit den Einwohnern kooperiert.«

»Der Täter war der Vater eines der Kinder. Er hat den Pfarrer am Glockenseil festgebunden und sämtlichen Weihrauch in einem großen Kessel unter seinen Füßen angezündet. Der Pfarrer strampelte ohne Ende. Die Glocke hat in einem neuen Rhythmus geschlagen, und das Herz des Pfarrers hat aufgehört zu schlagen. Herzinfarkt. Körperverletzung mit Todesfolge.«

»Das war ja eine Messe! Mannomann. Basta, Kollegin. Bevor Sie mich beim Psychologen anmelden müssen. Wir fahren zu Lossner.« Er musste schlucken und hielt die Luft an. Er kam sich lächerlich vor, aber sie hatten ihren ersten gemeinsamen Termin gut durchgestanden.

Die unbekannte Person vom Krawutschketurm hatte die Walther PPK im Rucksack verstaut und war spurlos im Wald verschwunden. Wie so oft in den letzten Tagen.

DER HAUPTMANN UND DIE AMERIKANER

Lossner war zu Hause. Er öffnete, begrüßte Fett und Conti freundlich mit festem Händedruck und warf einen neugierigen Blick auf die Kommissarin. Er lud die beiden Polizisten ins Haus, doch Fett war unruhig und blieb im Eingang stehen.

»Frau Conti, zeigen Sie Hauptmann Lossner die Aufnahme von Peternells Kreuz.«

Lossner blickte auf das Display des Handys.

»Wade Gregory jr. ist neu.«

»Das wissen wir auch, Hauptmann Lossner. Können Sie uns etwas dazu sagen?«

»Nein. Ich hatte weder eine Info noch einen Kontakt.«

»Machen das Angehörige, Herr Hauptmann?« Daniela Conti schaltete sich ein.

»Ja. Ich sagte es bereits Kommissar Fett. Mich verbinden zahlreiche Freundschaften mit den Familien von US-Soldaten, die hier gekämpft haben. Vor allem, wenn es um Bergstein geht, werde ich häufig um eine Führung gebeten. Nicht in den Wochen seit dem Mord an Kaltenbach.«

»Sagt Ihnen der Name Wade Gregory etwas?«

»Es gibt ein Buch über das 2nd Battalion. Ich habe es nicht, weiß nur davon. Moment. Kommen Sie.« Sie folgten Lossner ins Arbeitszimmer. Er startete seinen PC und gab den Namen Wade Gregory jr. ein. Volltreffer. Wade Gregory jr. wurde am 7.12.1944 in Bergstein als vermisst gemeldet.

»Also brauchen wir ja nur die Verwandten ausfindig zu machen, um mehr zu erfahren.« Fett dachte laut nach.

»Warum sollten sie die Spur so offensichtlich legen?«, fragte Conti. »Macht wenig Sinn, oder ist es womöglich eine Frage der Ehre?«

»Wenn die Täter Amerikaner waren, sind sie längst zurück in den Staaten. Da werden sie nicht an die herankommen. Eine Auslieferung ist ausgeschlossen.« Hauptmann Lossner sprach ruhig und bestimmt.

»Danke, Hauptmann Lossner. Wir müssen los.« Fett drängte zum Aufbruch. Schweigend fuhren sie zunächst von Schmidt in Richtung Lammersdorf.

Kurz hinter Lammersdorf begann Fett, seine Gedanken zu sortieren: »Frau Conti, beschaffen Sie mir das Buch über die amerikanische Einheit, über das 2nd Ranger Battalion. Das mit Wade Gregory möchte ich genauer wissen. Können Sie über die Fernleihe bestellen.«

»Wenn es Amerikaner waren, dann kommen die nicht zurück zum Tatort. Die sind längst wieder in den USA. Alles zu verworren. Dazu die Messerstiche. Ich bleibe bei meiner Theorie, dass der Täter hier in der Gegend lebt. Er ist noch nicht fertig. Übrigens, das Buch über die Ranger beschaffe ich gebraucht in drei Tagen.« Sie spürte Nachdenklichkeit bei Fett. »Woher kommt Ihr Name, Herr Fett?«

»Vom Erzengel Michael. Der hatte ein Schwert, ich eine Walther P99.«

»Ihr Nachname, Herr Fett.«

»Keine Ahnung. Ich betreibe keine Ahnenforschung. Bei meinem komischen Namen reicht die Motivation nicht aus. Warum stellen Sie die Frage?«

»Frage, Gegenfrage. Das alte Spiel. Namen trägt man sein Leben lang. Ein bisschen sprechen sie.«

»Fett? Na ja. Mein Body-Mass-Index stimmt einigermaßen. *Ritter Sport*, mein Lieblingssport, den muss ich besser kontrollieren. Ansonsten wurde ich lange genug gehänselt. Heute sagt man Mobbing dazu.«

»Schlimm?«

»Ja, wenn man sich nicht wehrt. Ich habe mich gewehrt. Mein Vater war Polizist. Er zeigte mir ein paar Tricks, wenn es rau wurde. Das förderte den Respekt. War schwer, denn ich war immer der kleinste Schüler der Klasse.«

»Verstehe. Was machen Sie Natale, Weihnachten? Oder ist das zu indiskret?«

»Weihnachten? Der Wievielte ist heute?«

»Der 18. Dezember. Noch sechs Tage.«

»Total vergessen. Meine Eltern leben nicht mehr. Vielleicht bekommt meine Freundin frei. Ansonsten mache ich Stallwache. Sie können Urlaub nehmen.«

»Grazie. Wann entscheidet sich das?«

»Ich rufe morgen an.«

»Sie lebt nicht in Aachen?«

»Sie leitet ein SEK-Team beim Kölner Präsidium.«

»Ach, die einzige Frau, die ein SEK-Team leitet. Habe von ihr gelesen in der *GdP-Zeitung*.«

»Wie schön.«

»Schwierig?«

»Sorry, Kollegin Conti. Wir kennen uns erst ein paar Stunden. Mein Privatleben besteht aus zwei Wörtern: privat und Leben. Lassen wir das. Alles zu seiner Zeit.«

»Scusi, Herr Fett.« Sie schaute aus dem Seitenfenster und machte sich ihre Gedanken über diesen Eigenbrötler mit Freundin in Bonn. Wenigstens benutzt er ein angenehmes After Shave, dachte sie. Der Duft mancher Kollegen in Düsseldorf hatte sie an Desinfektionsmittel in der

Pathologie erinnert. Daniela Conti hatte keinen Plan für die Feiertage. Die Eltern wollten mit dem Zug in die Toskana zum Bruder des Vaters. Die Nonna, also Großmutter, lebte nicht mehr. Wenn die Oma stirbt, geht die Familie auseinander. Die Familie traf sich nicht mehr vollzählig an Heiligabend. Der sizilianische Teil blieb in Porticello. Die kleine Daniela war in der Kindheit und Jugend oft mit Papa und Mama in den Zug gestiegen. Kurswagen nach Rom. Sie stiegen vorher in Camucia-Cortona aus und nahmen den Bus hoch nach Cortona zu Onkel Alfredo, den sie stets im Sommer vor der *Bar Signorelli* trafen. Nie war Alfredo zu Hause. Immer saß er mit einem Glas Weißwein draußen vor der Bar und beobachtete das Treiben in seinem Cortona, diesem magischen Ort, den Daniela am Ende der Ferien nie verlassen wollte. Der große Park, der weite Blick auf den Lago Trasimeno, der wunderschöne Marktplatz, die kühle Kirche, die engen Gassen, die Ruhe am Abend, wenn die Tagestouristen Cortona verlassen hatten. Immer wurde ihr Herz bei der Abreise schwer. Sie fürchtete sich vor den Kartoffelgerichten in Bottrop, den Bockwürstchen, den Butterbroten. Die italienische Küche, die Tramezzini, die Salami, der Schinken und zum Frühstück die mit Creme gefüllten Bombolone in der *Bar Signorelli* fehlten ihr. Manchmal fuhren sie in den Herbstferien nach Cortona. Wenn es kalt war, zog der Geruch der Holzöfen durch den Ort. Ein Geruch, den sie nie vergessen würde. Der Geruch von Cortona im Oktober.

»Und Sie, was machen Sie an den Tagen?« Fett füllte die peinliche Stille aus. Er war etwas barsch gewesen. Wollte Distanz schaffen. Das war zu viel Nähe für den ersten Tag gewesen. Er hatte sich an Schmelzer gewöhnt, und nun saß eine Kollegin an seiner Seite, die andere Qualifikationen mitbrachte und ein anderes Leben.

»Ich werde meine Wohnung einrichten. Jahrzehntelang bin ich Weihnachten mit meinen Eltern zur Oma gefahren. Sie ist seit einigen Jahren tot.«

»Sie verbringen Weihnachten alleine?«

»Vielleicht kommen mich ein paar Freundinnen aus Düsseldorf besuchen.«

»Frau Conti, Freundinnen haben Freunde, und die werden den Heiligabend mit den Freunden verbringen.«

»Bringen sie eben die Freunde mit.«

»In Ihre Zweizimmerwohnung?«

»Was wollen Sie, Herr Fett. Sie vernehmen mich und quetschen mich aus. Das bringt alles nichts.«

Fett verdrehte die Augen. »Alleine an Heiligabend ist ätzend, Frau Conti.«

»Ah, der Romantiker.«

»Sie sind neu in Aachen. Wir beide müssen miteinander klarkommen. Ich fände es schade, wenn Sie alleine in der Promenadenstraße sitzen würden.«

»Schade. Purtroppo. Leider. Ist das so ein Beschützerinstinkt oder Chefinstinkt? Wenn ich ein Mann wäre, würden Sie das auch schade finden?«

»Der Mann würde nicht so gut aussehen wie Sie, deshalb wäre es mir egal.«

Sie lachten beide ein befreites Lachen.

»Der war gut, Herr Fett, der war gut.« Daniela Conti wischte durch die Augenwinkel.

»Hoffentlich haben Sie das alles mit dem Handy aufgenommen, Frau Conti. Dann kann ich morgen zum Tribunal antanzen. Die Gleichstellungsbeauftragte kennt kein Erbarmen.«

»*Unforgiven* – Clint Eastwood, nicht wahr.«

»Richtig, Frau Conti. Der deutsche Titel war *Erbarmungslos*. Entschuldigung für meine Fragen zum Weihnachtsfest. Kommt bestimmt, weil ich Messdiener war. Die Stimmung und den Weihrauch werde ich nie mehr los. Auch wenn ich nur ein passiver Katholik bin; manchmal tanke ich in der Kirche auf. Und eine Kerze oder zwei für die Lieben kann ja nicht schaden.«

»Tja, wir hatten im LKA Fälle von Missbrauch durch Priester, Pfarrer, Kapläne. Geht mir nicht mehr aus dem Kopf. In Bottrop bin ich mit meinen Eltern in die Kirche gegangen. Später gab es auch italienische Gottesdienste in Essen, in Sankt Ignatius. Da verstand ich nicht alles. Das, was ich im LKA erfahren habe, hat mir den Besuch der Gotteshäuser verleidet.«

Fett setzte Daniela Conti auf dem Parkplatz an ihrem Wagen ab. Sie fuhr einen Fiat 500. »Ich springe kurz ins Büro. Die Spur in die USA. Ich rufe einen Kollegen in Arlington an. Dort ist jetzt Mittagszeit. Der Mörder hat bereits neun Tage Vorsprung.«

»Good luck, oder was immer die Amis sagen. Ich werde mir eine Nudelpfanne machen und überlegen, in welcher Region von Deutschland ich gelandet bin.«

»Im Dreiländereck, bei den Nachfahren Karls des Großen! Ciao, Frau Conti. A domani.«

»Sie werden immer besser. Bis morgen.«

Fett suchte in seinen Unterlagen die Nummer von William Bell, Special Agent bei der CIA. Fett hatte 2012 bei einem Fall mit ihm zusammengearbeitet. Fett fand die Nummer und rief ihn an. Manchmal musste man Glück haben. Er war sofort dran.

»Germany, Aachen. Sure, die, wie sagt man, Vorwahlnummer, die kenne ich. Mister Fett. How are you, alles gut?«

»Danke, Mister Bell. Wir haben einen komplizierten Fall. I need your support. Ich brauche Ihre Hilfe.«

»Okay. Los!«

»Wade Gregory jr., 2nd Ranger Battalion, wird seit Anfang Dezember 1944 auf *Hill 400* vermisst und ist für tot erklärt worden. Missing in Action. Vor 14 Tagen wurde auf dem Berg nicht an ihn erinnert. Nun ja. Ein kleines Schild steht dort. Und vor 14 Tagen wurde auf dem Berg der Sohn eines alten Nazis mit einem M1 Karabiner erschossen. Es könnte sein, dass ein Veteran oder ein Familienangehöriger Rache geübt hat. Das müssen wir überprüfen.«

»You think. Sie glauben Rache an dem Nazisohn von der family of Wade Gregory?«

»Ich glaube gar nichts. Ich will nur diese Merkwürdigkeit prüfen.«

»Okay. Ich melde mich. Checke ich sofort. Wade Gregory jr. Ich rufe Sie an.«

Fett gab ihm seine Mobilnummer. Er hatte Vertrauen aufgebaut zu William Bell. Der Vater von William hatte im Hürtgenwald gekämpft. Allerdings nicht im 2nd Ranger Battalion.

Bell öffnete alle Files, die er zu Wade Gregory jr. finden konnte. Er fiel am 7.12.1944 bei den Kämpfen um Castle Hill, so nannten die Amerikaner den Burgberg, allerdings wurde sein Leichnam nie gefunden. Wahrscheinlich wurde er zerfetzt oder in einem Granattrichter verschüttet. Und Bell fand die Adresse der Verwandten in Maryland.

Gegen 23 Uhr klingelte Fetts Handy. William Bell hatte gute Arbeit geleistet. Es waren die Enkeltöchter eines Kameraden von Wade Gregory, die auf ihrer Europatour den Hürtgenwald besucht hatten. Pamela und Johanna Goldman seien vor einer Woche in Aachen gewesen, hätten sich einen Wagen gemietet und einen Tag im Hürtgenwald verbracht. Ihr Großvater habe sie gebeten, am Burgberg an Wade Gregory zu erinnern, der es von der Normandie bis zu diesem verfluchten Hügel geschafft hatte.

»I checked it. Ich habe die Flugdaten und auch die Autovermietung überprüft. Mister Fett, die beiden students haben nichts mit Ihrem Toten zu tun. Believe me. Sie sind nach Köln weitergefahren und von dort aus nach Berlin. Ich habe Fotos hier von dem kleinen Schild, das sie aufgestellt haben. Sie haben die Bilder gepostet auf Facebook.«

»Danke, Mister Bell. Ich glaube Ihnen. Wir können diese Spur schließen.« Er stockte einen Moment. »Was macht Ihr Vater?«

»Gestorben. Kurz nach dem Fall damals. Er ist eingeschlafen. Als ob sein Job beendet gewesen wäre. Nun ist er bei den Kameraden, bei Eric und Gerald. Die drei schauen auf uns herunter, ob wir alles richtig machen. Who knows?«

»Mein Beileid. Wir haben alles richtig gemacht 2012.«

»Auf Wiederhören, Mister Fett«, sagte William Bell sehr korrekt. Sie legten auf und dachten nach, der eine in Arlington, Virginia, der andere in seiner Wohnung am Templergraben in Aachen.

Fett erreichte am Abend Iska in ihrer Wohnung in Bonn. Sie hatte den Tag in Köln verbracht und mit ihrem SEK-Team im Stadtwald trainiert. Für die Weihnachtstage war Bereitschaft angesagt. Weihnachten 2018 hatte es sogar an Heiligabend Überfalle in Hambach gegeben. Von Weihnachtsfrieden wollten die Hambach-Aktivisten nichts wissen. Weihnachten war für sie ein kapitalistisches Großereignis, das jeden Angriff auf RWE-Mitarbeiter rechtfertigte. Damit stand für Fett fest, dass auch er sich für den Bereitschaftsdienst der Mordkommission melden würde. Frohe Weihnachten, sagte er sich. Frustriert und ermüdet hatten beide das Gespräch beendet. Fett konzentrierte sich auf seinen Fall. Es wurde Zeit für die Überprüfung der Zuckerspur und der Landesklinik. Zucker und Recher waren übriggeblieben.

ALLES AUF ZUCKER

Donnerstag, 19. Dezember 2019, der Tag des Zuckers. Fett radelte morgens in der Herrgottsfrüh zur Promenadenstraße, schloss sein Rad an einen Bügel hinter *C&A* und klingelte bei der Kollegin Conti. 6.45 Uhr. Der Synagogenplatz lag wie jeden Morgen voll mit leeren Pizzakartons. Der Mülleimer quoll über. An allen Bänken lag der Dreck. Tauben gurrten um die Reste der kalten Speisen, die an jedem Abend in der Promenadenstraße verkauft wurden.

»Kommen Sie hoch. Noch zwei Minuten.« Die berühmten zwei Minuten der Frauen. Fett verdrehte die Augen, ging die Holztreppe hinauf, klopfte höflich.

»Ich bin's, Fett. Sie öffnen einfach um 6.45 Uhr?« Er hörte irgendein Geräusch oder Gemurmel. Conti war im Bad und putzte sich die Zähne. Plötzlich huschte sie in engen Jeans und nur mit einem T-Shirt an ihm vorbei. Er las etwas von »Forza Squadra Azzura«. »Veni, kommen Sie. Ein Espresso. *Illy*, aus Italien, von den Verwandten. Die denken, wir trinken weiter *Onko* oder *Kaffee Hag*.«

»*Illy*, gern.« Vorsichtig wie eine Katze bewegte sich Fett in die Koch- und Wohneinheit, die zur Promenadenstraße hinaus lag. Er schaute auf das Restaurant *Justus K.* und einen der Barbershops, die wie Pilze aus dem Boden schossen. Er kannte gar nicht so viele Männer mit Bart, wie es Barbershops gab. »Hatten Sie in Düsseldorf auch so viele Männerfriseure?«, fragte er, ohne sich zur Kollegin umzuschauen. Der Anblick der eng sitzenden Jeans und des engen Shirts hatten ihn vom Fall abgelenkt.

»Si. Diese komischen Läden, zu denen Frauen keinen Zutritt haben. Wie eine Plage. Wo gehen Sie zum Friseur?«

»Auf dem Markt. Zu Paco. Haben mir die Kolleginnen empfohlen.«

»Hören Sie immer auf das, was die Kolleginnen empfehlen?«

»Kommt auf die Kollegin an.«

»Ein wenig lang sind Ihre Haare.«

»Was wird das denn jetzt? Haben Sie eine Nebentätigkeitserlaubnis als Typberaterin?«

»Ja, kann man so sagen.«

»Und was kostet die Stunde?«

»Kommt auf den Typ an. Für manche niente, für manche viel.«

Fett wandte sich vom Fenster ab und schmunzelte über diese Rederei am frühen Morgen. »Was kostet der Espresso?«

»Werbegeschenk.«

»Grazie.« Er nahm einen Schluck. »Benissimo. Sehr gut.«

»Ein Schokocroissant?«

»Danke, hab schon. Übrigens, die amerikanische Verbindung können wir vergessen, Die US-Spur zu den Nachkommen von Wade Gregory jr. ist kalt. In der Nacht hat mein Kollege in Arlington alles überprüft.«

»Arlington oder Langley?«

»Kann sein, dass er in Langley saß. Im Hauptquartier der CIA. Ich habe nicht danach gefragt. Mir ging es um Wade Gregory. Negativ. Zwei Studentinnen, Enkelkinder eines Kameraden von Gregory, sind auf Europatour. Sie waren in Bergstein.«

»Ziemlich ungewöhnlich.«

»Er hatte die Belege des Autoverleihers und Fotos der Mädchen von *Hill 400*. Die haben sie für die Verwandtschaft von Gregory gemacht. Wir kümmern uns jetzt um diesen Recher, den Kaltenbachs Vater in die Nervenheilsanstalt gebracht hat. Wir klären das ab, wenn wir die Zuckerspur überprüft haben. Muss sein.«

»Müssen. Si. Zur Zuckerfabrik. Zucchero. Alles auf Zucker. Un momento.« Sie verschwand im Schlafzimmer, kam mit einem Pullover, der Lederjacke und einer Pudelmütze zurück.

»Das sieht drollig aus.«

»Drollig. Ist das gut oder schlecht?«

»Eigenwillig.«

»Eigenwillig ist gut. Allora. Gehen wir.« Sie checkte den Gasherd, Fett stolperte die Treppe hinunter, sie nahmen den Fiat 500 zum Polizeipräsidium. In einem Ford Focus fuhren sie über die A44 zur Ausfahrt Jülich-West und von dort zur Zuckerfabrik, zu Doktor Konrad Hallstein, Geschäftsführer der Jülich Zucker GmbH.

ZUCKER UND SALZ

»Doktor Hallstein ist in einem Meeting.«

»Wir sind das Meeting. Fett und Conti, Mordkommission. Wäre schön, wenn er sich Zeit nehmen würde. Sonst nehmen wir ihn mit, und er hat dadurch voraussichtlich noch weniger Zeit, denn unser Meeting wird dann dauern.«

Irgendetwas hatte die langhaarige Frau Liebsam nicht verstanden. Sie war mit den Hinweisen zum Termin durcheinandergeraten. Nur Mordkommission hatte sie klar und deutlich gehört. Mordkommission, ach du lieber Himmel. Ihr Chef, Doktor Hallstein. Sie erhob sich und schritt mit ihren langen Beinen in Richtung Besprechungsraum »Sophienhöhe«. Sanft klopfte sie an, steckte den Kopf hinein. Heraus kam der Chef, Doktor Hallstein, leicht genervt und mit einer breiten Krawatte, wie sie vor ungefähr 15 Jahren bei einem Herrenausstatter im Angebot gewesen sein musste.

»Hallstein.«

»Fett und Conti. Kripo Aachen. Mordkommission.«

»Seit wann morden Zuckerrüben?«

»Seit sie mit Dioxin belastet sind, Doktor Hallstein. Wo können wir sprechen?«

Hallsteins freundliches Lächeln war in Sekundenschnelle einer Versteinerung gewichen. »Frau Liebsam, keine Störung. Besprechung wird morgen fortgeführt. Die können alle zurück in ihre Büros.« Frau Liebsam nickte und zügelte kaum die Neugier.

Das Büro von Doktor Hallstein ermöglichte einen Blick auf die Jülicher Börde. Die Ernte war vorüber. Die Felder kahl. Der Zucker in der Produktion.

»Was meinten Sie mit Dioxin?«

»Doktor Borsche, Herr Hallstein.«

»Gundula Borsche, schrecklich. Ermordet. Die Tat eines Wahnsinnigen.«

»Wer könnte es gewesen sein?« Conti sprach ihn von der Seite an.

»Was fragen Sie mich. Ich hatte keinen Kontakt mehr zu ihr. Seit Jahren.«

»Und die Prüfaufträge?«

»Ach, die Gutachten. Ein Hobby von ihr. Machte unsere Qualitätskontrolle. Damit sie keine Langeweile hatte.«

»Was wissen Sie von den Ergebnissen?«

»Nichts. Fragen Sie Doktor Terkatz von der Qualitätskontrolle.«

»Dioxin und Gundula Borsche. Sagt Ihnen das was?«

»Hirngespinste. Falsche Tranche. Alles bereinigt.«

»Also doch.«

»Was?«

»Sie wissen von den Ergebnissen.«

»Terkatz hat in der Kantine was davon erzählt. Beim Hacksteak mit Erbsen und Möhrchen.«

»Wenn Sie sich so genau an die Möhrchen erinnern, Herr Doktor Hallstein, sollten Sie sich rasch an den Vorfall erinnern. Sonst nehmen wir Sie mit. Langsam wird es mir zu mühsam.« Fett sprach klar und hart.

»Alles Quatsch!«

»Von wem war die Fuhre?«

»Lüssem. Arnoldsweiler. Großbauer.«

»Und?«

»Was meinen Sie?«

»Frau Conti, rufen Sie bitte die Staatsanwältin an. Hier besteht in einem Mordfall Verdunkelungsgefahr.«

»Herr Kommissar!«

»Was, Herr Kommissar! Mir reicht es, Herr Hallstein! Mir steht es bis hier oben! Sie kommen mit auf das Revier und können den Zucker in Würfeln genießen. Beim Verhör! Verstehen Sie das? Ihre Mitarbeiterin ist erbarmungslos erschossen worden! Drei Schüsse. Herz, Lunge, Milz. Alles voller Blut. Eine Riesenschweinerei. Und Ihr beschissenes Dioxin in den Rüben ist ein zentrales Motiv! Und hier, in dem beschissenen Büro aus den 50er-Jahren, werde ich, Kommissar Fett, nicht länger in Ihrer Zuckernase bohren! Verstehen Sie das!«

»Das ist eine Beleidigung!«

»Was?«, fragte Conti. »Ich habe nichts gehört. Nur Zucker. Sie behindern unsere Ermittlungen, Herr Doktor Hallstein. Das ist schlecht. Für Sie, Ihre Familie, die Zuckerfabrik, die Mitarbeiter, den Golfklub von Jülich, die Rotarier von Jülich. Was soll ich weiter aufzählen?«

»Lüssem hat die Fässer vertauscht oder sein Zulieferer. Ein Versehen. Er wäre bankrott gewesen. Er wollte düngen. Irgendein Idiot hat die Fässer vertauscht. Morgens, im Dunkeln. Die fangen um 4 Uhr an. Ja, soll der denn bankrottgehen? Das merkte kein Schwein. Nur die Borsche. Ausgerechnet die Borsche. Die hat eine Probe von Lüssem gezogen.«

»Und?

»Das waren Mikromengen, Herr Kommissar. Eine Zigarette ist schlimmer.«

»In der Stunde oder am Tag?«, fragte Conti.

»In der Stunde.«

»Tja, Kinder rauchen kaum eine pro Stunde.«

»Die essen Chips und den Dreck vom Fast-Food. Aber Sie glauben mir eh nicht.«

»Hat Borsche Ihnen gedroht?«

»Sie wollte die Lebensmittelaufsicht einschalten.«

»Und?«

»Wir haben ihr unsere Unterlagen gezeigt, denn darin tauchten keine Abweichungen von der Norm auf.«

»Und Borsche?«

»Die war nicht blöd, die alte Schachtel. Die ist mit ihrer Schwester bei Lüssem vorbeigefahren. Den Hof kann man gut von der Straße sehen. Und der Idiot hatte sich einen neuen SUV gekauft. Um seinen Köter über die Felder zu schaukeln, und düngte weiter.«

»Borsche blieb dran?«

»Ja, die beiden alten Schachteln. Die andere, die Ärztin vom *Jeckeberg*, die war genauso giftig.«

»Was dann?«

»Lüssem hat gespendet.«

»Was hat Lüssem?«

»Er hat gespendet. Gartenpflege, Putzfrau. Die beiden Alten haben ordentlich profitiert. Aber Lüssem war raus.«

»Ihr Alibi für den Samstagabend, Doktor Hallstein.«

»Ich war auf Mallorca. Kurztrip. Sonne tanken vor Weihnachten.«

»Allein?«

»Mit Frau und Freunden.«

»Wir prüfen das.«

»Hat Lüssem sich beklagt? Wollten die beiden Frauen zu viel?« Conti hakte nach.

»Bauern klagen immer. Oder kennen Sie Bauern, die nicht klagen? Sehen Sie sich die Demos an. Fragen Sie doch Lüssem direkt.«

»Was wurde aus der Zuckertranche von Lüssem?«

»Weihnachtsgebäck. Längst von braven deutschen Hausfrauen verbacken oder verkocht. Das hat sich aufgelöst. Das war minimal!«

»Halten Sie sich zu unserer Verfügung. Mallorca ist gestrichen. Verstanden?«

Doktor Hallstein atmete auf. Hatte er etwas verraten, zu viel gesagt? Er wusste, dass Lüssem Saisonarbeiter aus Osteuropa anheuerte. Auch Saisonarbeiter, die früher bei der Armee gewesen waren oder die abtauchen mussten. Da sparte Lüssem Lohnkosten. Die machten alles. Hauptsache, abtauchen. Wie sollten denn sonst die Bauern überleben. Der Preisdruck war gigantisch. Die Milch wurde unter Herstellungskosten verkauft, die Discounter bestimmten die Preise. Doktor Hallstein hatte das kommen sehen. Nicht nur Zucker! So lautete bereits vor Jahren seine Devise. Mittlerweile besaß die Zuckerfabrik Produktionsstätten für Erdnüsse, Chips, Salzstangen und Biokekse. Sie hatte diversifiziert. Für die Zeit nach dem Zucker. Hallstein beobachtete die Gewichtszunahme der Bevölkerung. Er las alle Statistiken, ging in die Freibäder und bemerkte, wie immer mehr Menschen im Format XXL Deutschland bevölkerten. Irgendwann werden wir der Hauptschuldige sein, predigte er den Anteilseignern, darum jetzt bereits in Bioprodukte und salzige Snacks investieren. So wurden eine Bio- und eine Salzschiene aufgebaut. Alles auf Bio statt alles auf Zucker.

HEILIGER ARNOLD, STEH IHM BEI

Hubert Lüssem, der Rübenbauer aus Arnoldsweiler, hatte bisher nicht auf Bio gesetzt. Rübenfelder rund um Arnoldsweiler bewirtschaftete er, Rübenfelder, so weit das Auge reichte: Arnoldsweiler, Merzenich, Morschenich, Düren, Ellen, Merken und Niederzier. Darum nannten ihn die Kollegen Rübi. Nun waren die Felder abgeerntet, der Maschinenpark wurde gewartet.

Arnoldsweiler wurde von zunehmendem Verkehr geplagt, weil die Durchgangsstrecke nach Düren durch einen Brückenbau blockiert war. So viel Verkehr hatte der Heilige Arnold, der Musiker am Hof Karls des Großen, lange nicht erlebt. Da bog ein Focus mit Aachener Kennzeichen auf den Lüssem-Hof am Ortsrand von Arnoldsweiler und Timo, der schwarze Schäferhundmischling, schoss mit der Kette aus seiner Hundehütte und bellte ohne Unterlass. Fast flog die Hütte hinterher. Zum Glück war sie im Boden festgedübelt. Lüssem hatte eine Vorliebe für scharfe Wachhunde.

Fett kurbelte die Scheibe herunter. Ein Knecht schlenderte ihm mit kotigen Gummistiefeln entgegen, grüne Arbeitskleidung, Mistforke in der Hand.

»Wat wollen Sie hier?«

»Fett, Kripo Aachen. Wir möchten Herrn Lüssem sprechen.«

»Der Hub is im Stall.«

»Dann holen Sie den Hub mal zügig her. Und den Schwarzen da, den lassen Sie schön an der Leine.«

»Timo, aus!« Timo verzog sich in seine Hütte und nagte an einem alten Rinderknochen. Fett beobachtete den Hund aus den Augenwinkeln. Den Angriff des Rottweilers vor Jahrzehnten hatte er nie verwunden.

»Wollen wir?« Daniela Conti und Fett stiegen aus und folgten dem namenlosen Knecht, der eher den Dialekt der Voreifel sprach. Überall große Schuppen, schwere Traktoren, Anhänger, Mähbalken, Ackerwalzen, Eggen, Grubber, Pflüge. Eine ansehnliche Materialsammlung. Fett schätzte den Wert auf deutlich über eine Million Euro.

»Der kommt von hier. Kein Saisonarbeiter aus dem Osten«, meinte Fett.

»Die Saison ist ja vorbei, Kommissar. Die Rüben mutieren in Jülich zu Zucker.«

»Stimmt.« Sie warteten vor der Tür des Stalls, betrachteten den gigantischen Traktor New Holland T 7050, sechs Zylinder mit über 240 PS, neben dem der Dienstwagen wie ein *Siku* Spielzeugauto wirkte.

»Lüssem – und Sie?«

»Fett und Conti. Kripo Aachen, Mordkommission.«

»Mordkommission? Ich hab keine Sau erschlagen.« Er versuchte zu lächeln.

»Sau nicht. Wo können wir reden?«

»Ich hab zu tun.«

»Wir auch. Kommen Sie einfach mit. Nach Aachen. Ins neue Präsidium.« Fett schaute ihn freundlich an und ließ keinen Zweifel an seiner Absicht.

Hubert Lüssem, sein Alter schätzte Fett auf Anfang 60, schob sich die Baseballcap in den Nacken, musterte Fett, dann Conti, wieder Fett. Kleine funkelnde Augen, die Rasur um 4 Uhr in der Früh war oberflächlich ausgefallen, grobe Hände, gezeichnet von harter Arbeit mit Erde. Er trug eine schwere Arbeitsjoppe, Gummistiefel und verbreitete den Duft des Kuhstalls, aus dem er soeben gekommen war.

»Wat wollen Sie wissen?«, knurrte der Landwirt.

»Wo waren Sie letzten Samstagabend zwischen 19 Uhr und 21 Uhr?«

»Hier. Auf'm Hof. Am Abend in der Bücherei. Meine Frau abholen. Die haben da so einen Weihnachtsbasar für die Kirche.«

»Zwischen 19 Uhr und 20 Uhr, Herr Lüssem?«

»Kann der Paul bezeugen, mein Knecht. Kennen Sie ja. Und die Frauen von der Bücherei.«

»Doktor Gundula Borsche.«

»Mausetot, die alte Kuh.«

»Holla, Emotionen. Sie wissen doch, der Heilige Arnold war nicht nur Schutzpatron für Musiker, sondern auch zuständig für einen sanften Tod. Den hat Gundula Borsche nicht gehabt, Herr Landwirt. Drei Schüsse. Also!«

»Steht ›blöd‹ auf meiner Kappe? Darum sind Sie doch da. Die Alte hätte mich fast in den Ruin getrieben.« Eine Mischung aus Zorn, Hilflosigkeit und Ärger braute sich bei ihm zusammen.

»Dafür Dioxin im Schokoriegel.«

»Quatsch, Herr Kommissar. Alles Quatsch.«

»Erzählen Sie uns Ihre Wahrheit, Herr Lüssem.«

»So ein Lohnarschloch hat falsch gespritzt.«

»Name, Adresse.«

»Aus Holland. Kriegen Sie. Der Idiot sollte düngen, nicht Pestizide spritzen. Der Käskopp spritzt die Scheiße auf ein Feld Zuckerrüben.«

»Absicht?«

»Glaub ich nicht. Einfach falsch befüllt von irgendeinem Trottel beim Verleih. Wir mieten die großen Maschinen. Auch die Düngemaschinen. War eine Tankfüllung.«

»Wann haben Sie es bemerkt?«

»Gar nicht. Wir bestellen, der kommt, spritzt und ist wieder weg nach Roermond. Bei uns bleibt die Rechnung.«

»Was stand auf der Rechnung?« Conti schaltete sich ein.

»Düngemittel.«

»Weiter.«

»Dann kam der Anruf von der Fabrik, als Kolja die Fuhre abgeliefert hatte.«

»Wer ist Kolja?«

»Vorarbeiter. Kommt aus der Ukraine. Die haben da Superböden. Schwarz wie Kohle und fruchtbar wie ein Karnickel. Der Kolja bleibt immer bis zum Schluss der Rübensaison. Ist wieder irgendwo hinter Lemberg bei der Familie. Die alte Borsche hatte nur die eine Fuhre unter die Lupe genommen. Schnelltest. Die konnte ihre Finger nicht aus der Fabrik lassen.«

»Und, hat Kolja sie letzten Samstag besucht?«

»Blödsinn. Niemand von uns hat die alte Schachtel besucht. Da war der Kolja schon im Bus nach Lemberg.«

»Wurden Ihnen die Hilfsdienste für Frau Borsche nicht zu viel und zu teuer?«

»Welche Hilfsdienste?«

»Das wissen Sie genau. Gartenarbeit, Putzfrau.«

»Ich sag nichts mehr. Reicht mir. Von uns hat keiner die Borsche umgelegt.« Lüssem fühlte sich unbehaglich. Woher wussten die das mit der Putzfrau, den Gartenarbeiten? So eine Scheiße. Hätte er bloß den Holländer verklagt. Wäre teuer geworden wegen grenzüberschreitendem Gedöns. Seine Versicherung hätte das nie bezahlt. Er hatte gerade erst den neuen SUV gekauft. Lieber die beiden Alten schmieren. Gärtner machte Ivan, Putzfrau

Swetlana, die wollten bis Februar bleiben. Das kostete Lüssem nichts. Fast nichts.

»Ich habe ein Alibi. Für meine Männer leg ich die Hand ins Feuer. Die meisten waren eh weg. Die Kampagne ist gelaufen. In Jülich rieselt der Zucker, und wir müssen den Fuhrpark pflegen und die Kühe melken. Sonst noch was?«

»Wir prüfen die Alibis.«

»Machen Sie das. Mein Sohn Wolfi sitzt im Büro. Der hat alle Unterlagen. War übrigens letzten Samstag in Urlaub. Brauchen Sie sich keine Mühe zu machen.«

»Na dann. Viel Spaß beim Melken. Etwas spät, oder melken Sie zweimal am Tag?« Lüssems Augen blickten irritiert.

»Meine Turbokühe können dreimal. Aber so viel Milch säuft kein Schwein.« Lüssem drehte sich abrupt um und verschwand im Stall.

Fett nickte Conti zu. Sie gingen ins Haupthaus, wo Wolfi über EU-Anträgen saß, um Zuschüsse fristgerecht abzurufen. Wolfi konnte wenig helfen. Allerdings schienen die Akten der Saisonarbeiter auf den ersten Blick sauber zu sein. Alle ordnungsgemäß angemeldet, und wenn sie nicht aus EU-Ländern kamen, dann war ein Visumantrag vermerkt.

Am Nachmittag prüften sie in Aachen die Alibis. Keine Zuckerspur. Lüssem, seine Familie und der Vorarbeiter waren sauber, wenn man das bei der anstrengenden Arbeit so sagen konnte.

»Genug für Ihren zweiten Arbeitstag, Frau Conti.«

»Wir kommen nicht weiter.«

»Nicht so richtig. Ich denke an die Bemerkung von Schmelzer. Er sagte letzte Woche, dass vielleicht Adele Borsche erschossen werden sollte. Dann wäre die Zuckerspur kalt. Wir kümmern uns morgen um die Landesklinik.«

»Was machen wir mit dem Dioxin im Zucker und der Erpressung der alten Damen?«

»Geben Sie es an die Kollegen von der Wirtschafts- und Umweltkriminalität. Die können nachfassen. Adele Borsche wird sich an nichts erinnern und alles auf die Schwester schieben, es sei denn, sie hat mit Lüssem die Konditionen vereinbart in Sachen Gärtner, Putzfrau und so weiter. Der Zucker ist nicht mehr auffindbar. Wird im Sande verlaufen.«

»In was für Abgründe bin ich denn hier geraten?«

»Die Eifel ist speziell, Frau Conti. Nicht so eine Altstadtkriminalität wie in Düsseldorf.«

»Grazie. Das reicht. Überall Spuren der Vergangenheit.«

»Lange Schatten. Schluss für heute.« Fett nahm seine Outdoorjacke. So richtig Lust auf das Klapprad hatte er nicht.

»Hätte ich einen Kofferraum im Fiat, könnten Sie das Rad reinpacken.«

»Passt. Gut für die Figur. Geht ja eh nur bergab.«

Sie verließen gemeinsam das Präsidium. Conti zu ihrem Fiat, Fett zum Klapprad, das seit dem Morgen am Laternenpfahl angekettet stand.

AM KNIPP

Der Donnerstagabend mutierte immer mehr zu einem Wochenendtag. Die Pontstraße brummte auch im Winter; Aachens *Quartier Latin* zog die Studenten magisch an. Fett war mit der Redakteurin Vera Braun in der Gaststätte *Am Knipp* verabredet, bei den Brüdern Ramrath. Sie wollte sich, so hatte sie am Telefon gesagt, für ihre Belagerung im *Anvers* entschuldigen. Fett traf gegen 19.30 Uhr in der ältesten Gaststätte Aachens ein. Vera Braun saß unter den Zinnbechern hinten links im abgetrennten Stübchen, wo bei der *Krüzzbrür*-Inthronisation stets die Mitglieder des Pfarrausschusses und die Alte Garde ihr Quartier aufschlugen. Sie winkte durch die Holzsäulen, und Fett ging, die Brüder Ramrath grüßend, zu ihr in die Kemenate.

»Heute lade ich ein«, begann Vera Braun das Gespräch nach einem kurzen Wangenkuss. Fett war überrascht. Sie wirkte ungemein fröhlich, gut gelaunt und aufgeschlossen.

»Wenn es der Wahrheitsfindung dient, Frau Braun«, antwortete er und nahm auf der Bank Platz.

»Ich hab dich letzte Woche überfallen.«

»Kann man so sagen. Übrigens steht dir die Lederjacke wieder ausnehmend gut. Passt zu schwarzen Jeans.«

»Ah, der Charmeur ist im *Knipp* angekommen.«

»Nimm es als wahres Friedensangebot. Jeder muss seinen Job machen. Du machst ihn gut. Und siehst gut aus.«

»Oh, merci! Steak oder Steak?«

»Ich bin schon verwöhnt worden heute. Brötchen in der Kantine mit Blick auf die Trierer Straße.«

»Dann erst recht.«

»Den überbackenen Camembert.«

»Oh, wie bescheiden. Ich nehme was von den handgezüchteten Schweinen aus der Eifel.«

»Bitte, Vera. Deine Gazellenhüfte kann alles vertragen. Zwei Kölsch, Herr Ramrath!« Der Wirt nickte. »Ich muss ja nicht mehr fahren, Vera. Aber du.«

»Taxi, Michael. Erzähl mal, was ist los?«

»Im Leben, in Aachen, im Präsidium, in der Welt? Gegenfrage.«

»Im Leben, Michael. Wir haben eine Aufgeregtheit, die ich in all den Jahren als Journalistin selten erlebt habe.«

»Es gibt ja viele Lautsprecher und Verstärker. Nimm das Internet, Facebook, Instagram und wie diese sozialen Medien alle heißen. Eine Kakophonie von Tönen und Meinungen und Beschimpfungen.«

»Sollte das nicht ein Werkzeug für mehr Demokratie sein?«

»Das haben Presse und Medien damals geschrieben. Dann sind euch die Anzeigenkunden weggelaufen, die Werbung eingebrochen. Jetzt sucht ihr nach neuen Geschäftsfeldern, und zugleich kommt ein Tsunami von Meinungen, die alle recht haben wollen. Die Liebe zur Betroffenheit übersteigt die Liebe zum Nachdenken.«

»Die Liebe zur Betroffenheit übersteigt die Liebe zum Nachdenken. Das ist so ein Michael-Fett-Satz. Den muss ich mir merken. Stammt der von dir?«

»Aufgeschnappt. Second Hand Life, Vera. Alles schon vorgedacht und vorgeschrieben und verdaut. Ich weiß nicht, von wem der Satz stammt: Argumente werden mehr und mehr durch Haltung und Betroffenheit ersetzt. Wer betroffen ist, der ist nicht zugänglich. Dazu die Dark Rooms. Ich werde dir nicht erzählen, was die Kollegen in Köln von der SoKo Berg über die pädophilen Schweine entdeckt haben. Nur so viel. Etliche der Kollegen brauchen psychologische Betreuung. Was die da sehen, übersteigt jede Vorstellungskraft.«

»Dual Use.«

»Was meinst du damit?«

»Alles hat zwei Seiten. Nie sind wir so einfach an Infos gekommen. Nie wurden die dunklen Seiten der Seelen so ausgelebt.«

»Und die Zivilisation zerbröselt. Vielleicht war das immer so?«

»Zwei Kölsch. Zum Wohle.« Der Wirt stellte die Stangen vor Braun und Fett. Sie stießen miteinander an und mussten lächeln, obwohl die Themen eher Tristesse vermuten ließen.

»Gibt es nichts Schönes, Michael?«

»Schau in den Spiegel, Vera.«

»Mann, hör auf. So viele Komplimente bin ich nicht gewohnt.«

»Vielleicht sind bei euch in der Redaktion auch die Zivilisationsbarrieren durchbrochen. Oder herrscht da Komplimentverbot wegen MeToo?«

»Eher Witz, Zynismus, Comedy und viel Galgenhumor. Alle merken, dass wir in einem Zeitenwandel stecken. Die gedruckte Zeitung verliert an Resonanz und Auflage. Wir suchen nach neuen Formen, um die Leser zu binden. Die Jungen erreichen wir gar nicht. Und die Alten sind am Ende mit ihrem Erregungspotenzial. Nur Bad News, Systemkrise, Klimawandel, Erderwärmung, rechtes Lager und Zeichen setzen. Das Nervenkostüm ist darauf nicht eingerichtet. Der Mensch stammt aus dem Holozän und nicht aus Silicon Valley.«

»Das klingt nach Entschleunigung.«

»Jeder redet davon. Keiner macht es. Wie die Anmeldung zum Fitnessstudio nach Weihnachten. Zwei Wochen laufen, danach wieder Sahneschnitten und ab mit dem Auto zum Büro.«

»Du hörst dich frustriert an.« Fett bemerkte ihre Nachdenklichkeit.

»Eher erschöpft und melancholisch. Zeitenwende.«

»Verändert sich nicht immer etwas?«

»Woher hast du das? Aus einem chinesischen Weisheitsbuch? Oder bist du in einer Sekte?« Vera Braun hob ihr Glas.

»Sekte? Realistische Pessimisten«, gestand Fett. Sie lachten und stießen an.

Durch den Windfang der Tür schob sich Polizeipräsident Offenhaus, gefolgt vom Zeremonienmeister der *Krüzzbrür*. Sie sahen Fett und Braun nicht, setzten sich an einen der vorderen Tische und diskutierten den Ablauf des nächsten Herrenabends der *Krüzzbrür* im Februar 2020. Ägid Lennartz war auserkoren worden, ein fulminanter Musiker, Karnevalist und Liebhaber der Öcher Sprache.

»Dein Chef im *Knipp*.«

»Er hat ja sonst nicht viel. Außer der Liebe zu Belgischen Reisfladen. Keine Veränderung bei ihm. Höchstens beim Bauchumfang.«

»Der sollte längst pensioniert sein.«

»Politische Entscheidung. Kleinster gemeinsamer Nenner der amtierenden und der zukünftigen Mehrheit in Düsseldorf.«

»Früher hätte ich nie gedacht, dass der Arm der Politik so weit reicht.«

»Er ist das politische Gesicht des Präsidiums. Die polizeilichen Entscheidungen trifft der Leitende Polizeidirektor Hiltenkamp. Zum Glück.«

»Was macht der Junggeselle Fett?«

»Arbeiten, lesen, schlafen, mit schönen Journalistinnen sprechen.«

»Wenigstens die letzte Aktivität hat was.«

»Was macht Vera Braun, wenn sie nicht in der Redaktion ist?«

»Joggen, Falten pflegen, Erinnerungen verjagen, die Kids beim Studium unterstützen.«

»Hört sich an, als ob wir langsam in die Endkurve des Lebens einfahren.«

»Ein wenig. Manchmal habe ich auch keine Lust mehr.«

»Komm, Vera. Klarer Blick, heller Geist, schöner Kopf, Kids auf dem Weg, saubere Trennung vom Ex-Mann. Du kannst jede Schulter bekommen, die du magst.«

»Jede?« Sie lächelte ihn nachdenklich an.

»Sicher. Auf dich!« Es wurde ein Abend mit vielen Erinnerungen, Weißt-du-noch-Geschichten, ein Abend mit Lachen und Herzlichkeit, bei dem sich unter dem Tisch manchmal die Füße berührten, ab und an eine Hand auf der anderen lag. Es blieb dabei. Der Polizeipräsident und Karl-Heinz Land, der Zeremonienmeister der *Krüzzbrür*, hatten längst das Lokal verlassen. Die Brüder Ramrath sortierten die Gläser. Fett und Vera Braun nahmen einen letzten Absacker. Er bestellte für sie ein Taxi. Draußen umarmten sie sich.

»Danke, Herr Kommissar. War ein sehr schöner Abend. Gibt nicht viele davon.«

»Damit hast du fast alles gesagt. Merci.«

»Ja, fast alles, mein Lieber. Pass auf dich auf mit dem Eifelmörder. Der muss kaltblütig sein.«

»Stimmt. Kaltblütig. Hat erst kürzlich jemand gesagt. Pass du auf dich auf. Werde nicht zynisch.«

»I wo.«

Sie stieg ins Taxi und winkte ihm durch die Scheibe zu. Fett machte sich auf den Weg nach Hause. Mit überbackenem Camembert und zu vielen Kölsch im Magen, dazu einem Gefühl von Wärme und Menschlichkeit. Er war mal in Vera Braun verliebt gewesen. Lange her. Dann heiratete sie den Rechtsanwalt mit Gütertrennung, und kurze Zeit später ließ sie sich scheiden.

DIE DUNKLE SEITE DES MONDES

Wieder ein milder Dezembertag. Kein Frost, kein Schnee. Fett war mit dem Klapprad gefahren. Die Folgen des Besuchs im Hause *Knipp* reduzierten seine Trittgeschwindigkeit. Conti war bereits im Präsidium und schaute ihn erwartungsvoll an. Fett stromerte zur Kaffeemaschine, kehrte mit einem randvollen Becher zurück, setzte sich und fuhr die Rückenlehne seines Bürostuhls nach hinten.

»Ich habe nochmal mit Doktor Hamm von der *Dürener Geschichtswerkstatt* telefoniert. Es gibt nichts über die Zwangsarbeiter bei Kaltenbach«, brachte er die Kollegin auf den neuesten Stand. »Hamm berichtete von umherziehenden Displaced Persons gegen Kriegsende, die auf den Bauernhöfen um Essen bettelten. Aber es sei hier anders gewesen als im Rest vom Reich. Da die Front noch lange stabil war, hätten viele Zwangsarbeiter Angst vor der Rückkehr der Nazis und der SS gehabt. Darum hätte es kaum Racheaktionen der Zwangsarbeiter gegeben. Und nun, 74 Jahre später, soll plötzlich ein Rächer auftauchen?« Fett schüttelte ungläubig den Kopf.

»Wie und warum soll der Nachfahre eines Zwangsarbeiters Kaltenbach so spektakulär mit einem amerikanischen Karabiner umbringen?« Conti pflichtete Fett bei.

»Wir müssen die Landesklinik überprüfen. Den *Jeckeberg*, wie der Volksmund sagt.« Fett kamen alle die despektierlichen Bemerkungen aus der Kindheit in den Sinn. Er wurde in der Schule gehänselt, weil er nahe an der Klinik groß geworden war. »Früher sagte man, pass op, sonst küste nach Düre.«

»Was ist das für ein Kauderwelsch?« Conti schaute ihn fragend an.

»Pass auf, sonst kommst du nach Düren! – Das war eine Drohung, meist halb spaßig gemeint. Pass auf, sonst bringen wir dich zur Landesklinik nach Düren, also zu den im Volksmund Verrückten. Es hat sehr lange gedauert, bis durch Information und bessere Öffentlichkeitsarbeit klar wurde, wie wichtig und vielschichtig die Arbeit dort ist. Die langen Schatten der Vergangenheit schwebten über der Anstalt. Früher war das Betreten streng verboten. Heute können Sie quer durch die Anstalt radeln.

Die Zeiten haben sich verändert. Auch das Verständnis für die Menschen mit psychischen Handicaps.«

»Dann sollten wir rasch los. Allzu viele Spuren und Motive haben wir nicht mehr im Köcher.« Conti nahm ihre Dienstwaffe aus der Schublade, und Fett griff zum Telefonhörer.

Er suchte die Nummer der Landesklinik und ließ sich mit dem Vorzimmer der Geschäftsführung verbinden.

»Landesklinik Düren, Vorzimmer Geschäftsführung, Rosarius.«

»Fett, Kripo Aachen, Mordkommission. Wir brauchen in einem Mordfall einen Termin mit der Leitung. Heute.«

»Frau Doktor Cohnen-Charon ist auf einer Leitungstagung zusammen mit dem Pflegedirektor und dem Kaufmännischen Direktor bis 13 Uhr.«

»Wir sind um 13 Uhr bei Ihnen. Richten Sie das aus. Es ist dringend. Wir brauchen alle drei.«

»Ich richte das aus«, sagte Frau Rosarius. Da braut sich was zusammen am Freitag vor Weihnachten, dachte sie und schrieb eine Terminmail an das Leitungsteam.

Daniela Conti hatte in der Zwischenzeit die Unterlagen der Kriminaltechnik zu Recher geprüft und mit dem Bürgermeister der Gemeinde Hürtgenwald telefoniert. Er hatte Lossners Aussagen zu der Kritik am Umgang mit der Erinnerung bestätigt. Mittlerweile berate aber eine Kommission der Hochschule Osnabrück die Gemeinde und das Museum. Dadurch habe der Konflikt an Schärfe verloren. Zu Kaltenbach als Person wollte sich der Bürgermeister nicht äußern. Er sei allerdings froh, dass die Ultraleichtfliegerei vom Tisch sei. Ansonsten hoffe er auf rasche Aufklärung, damit die negativen Schlagzeilen endlich aufhörten.

Fett und Conti brachen gegen 12 Uhr auf zur Landesklinik Düren. Doktor Edelgard Cohnen-Charon, Pflegedirektor Rolf Stollenwerk und der Kaufmännische Direktor Hubertus Neugebauer waren die Gesprächspartner. Um 12.30 Uhr bog Fett von der Eisenbahnstraße in Düren in die Alte Jülicher Straße ein und fuhr bis zur Kirche Sankt Joachim. Dann rechts ab in die Meckerstraße, die Schranke war geöffnet, er fuhr auf den Parkplatz hinter dem Pförtnerhaus, parkte und ließ seine Erinnerungen Revue passieren. Er kannte die Klinik und das Gelände. Als Messdiener von Sankt Joachim hatte er auch in der Kirche gegenüber vom Hauptgebäude den Pastor begleitet. Zuvor war er im katholischen Kindergarten gewesen, direkt vor der Einfahrt zur Landesklinik. Damals war die Klinik autark: eigene Metzgerei, eigene Bäckerei, Felder mit Obst und Gemüse. Morgens roch man den Duft der frischen Brötchen, des knusprigen Brots, das nur für die Angestellten und die Patienten hergestellt wurde. Neue Gebäude waren mittlerweile entstanden, neue Wege angelegt worden. Die Grundstruktur des Geländes war gleichgeblieben. Nur die Forensik, Haus 5, war irgendwann zu Beginn der 80er-Jahre an den Heerweg verlegt worden. Das alte Haus 5 war nun ein Dokumentationszentrum, geöffnet einmal in der Woche. Fett hatte die Berichterstattung beiläufig in der Presse verfolgt.

»Kommen Sie, Frau Conti. Wir schauen uns 20 Minuten um.«

»Solange wir nicht als Patienten angesehen werden.«

»Warum nicht?«

»Commissario!«

»Frau Conti, ich bin kein italienischer Pappkommissar aus dem Fernsehen. Chef, oder Herr Fett, oder Kommissar. Bitte nicht mehr Commissario. Das hört sich an wie in den trüben Verfilmungen. Grazie. Und keine Diskussion.«

»Si, okay, Herr Kommissar Fett. Gut so?«

»Schon besser.« Er lächelte. Was sie nicht sehen konnte.

Sie passierten das ehemalige Haus des Direktors. Es erinnerte in Bauweise und Farbe an das Haus von Pippi Langstrumpf. Sie sahen den Verwaltungsbau und gegenüber, etwas tiefer gelegen, die Kirche, in der Fett als Messdiener dienen musste. Sie passierten den Verwaltungsbau, gingen an der Küche vorbei in Richtung Werkstatt. Angestellte, Arbeiter, Patienten, Pfleger kreuzten ihren Weg. Überall Autos des Landschaftsverbands Rheinland. Eine Gruppe Patienten steuerte den Ausgang Richtung Elsa-Brändström-Straße an, die nach dem Engel von Sibirien aus dem Ersten Weltkrieg benannt war.

»Die Patienten gehen einkaufen«, sagte Fett.

»Wo denn?

»Hinter dem Autobahnzubringer liegt der *real*-Markt. Da bekommen viele, was sie brauchen.«

»Verstehe«, sagte Conti, ohne auf die Details eingehen zu wollen.

Fett blickte auf die Kastanienbäume auf der großen Wiese zwischen Küche, Werkstatt, Energiezentrum auf der einen Seite und den Pflegebauten auf der anderen Seite. Ein Essenstransporter rumpelte aus der Küche heraus in Richtung Forensik. Aus dem hohen Schornstein stieg Rauch. Eine kleine Stadt am Rande der Stadt. Sie wurde ausgebaut, erweitert, modernisiert.

Daniela Conti versuchte, ihre Eindrücke zu sortieren. Die alten Bauten hüben, die neuen Bauten drüben. Die Freundlichkeit der Mitarbeiter, ab und an der getrübte Blick von Patienten, andere Blicke fest auf den Boden geheftet. Die hier Eingewiesenen bewegten sich, als ob sie narkotisiert seien. Vermutlich war es auch so. Die Glocke der Kirche schlug 13 Uhr; kräftig, dunkel, laut.

Fett und Conti betraten den Verwaltungstrakt, der nach Westen ausgerichtet war. Frau Rosarius empfing sie und brachte sie zum Büro der Ärztlichen Leiterin. Direktorin Doktor Edelgard Cohnen-Charon war allein in ihrem Büro. Die aparte Endvierzigerin empfing sie freundlich in hohen Lederstiefeln und zahlreichen Ringen an den Fingern beider Hände. Alles deutete auf Herkunft oder Einheirat in eine pekuniär geschützte Lebensform. Hose und Jacke, zweifellos aus einer edlen Boutique in Köln oder Düsseldorf, unterstrichen ihre Besonderheit in einer Atmosphäre und beruflichen Umgebung, wo eher die Abweichung als die Norm vorherrschte.

»Herr Kommissar«, sie reichte ihm die rechte Hand fast so, als ob sie Fett zu einem Handkuss animieren wollte. Eine Wolke unbekannter Düfte hüllte Fett ein, der für einen Moment von Schwindel überfallen wurde, sich zusammenriss und mit klarem Blick der Ärztlichen Direktorin begegnete. Conti musste niesen.

»Frau Direktorin, danke für den raschen Termin. Meine Kollegin Daniela Conti.« Die Direktorin deutete ein Nicken an, in dem sich Neid auf die natürliche Attraktivität der Kommissarin mit Geringschätzung der Kleidung mischte.

»Ich bitte Sie, Mordkommission in der Landesklinik. Okay, wir haben hier schwere Jungs. Drüben in der Forensik. So ein richtiger Mordkommissar kommt aber eher selten.«

»Nur ein Routinebesuch zur Klärung einer alten Geschichte, Frau Doktor Cohnen-Charon, ein besonderer Name, wenn ich mir die Bemerkung erlauben darf.«

»Nur zu, nur zu, lieber Herr Kommissar, schließlich weist Ihr Nachname nur einen bedingten Charme auf. Etwas, was mir mittags drüben aus der Küche entgegenweht.« Conti hustete kurz, was diesmal nicht am Parfum lag.

»Wer sucht sich den Namen schon aus?«

»Eine kleine Allianz, Herr Fett, Sie könnten einheiraten und etwas wohlklingender werden. Wie war der Name der Kollegin, Conti, immerhin. Lessing, *Emilia Galotti*. Der Künstler. Merken Sie sich das.« Sie sprach Daniela Conti nur indirekt an, vorbeischauend sozusagen.

»Gewiss, Frau Direktorin, nicht jeder ist mit einem greisen Fährmann aus der Unterwelt verwandt.«

Fett biss sich auf die Lippen. Das saß. Charon rümpfte indigniert die Nase, überlegte eine Replik …

Es klopfte und mit einem »Mais oui« gab die frankophile Direktorin das Zeichen zum Eintritt.

»Ah, Monsieur le Pflegedirecteur Stollenwerk, darf ich vorstellen, Kommissar Fett, Mordkommission Aachen, mit seiner Assistentin Conti. Rolf Stollenwerk, er wurde hier quasi geboren.«

»Kommissarin Conti, früher Bundeskriminalamt, Expertin für Fälle im Reich der Behinderungen.« Fett stellte die Kollegin vor und kam langsam auf Kampftemperatur. Diese Psychospielchen brauchte er nicht. Der Vorsprung des Mörders wurde größer, und er war hier in ein besonderes Reich eingedrungen, das eher auf Verlangsamung eingestellt war.

Rolf Stollenwerk paarte mit seinem alltäglichen Namen eine Vorliebe für alltägliche Kleidung. Fett bemerkte das grob karierte Hemd, zweifellos nicht von der Kö in Düsseldorf, eher aus einem Schlussverkauf, registrierte den

Chronographen, der für seinen Geschmack zu groß ausfiel, und betrachtete den Lech-Wałęsa-haften Bart. Die Funktionshose passte zu diesem Pflegedirektor, der in weißen Sneakers und mit einem skeptischen Blick auf die Kommissare zukam, zuerst Conti und dann Fett die Hand reichte und neben der Direktorin wie angeklebt stehenblieb.

»Fehlt nur die kaufmännische Seele unserer Klinik. Lieber Rolf, vielleicht spulen Sie, während wir warten, ein paar Facts und Figures runter. Der Herr Kommissar ist bestimmt zum ersten Mal hier.«

»Da irren Sie. Ich war bereits vor Ihrer Geburt in dieser Anstalt. Allerdings nicht als Patient, Pfleger oder Faktotum. Ich war als Messdiener von Sankt Joachim drüben in der Kirche und habe bei mancher Frühmesse in der Landesklinik dem Pastor zur Seite gestanden.«

Verblüfft schauten ihn die beiden Leitungskräfte der Klinik an. Rolf Stollenwerk verengte seine Augen, die durch die buschigen Augenbrauen eh kaum zu sehen waren.

Es klopfte. Mit nach hinten gekämmtem Haar und rotem Kopf, so als ob er einen Sonnenbrand hätte, trat der Kaufmännische Direktor ins Zimmer. Hubertus Neugebauer saß über Wirtschaftsplan 2020 und Jahresabschluss 2019. Ihm passte der Termin überhaupt nicht. Man sah es seinem Gesichtsausdruck an.

»Dann kennen Sie sich ja aus«, meinte Stollenwerk mit einem leicht süffisanten Unterton als derjenige in der Runde, der am längsten hier seinen Dienst versah. »Über 1.000 Mitarbeiter, mehrere 100 Patienten, Einzugsgebiet fast der Regierungsbezirk Köln.«

»Danke, Herr Stollenwerk, war mir bekannt. Die Offenheit freut mich. Kommen wir zur Sache. Mich interessiert ein Patient, der in den 60er-Jahren in Haus 5 weggeschlossen war. Recher, Walter. Aus Bergstein.«

»Recher, sagt mir nichts.« Die Direktorin schaute fragend ihre beiden Kollegen an. Auch Neugebauer schüttelte den Kopf. Er hatte bisher nichts zur Konversation beigetragen und wunderte sich darüber, was er hier sollte. Alte Geschichten. Der Wirtschaftsplan musste fertig, Weihnachtsgeschenke gekauft werden. Stattdessen stand er hier mit einem Kommissar und einer attraktiven Kommissarin aus Aachen.

»Herr Stollenwerk, sagt Ihnen der Name Recher etwas?« Fett sprach ihn direkt an.

»Ich habe 1968 mit 14 Jahren meine Ausbildung in der Gärtnerei begonnen. Da kann ich mich kaum an einen Patienten erinnern. Wir waren für die Gärten und den Wald verantwortlich. Es gab allerdings 1969 einen Vorfall. Große Aufregung in meinem ersten Lehrjahr. Müsste ich nachschauen.«

»Wären Sie so nett, Herr Stollenwerk, wir warten derweil.« Fett sagte es so bestimmt, dass der ehemalige Gärtner nicht umhinkam, den Raum für die umgehende Recherche zu verlassen.

»Darf ich Ihnen Kaffee anbieten oder Tee, Herr Kommissar, Frau Conti. Wenn Sie schon der dienstälteste Anstaltsmitarbeiter im Raum sind?« Edelgard Cohnen-Charon lächelte ihn so an, wie Ärzte am Bett des Patienten lächeln, obwohl der Patient unheilbar krank oder dement ist. Fett wartete auf das Wörtchen »wir«.

»Wir sind ja sozusagen von einem Leitungsteam. Sie, Herr Fett, als Dienstältester für das Jenseits, Herr Neugebauer für die Ökonomie des Alltags und ich für die psychische Gesundheit der Gäste. Kollege Stollenwerk organisiert die Teams.« Sie stand auf und bestellte, obwohl Fett nichts zum Kaffeeangebot geäußert hatte, Kaffee, Wasser und für sich einen grünen Tee mit Ingwer. Der betonte Gang, der feste Auftritt der Stiefel. Fett war überzeugt, dass sie durchgriff, wenn es nötig wurde. Vielleicht der Grund für die Unlust des Pflegedirektors und die Gesichtsbräune von Herrn Neugebauer. Kleine Fluchten angesichts der übermächtigen Direktorin, die nicht vorhatte, ihre Karriere in Düren zu beenden.

HAUS 5 ANTWORTET NICHT

Ohne anzuklopfen kehrte Stollenwerk mit einer blauen Aktenmappe zurück, schaute zur Direktorin, die ihm mit säuerlichem Gesichtsausdruck zunickte, dann öffnete er die Akte.

»Ich hatte eine schwache Erinnerung. Ich war ja in der Gärtnerei. Damals, 1969. War ein schwarzer Tag in der Geschichte der Landesklinik.« Er machte eine Pause, die

Tür wurde geöffnet, die Sekretärin brachte Kaffee und den grünen Tee. Alle bedienten sich.

»Haus 5 antwortete nicht.« Der Satz stand wie ein Marmorblock im Raum.

»Was sagten Sie gerade?«, fragte Fett den Pflegedirektor. Daniela Conti beobachtete das Leitungsteam. Neugebauer hatte keine Ahnung. Die Direktorin wechselte die Farbe.

»Haus 5 antwortete nicht. Zwei Pfleger wurden rübergeschickt. Die fanden den Pförtner schwerverletzt am Telefon, Recher blutverschmiert vor dem Schlüsselkasten und einen bewusstlosen Pfleger neben ihm auf dem Boden. Recher wurde in die Bärenzelle gebracht.«

»Die Bärenzelle?«

»Eine Zelle mit Doppelvergitterung. Werden Sie sehen, wenn wir rübergehen.« Er räusperte sich. »Wenn Patienten Terror machten, wurden sie dort nackt eingesperrt. Die hätten sich ja was antun können. Manche verfügten über Bärenkräfte, bei denen mussten mehrere Pfleger zugreifen.«

»Was wurde aus Recher?«

»Wir können das heute nicht rekonstruieren. Die Akten sind unvollständig. Fakt ist, Recher starb bei dem Versuch, ihn zu fixieren.«

»Wie starb Recher?«

»Auch die Obduktionsergebnisse sind nicht mehr vorhanden. Vermutlich kollabierte er infolge des Stresses und der Medikamente. Recher war stark. Er war Landwirt und saß seit mehreren Jahren ein. Er bekam Beruhigungsmittel. Die damalige Leiterin, Doktor Borsche, hatte die Behandlung angeordnet.«

»Die Polizei Düren müsste ja Akten darüber haben?«

»Kaum.« Rolf Stollenwerk schaute auf seine verschränkten und verkrampften Hände. »Wie soll ich sagen. Wir hatten hier früher schwierige Zustände. Zu wenig Personal, keine richtige Ausbildung. Rechers Tod wurde als natürlicher Abgang klassifiziert.«

»Natürlicher Abgang? Alles unter der Leitung von Frau Doktor Borsche?« Fett hakte nach.

Der Pflegedirektor atmete tief ein, nestelte an den Knöpfen seines Hemdes. »Ja, alles unter Frau Doktor Borsche. Die Alte. Sie war gefürchtet. Alle hatten Angst vor ihr.«

»Das ist nicht gut, Frau Direktor, meine Herren. Gar nicht gut. Vertuschung nennt man das.«

»Herr Fett, bevor Sie falsche Schlüsse ziehen …«, stotterte Cohnen-Charon.

»Könnte es ein Totschlag gewesen sein?« Daniela Conti warf den Satz in die Runde, und Fett setzte nach.

»Bitte, Frau Direktorin, falsche Schlüsse? Hier saß ein absolut normaler Mann ein, der 1969 einen Fluchtversuch unternimmt und dabei das Leben verliert.« Fett spürte die dunklen Geheimnisse um Haus 5. Oft war er als Kind daran vorbeigeradelt, hatte die Schreie gehört, die Hände an den Fenstern gesehen, den Stacheldraht oben auf der Mauer betrachtet. Haus 5 war unheimlich gewesen, und alles, was später über Haus 5 das Licht der Öffentlichkeit erreichte, war schlimmer, als er vermutet hatte.

»Was wurde aus dem verletzten Pförtner?« Fett fragte energisch, Conti hatte ein Heft gezückt und machte Notizen.

»Der Pförtner«, Stollenwerk schaltete sich ein, »Wolfgang Weisweiler, der wurde versetzt, der saß später an der Schranke, vorne in der Meckerstraße.«

»Die Adresse von ihm. Alle Akten zu Recher. Auch die Personalakte von Frau Doktor Borsche und ihrem Vater.«

»Vom Vater ist nichts mehr vorhanden.« Doktor Edelgard Cohnen-Charon saß mittlerweile wie zementiert am Tisch, versteinert wie ihre Betonfrisur. Wie eine Mumie, dachte Fett.

»Nichts mehr vorhanden?« Fett wiederholte ihre Worte. »Dann muss ich die Leitung des LVR und den Aufsichtsrat einschalten. Akten weg, Tötung vertuscht, Fluchtversuch verschwiegen.«

»Alles vor unserer Zeit, Herr Fett.« Hubertus Neugebauer hatte die Krawatte gelockert und schob nervös die Armbanduhr an seiner linken Hand hin und her.

Edelgard Cohnen-Charon schaltete sich ein: »Wir haben bereits 2016 in einer Ausstellung mit Begleitbuch die Geschichte von Haus 5 dokumentiert. Bereits zu der Zeit stellten meine Vorgänger fest, dass wichtige Unterlagen fehlen. Sie müssen, so unsere Vermutung, vernichtet worden sein. Das betrifft die Zeit von 1933 bis 1945 und wieder die Zeit der 50er- und 60er-Jahre. Sie sollten sich kundig machen über den Zustand der Forensik in dieser Zeit. Damals waren auch die Anstalten in Italien noch nicht offen. Später erst wurde Italien Vorreiter bei der Psychiatriereform. Wir, wir drei hier am Tisch, wir haben im Rahmen unserer Möglichkeiten getan, was wir konnten. Unsere Vor-Vorgänger haben Haus 5 geschlossen und die Forensik drüben am Heerweg neu gestaltet. Wir sind auf Ihrer Seite. Die alten Fälle helfen niemandem mehr, Herr Fett.«

Fett schaute der Reihe nach das Leitungsteam an. »Um es klar auszusprechen, Gundula Borsche ist erschossen worden. Es gibt Grund zur Annahme, dass Adele Borsche ermordet werden sollte, also die ehemalige Ärztliche Direktorin der Landesklinik und Nachfolgerin ihres Vaters Professor Doktor Rutger Borsche, der mit großer Wahrscheinlichkeit für die Umsetzung des Euthanasieprogramms in dieser Landesklinik verantwortlich war.«

»Wen haben Sie in Verdacht, Herr Fett?«

Fett ignorierte die Frage. Er schaute zu Daniela Conti. Beiden war klar, dass sie unwillkommen in alten Geschichten rührten.

»Herr Kommissar«, Stollenwerk atmete tief durch, »Haus 5 war überbelegt. Von den alten Kollegen weiß ich, dass wir keinen Platz hatten. Die Patienten schliefen in mehreren Zimmern, die alle zu klein waren. Sie schluckten Metallgegenstände. Im Keller wurden für die Firma *Prym* Nadeln verpackt. Manche schluckten täglich. Dann mussten sie raus, ins Krankenhaus, Bauch aufschneiden, Nadel raus, zugenäht und einige Tage oder Wochen Krankenstation. Die hielten das nicht mehr aus in Haus 5. Wir arbeiteten mit Elektroschocks. Doktor Borsche forschte darüber. Sie wollte Professorin werden. Zu spät. Mit dem Vater als Ballast fand sie keine medizinische Fakultät, die sie Ende der 60er-Jahre, als die Studentenproteste anfingen, habilitierte. Darum wurden hier immer mehr Experimente gemacht. Sie wollte wenigstens veröffentlichen. Forschung vor Ort, so nannte sie das. Sie installierte die Schluckerzelle und die Bärenzelle. In die Schluckerzelle wurden Patienten gesperrt, die regelmäßig die Nadeln oder anderen Scheiß schluckten. In die Bärenzelle kamen die Renitenten, die Aufsässigen. Nackt. Die konnten nur mit mehreren Pflegern zur Ruhe gebracht werden. Einer hat sich sogar in der Zelle erhängt.« Er machte eine kurze Pause.

Fett fragte sich, warum der Pflegedirektor das alles auspackte.

»Ich glaube das reicht, Rolf.« Die Direktorin blickte ihren Mitarbeiter an, als wolle sie ihn am liebsten in die Bärenzelle verfrachten.

»Das ist sehr interessant und neu für uns, erzählen Sie weiter«, ermunterte ihn Fett.

»Herr Kommissar, wir waren alleingelassen. Frau Borsche war die Göttin, wir mussten mit zu wenig Personal immer mehr Patienten betreuen. Da kam es 1976 zu einem Massenausbruch, finden Sie alles in den Zeitungen. Und dann der Recher. Die arme Sau. Mir wurde, als ich später im Personalrat war und einen tieferen Einblick in die Klinik erhielt, rasch klar, dass der völlig normal gewesen war. Dem war übel mitgespielt worden. Eigentlich gehörte er nicht in Haus 5. Er sollte auf Anweisung weggesperrt und entmündigt werden. Mit Recher haben die Kollegen viel gesprochen. Er war vernünftig und hat sich langsam gegen die starken Irren durchgesetzt. Was meinen Sie, was nachts los war im Schlafsaal. Skat haben die nicht gespielt. Der Recher hatte einen Plan, das haben die Kollegen zu spät erkannt. 1969 wurde sein Sohn 18. Das wollte er erleben. Später haben wir die Andeutungen verstanden, die er zu diesem Jahr gemacht hatte. Am Geburtstag seines Sohnes hat er den Pfleger Klaus Terbrüggen als Geisel genommen, Nadel am Hals, rein in die Pforte. Der Pförtner, Weisweiler, hat versucht, ihn zu überwältigen, dabei haben sie sich gegenseitig schwer verletzt. Der Pförtner hatte noch die Nottaste betätigt. Antworten konnte er nicht mehr. Nadel im Hals. Haus 5 antwortet nicht. Aus allen Stationen rannten die Bereitschaftspfleger zu Hilfe. Sie haben Terbrüggen bewusstlos und Weisweiler mit der Nadel im

Hals gefunden und, nun ja, man kann sagen, die Kollegen haben sich gerächt. Rache in der Bärenzelle. Recher hat das nicht überlebt. So war das. Doktor Borsche hat Schweigen befohlen. Erschöpfungstod. Krematorium.«

»Hat sich der Sohn bei Ihnen gemeldet?« Daniela Conti schaute Stollenwerk an.

»Keine Ahnung. Bekamen wir nichts von mit. Wir wollten nur schnell den Deckel draufmachen. Weisweiler gab an, er sei im Keller beim Sortieren der Nadeln gestürzt. Wir hatten eine eigene Krankenstation. Da wurde er hochgepäppelt. Terbrüggen bekam Sonderurlaub und wurde in eine andere Abteilung versetzt. Den Patienten wurde erzählt, dass Recher gefasst und verlegt worden sei. Wer das Thema anschnitt, bekam Elektroschocks. Das war die Geschichte von Walter Recher aus Bergstein.«

»Die Akten?«

»Unvollständig. Da finden Sie auch nichts zu Weisweiler. Ist eh alles verjährt. 1969. 50 Jahre sind vergangen.«

»Zeigen Sie uns Haus 5.«

Stollenwerk blickte zur Direktorin. Die nickte mit zusammengebissenen Zähnen.

»Kommen Sie.«

Fett schaute auf die Armbanduhr. »Wir haben 30 Minuten. Sie werden von uns hören.«

»Und lesen«, ergänzte Daniela Conti. »Schicke Stiefel, Frau Charon, nur der Herstellername steht etwas dick drauf. Ciao.«

Überrascht schauten sich die Direktorin und der Kaufmännische Leiter an.

»Stollenwerk, der Trottel, was war das denn für eine Nummer?«, fauchte die Direktorin in den Raum.

»Die Reinigungsnummer, Frau Direktorin, der wollte mal reinen Tisch machen.« Neugebauer stand auf, knallte die Tür zu und verfluchte den ganzen Laden.

TERROR IN HAUS 5

Der rote Backsteinbau, von einer Mauer umgeben, stand wie eine Trutzburg aus vergangenen Zeiten am Rand der Anstalt. Der Innenhof lag in Richtung Elsa-Brändström-Straße. Außen auf die Mauer hatte jemand das Wort »SOLIDARITÄT« in Großbuchstaben mit weißer Farbe gepinselt. Stollenwerk öffnete schweigend die Metalltür zum Innenhof. Nach wenigen Metern betraten sie das Gebäude. Rechts hinter dem Eingang lag die Pforte.

»Hier saß Weisweiler 1969. Dort, vom Flur kommend, klopfte Terbrüggen, dem Recher die Nadel an den Hals hielt, an diese Tür. Die Pforte trennte die normale Welt draußen von der besonderen Welt hier drinnen. Geplant für 48 Leute saßen hier 120. Natürlich mit Hackordnung.«

»Erinnert an ein Gefängnis aus Wilhelminischer Zeit.« Conti musterte den Raum, las die Erläuterungen, die im grellen Neonlicht gut sichtbar waren.

»Hier rechts ab geht es zu den Sonderzellen.« Stollenwerk machte nicht viele Worte. »Für vier Pfleger ein Miniraum. Davor der Besucherraum, wenn denn überhaupt Besucher kamen. Toilette, Waschraum und da hinten Schluckerzelle und Bärenzelle.«

Schweigend betrachteten Fett und Conti die Räume, die nichts von ihrem Schrecken verloren hatten. Allerdings hing jetzt in jedem ein Monitor. Ehemalige Pfleger erzählten in kurzen Filmsequenzen von den dunklen Tagen. Auf großen Tafeln wurde erklärt, wozu der Raum diente. Fett spürte einen Kloß im Hals. Der Geruch von Bohnerwachs hing in den Wänden, den weißen Fensterrahmen und Gitterstäben, von denen die Farbe langsam abplatzte. Er öffnete die Tür in Richtung Hof, es folgte eine weitere Tür. Er stand im Innenhof. Auf der Mauer war ein Tor mit weißer Farbe markiert. Mitten vom Hof aus drehte sich Fett in alle Richtungen: roter Backstein, vergitterte Fenster, Stacheldraht auf der Mauer. Die Welt bestand nur aus dem Himmel, den Bäumen vor der Mauer. Doch, da war etwas Welt. Er sah die Bundesstraße 56. Autos fuhren nach Düren und kamen aus Düren. Normales Leben. 50 Meter weit entfernt. Und hier: ein Satellit. Ein verschlossener Satellit mit dem Gesetz des Stärkeren. Was musste Recher empfunden haben, als er hier eingewiesen wurde. Eingewiesen von Doktor Borsche, und vom alten Kaltenbach auf den Weg gebracht. Hilflosigkeit? Wut? Verzweiflung? Alles verloren: Frau, Kind, Hof. Die weite Sicht von Bergstein in die Eifel und jetzt die roten Backsteine, der Schlafraum mit 13 psychisch

Kranken, mit Gewaltverbrechern, mit Kapo-Typen, mit überforderten Pflegern, mit Elektroschocks und Spritzen und den Nadeln für die *Prym*-Werke. Ohne Hoffnung. Haus 5 antwortet nicht. 1969. Sein Sohn wird 18. Die letzte Chance. Vorbei.

»Von der Bärenzelle wusste ich nichts«, sagte Fett, als er wieder in den Gang zurückkehrte zu Stollenwerk und Conti.

»Wie denn auch«, sagte Stollenwerk lakonisch. »Schweigen, kein Interesse, wegsperren und wegsehen. Meinen Sie, die Politik hätte das Schicksal von geistig gestörten Sexualstraftätern interessiert? Auch die Sozis guckten weg. Die regierten in Düsseldorf. Keine Wählerstimmen. Verstehen Sie?«

»Das ist ja wie in einem ...«, Conti schluckte einen Begriff hinunter, »wie in einem Lager.«

»Was denken Sie denn? Klar. Die Pfleger waren im Grunde auch eingesperrt. Wie die Patienten. Und das Wissen von heute hatte niemand. Arbeitstherapie war die Devise. Die mussten im Keller Nadeln sortieren und Druckknöpfe und so einen Kram. Nur ein Pfleger, der hat damals mit denen auch kreativ gearbeitet. Sonst nur Fußball. Eine Stunde am Tag im Hof. Früh ins Bett, in Zimmer ohne Vorhänge. Da blieb es im Sommer bis 22 Uhr hell. Keine Bücher und kein Fernseher. Was macht man da? Das wollen Sie nicht wissen. Die Schlucker waren froh, wenn sie am Weihnachtsfest teilnehmen durften. Erzählte mir ein Kollege. Wir schwankten zwischen Mitleid, Stress, Machtfantasien und Gewalt. Geholfen hat uns niemand. Erst nach einigen Jahren wurde es besser. Da kamen neue Ärzte, die erkannten, was hier los war. Und der Druck von außen. Da gab es so einen Verein. SSK. Das stand für, warten Sie, ich komme gleich drauf – *Sozialpädagogische Sondermaßnahme Köln*. Die machten Druck. Ab Ende der 70er-Jahre. Dann kontrollierten die hier, besuchten die Patienten.«

»Danke, Herr Stollenwerk.«

»Wird Zeit, dass ich in Rente gehe. Zum Glück habe ich die richtig schwierigen Zeiten nicht erlebt. Glauben Sie mir, es gab und gibt bei uns viele Pfleger, Ärzte und Therapeuten, Krankenschwestern, die ihren Job aus Berufung machen. Wir fangen Menschen auf, die aus dem System gefallen sind. Versuchen Sie heute, irgendwo eine neue Forensik aufzubauen. Der Proteststurm weht Sie weg. Unsere Geschichte in Düren ist nicht frei von Brüchen. Trotzdem glaube ich an unsere Berufung.«

»Was ist Ihre Berufung, Herr Stollenwerk?« Conti stand mit verschränkten Armen vor ihm.

»Helfen, Frau Kommissarin. Glauben Sie mir, die wahren Irren laufen draußen rum. Zu uns kommen die Schwachen, die Verzweifelten, denen oft übel mitgespielt wurde. Ich bin nicht sehr gläubig. Aber hat sich Jesus nicht auch um die Bedürftigen gekümmert, die Schwachen, die Armen im Geiste?«

»Ehrenwert, Herr Stollenwerk. Nur haben wir einen Mordfall. Der zeigt in diese Richtung hier. Da spielt jemand Gott und bringt zwei alte Menschen eiskalt um. So, wie es aussieht, gab es auch hier Götter, Herrscher über Leben und Tod. Darum sind wir bei Ihnen. Um zu verstehen. Dabei haben Sie uns geholfen.«

Sie verließen Haus 5, passierten die Pforte, dann das Metalleingangstor. Fett spürte die Beklemmung. Innerhalb des Kosmos der Landesklinik war Haus 5 eine eigene Welt gewesen, mit eigenen Regeln. Eine unsichtbare Welt, abgeschottet vom Leben in der Klinik und vor allem vom Leben draußen.

Stollenwerk begleitete die Kommissare bis zum Verwaltungsgebäude. »Frau Doktor Charon ist noch nicht lange hier. Sie wird, so sehe ich das, nicht lange bleiben. Ihr fehlt die Großstadtluft. Vielleicht geht sie nach Aachen ans Alexianer-Krankenhaus. Die Geschichte der Klinik interessiert sie nicht. Mich schon. Ich habe genug davon mitbekommen. Viel Erfolg bei der Suche nach dem Mörder.«

Fett und Conti blickten auf die Kirche der Anstalt und hingen ihren Gedanken nach.

»Ihr, die ihr hier eintretet, lasst alle Hoffnung fahren-Dante, *Göttliche Komödie*.« Fett sprach es beiläufig.

»Lasciate ogni speranza, voi ch'entrate. Sie sind richtig gut, Herr Fett. Dante in der Landesklinik.« Conti schaute auf den Schornstein zwischen Küche und Werkstatt. Dünner Rauch stieg in den grauen Himmel, wurde vom Wind zerrissen und zerstob innerhalb von Sekunden. Autos fuhren im Schritttempo an ihnen vorbei. Freitagnachmittag. Nun würde wieder eines der endlosen Wochenenden für Patienten und auch für die Pfleger beginnen.

»Die Morde hängen zusammen. Hier liegt ein Motiv, hier gibt es eine Verbindung.« Fett sprach seine Worte in den Wind.

»Vermutlich könnten wir noch andere Fälle finden, wenn wir hier graben würden.« Conti schaute mit müden Augen in den Himmel.

»Ja«, sagte Fett. »Viele Fälle. Dunkle Kapitel. All die, die nahtlos nach 1945 weitergemacht haben, haben sich gegenseitig geschützt. Hat lange gedauert, bis genau hingeschaut wurde.«

»Zu lange, Herr Fett. Zu lange.«

»Kommen Sie, mir fällt da was ein.« Fett strebte mit Conti rasch zum Dienstwagen. Etwas arbeitete in ihm. Er hatte einen Verdacht.

MUTTER TERESA

»Warum die Hektik, Herr Fett?«

»Weil wir den Sohn finden müssen. Franz Recher. Er hat ein Motiv. Sein Vater wollte zu ihm an seinem 18. Geburtstag. Vielleicht wusste Franz Recher das. Versetzen Sie sich in seine Lage. Mutter Suizid, Vater unschuldig in der Irrenanstalt, er in einem Pflegeheim oder einer Pflegefamilie, Vater verspricht ihm, am 18. Geburtstag sehen wir uns, und was passiert, der Vater wird eingeäschert. Wahnsinn. Vor 50 Jahren. Und vor 75 Jahren hat der alte Kaltenbach die Amis verraten, und sein Sohn Eugen hat alles geerbt. Auch die Felder und den Hof von Recher.«

»Franz Recher, ich lass die Personenabfrage laufen.« Conti telefonierte mit der Leitstelle. Die rief beim Kreisjugendamt an, fand dort einen Sachbearbeiter, der Abteilungsleiter sei mit Burnout in Bad Neuenahr. Erst als die Wortkombination »Gefahr im Verzug« fiel, drehte der Sachbearbeiter auf.

»Franz Recher, 1951 geboren, Sohn von Walter Recher, wurde 1966, mit 15 Jahren, in das *Jugendhaus Mutter Teresa* überstellt.«

Conti informierte Fett.

»Das Gebäude liegt nahe an der Robert-Koch-Straße. Behalten Sie das im Hinterkopf, Frau Conti.«

Nach wenigen Minuten parkten sie vor dem Kinderheim. Fett kannte es aus seiner Jugendzeit. Er war oft daran vorbeigekommen. Nie wurde darüber in Düren gesprochen. Eine freundliche alte Ordensschwester begrüßte die beiden. Schwester Angela, sie war dem Haus seit den 60er-Jahren verbunden, und aus ihren Augen leuchteten die Freude an der Arbeit mit Kindern und Jugendlichen, die Liebe zur Schöpfung und tiefer Humanismus. So empfand es Fett, und er schluckte, als er daran dachte, dass all die Kinder und Jugendlichen, die durch die Flure tollten, zumeist aus schwierigsten familiären Verhältnissen stammten.

»Was kann ich für Sie tun, Herr Kommissar. Schön, dass Sie Ihre Kollegin mitgebracht haben. Ein wunderschöner Name: Daniela Conti. Das ist ja wie Musik.«

»Fast so schön wie Angela, Schwester, darin steckt ja Angelus, der Engel«, beeilte sich Daniela Conti.

Schwester Angela lächelte und bat die beiden in den spartanischen Aufenthaltsraum. »Ich bin so etwas wie ein Hausgeist mit meinen 75 Jahren. Ich möchte hier nicht mehr weg. Die Leitung ist auf Fortbildung, und alle anderen sind beschäftigt. Vielleicht kann ich Ihnen ja helfen?«

»Franz Recher, Schwester Angela. Er war von 1966 bis 1969 hier.«

Der Name zeigte Wirkung. Die Augen verloren etwas von ihrem Glanz, sie holte tief Luft und setzte an: »Ein guter Junge, dem Böses widerfahren ist. Franz kam über Nacht zu uns und blieb bis zu seinem 18. Geburtstag. Er kam von einem Bauernhof aus Bergstein. Seine Mutter hatte Selbstmord begangen. Sein Vater wurde in die Landesklinik gebracht. Haus 5. Franz sagte immer wieder, dass sein Vater nicht verrückt sei. Was sollten wir machen? Die Autoritäten hatten entschieden. Besuchsverbot. Gefährdung der Allgemeinheit. Franz liebte seinen Vater über alles. Für ihn lernte er. Franz wechselte vom Gymnasium in Vossenack zur Realschule am Bretzelnweg, machte die Mittlere Reife und dann eine Ausbildung zum Büchsenmacher in Köln in einem großen Waffengeschäft. Als er 18 wurde, verabschiedete er sich nur von mir. Er verschwand, und seitdem habe ich nie mehr etwas von ihm gehört. Er war ein guter Junge, und sein Schicksal ging mir zu Herzen.« Sie erzählte in klaren und ruhigen Sätzen, und doch spürten Fett und Conti, wie sie das Schicksal von Franz Recher berührt hatte. »Sie sind seit langem die Ersten, die von ihm sprechen. Was wurde aus ihm?«

»Das versuchen wir herauszufinden, Schwester Angela. Es kann sein, dass er sich bei Ihnen meldet. Bitte informieren Sie uns. Wir möchten mit ihm reden.«

»Hat er etwas verbrochen?«

»Wir wissen es nicht. Darum möchten wir ihn treffen. Er ist nun 68 Jahre alt.«

»Ich weiß. Ich bin älter als er. Wir waren, als er zu uns kam, beide jung.«

»Haben Sie eine Idee, was er nach der Ausbildung mit 18 machen wollte, wo er hingegangen sein könnte?«

»Franz suchte Stabilität. Er machte viel Sport und interessierte sich für Waffen. Sein Vater habe ihm alles beigebracht und ihm viel vom Krieg erzählt, von dem, was im Hürtgenwald passiert sei. Was wollte Franz nach der Ausbildung machen …?« Sie dachte angestrengt nach. »Waffen, Geschichte, da war noch Französisch. In Vossenack und auf der Realschule hat er Französisch gelernt. Er sprach oft von Frankreich.« Sie tauchte tief ab in die Zeit mit Franz Recher, eine Zeit, in der sie selbst Anfang 20 gewesen war. »Was wollte er werden? Es hing mit Frankreich zusammen. Ein Wort nannte er mehrfach. Legion. Er sprach, als er uns verließ, von der Legion. Mehr fällt mir nicht mehr ein zu Franz Recher. Es wühlt mich auf, Herr Kommissar. Es war eine dunkle Geschichte, und ich glaube, dass ihm und seinem Vater Unrecht geschehen ist. Der liebe Gott wird ihn hoffentlich auf seinem Weg begleitet haben.«

»Wir hoffen das auch, Schwester Angela. Danke für Ihre Informationen. Viel Glück für Sie und all die Kinder hier. Sie geben ihnen eine Chance beim schwierigen Start ins Leben.«

»Wir versuchen es. Mit Gottes Hilfe.«

Fett und Conti verabschiedeten sich von der alten Dame, die mit der Geschichte von Franz Recher allein blieb.

DAS GEHEIMNIS DER LEGION

»Was meinte sie mit der Legion?« Conti sprach Fett auf der Straße an.

»Frankreichs fremde Söhne. Die Fremdenlegion. Franz Recher wollte zur Fremdenlegion. Eine neue Identität, und weg aus Deutschland. Die Verfolgung seiner Spur wird schwierig werden.«

»Warum?«

»Es gibt die Möglichkeit, eine neue Identität anzunehmen, wenn Sie sich bei der Fremdenlegion verpflichten. Da können wir nicht um Amtshilfe bitten und fragen, was wurde aus Franz Recher? Das bedeutet auch, dass er ein Profi im Umgang mit Waffen geworden ist. Kopfschuss bei Kaltenbach und drei Schüsse mit Schalldämpfer bei Borsche. Der Mann ist gefährlich. Wir haben kein Foto für die Fahndung, wir haben quasi eine alte Identität und jagen das Phantom von Franz Recher. Ehe wir auf offiziellem Weg auch nur eine Absage aus Frankreich bekommen, vergehen Wochen. – Franz Recher, Jahrgang 1951, das ist unser Mann. Wie bekommen wir mehr über ihn heraus, wie können wir sicher sein?«

Wenn Fett an Frankreich dachte, fiel ihm Catherine Kaufmann in Reims ein. Die Leiterin der Mordkommission. Mit ihr hatte er 2012 kooperiert. Er fuhr damals nach Reims, und ab und an hatten sie danach telefoniert. Es hätte mehr sein können, war aber nicht mehr geworden. Er erinnerte sich an Thierry Nungesser. Er war vor sieben Jahren Hauptmann der CRS, der Nationalen Sicherheitskompanie der Republik in Reims. Nungesser kam aus der Fremdenlegion, das hatte ihm Catherine Kaufmann erzählt. »Wir haben eine Chance, Franz Recher zu identifizieren. Ich nutze einen Kontakt zur Mordkommission in Reims.« Fett schaute auf die Uhr. Könnte klappen. Außerdem hatte er die Privatnummer von Catherine Kaufmann, die so schön Deutsch sprach, weil sie aus Straßburg kam. »Halten Sie an, Frau Conti.« Sie bog kurz vor der Ausfahrt nach Aachen in das Gewerbegebiet »Im großen Tal« und hielt auf dem Parkplatz der Pizzeria *L'Osteria*.

»Entschuldigen Sie mich kurz, das muss ich diskret regeln.« Fett stieg aus, und Conti sah, wie er auf dem Parkplatz sein Handy zückte.

»Oui?«

»C'est moi, Michel.«

»Quel surprise. Was für eine Überraschung. Michel aus Aix-la-Chapelle. Was führt dich am Freitagnachmittag zu mir? Wieder ein Toter?«

»Exakt, liebe Catherine, ich brauche deine Hilfe.«

»Immer nur bei den Toten?«

»Leider, heute ja.«

»Dann schieß los.«

»Fremdenlegion. Thierry Nungesser war in der Legion. Ich habe einen Profikiller, der vermutlich auch in der Legion war. Wir brauchen alle Informationen, so schnell wie möglich.«

»Nicht einfach, mein Lieber. Er kann mit Eintritt in die Legion eine neue Identität angenommen haben.«

»Ich weiß. Unser Mann hieß Franz Recher, geboren 1951 in Düren. Müsste 1969 in die Legion eingetreten sein.«

»Dann ist er heute 68. Was hat er gemacht?«

»Einen Mann erschossen. Kopfschuss mit einem Gewehr aus circa 50 Metern Entfernung. Eine Frau erschossen mit einer Walther PPK mit Schalldämpfer. Er führt, so unsere Theorie, einen privaten Rachefeldzug.«

»Merci. Da kann nur Thierry helfen. Ich rufe ihn an. Melde mich.« Sie machte eine kurze Pause. »Was macht Iska. Sie hieß doch Iska?«

»Zu viel Arbeit. Trop. Zu viel. Und du? Seul? Alleine?«

»Ein schlechtes Intermezzo mit Luc, Luc Arbogast. Allein ist besser. Du weißt ja, Männer mögen keine Orgelmusik. Da gehe ich lieber ohne Begleitung in die Kathedrale.«

»Schade.«

»Für wen?«

»Gute Frage. Schade für jeden, der dich kennt, Catherine.«

»Charmeur. Ich rufe Thierry an. On verra. Wir werden sehen, ob ich dem Michel wieder helfen kann.«

Fett kam nachdenklich zurück zu Daniela Conti.

»Das dauerte ja. Mamma mia!«

Fett ging nicht auf Conti ein. »Schwierig. Er wird eine neue Identität angenommen haben. Wir fahren nach Aachen und füttern den Computer mit allem, was wir haben. Zuerst prüfen wir diesen Weisweiler, der damals an der Pforte saß und nicht antwortete oder antworten konnte. Vermutlich lebt er noch in Düren. Wenn wir schon hier sind.«

Das Ergebnis der Abfrage lag in Sekundenschnelle vor: Weisweiler, Wolfgang. Er wohnte in der Mariaweiler Straße. Alleinstehend, Frührentner.

Sie fuhren über Birkesdorf nach Mariaweiler und dort auf die Mariaweiler Straße Richtung Düren. Nach wenigen Minuten standen sie vor dem unscheinbaren Haus von Wolfgang Weisweiler. Die Sonne verabschiedete sich. Dunkelheit zog auf.

ENTENFUTTER UND KALTE RUR

Wolfgang Weisweiler hatte die Nacht an der Pforte von Haus 5 nicht vergessen. Die Wunde im Hals erinnerte ihn daran und hatte ihm eine neue Stimme beschert. Es verging kein Tag, an dem Recher nicht vor ihm stand.

»Mach auf, Weisweiler! Sonst stech ich Terbrüggen ab!«

»Mach hin, Wolle, der Recher sticht mich ab! Mach die Tür auf, verdammte Scheiße!«

Weisweiler ließ die *St. Pauli-Nachrichten* in der Schublade verschwinden. Schweiß brach aus. Was sollte er machen. Nottaste? Sofort würde das Telefon klingeln.

»Mach auf, du Drecksack, ich stech ihn ab! Du bist schuld, Weisweiler!«

Weisweiler öffnete die Tür zum Flur, der in Haus

5 führte. Terbrüggen knallte gegen ihn, panische Angst in den Augen und ein Urinfleck auf der weißen Hose.

»Die Schlüssel, Weisweiler! Schließ die Bude auf! Ich stech euch beide ab.«

Recher hielt eine Stricknadel an Terbrüggens Hals.

»Mach keinen Scheiß, Recher. Du kommst hier nicht raus.« Mit flattriger Stimme versuchte Weisweiler, Recher zu beruhigen.

»Entweder komme ich hier heute raus, oder ihr beide seid mausetot. Verstehst du das, Weisweiler?« Recher hielt die Nadel an den Hals von Weisweiler. Terbrüggen rammte Recher seinen Ellenbogen in die Magengrube. Der Stoß war nicht stark genug. Recher stach zu, Weisweiler röchelte und knallte auf den Pförtnertisch mit der Stricknadel im Hals. Recher wurde von Wut gepackt und schleuderte Terbrüggen gegen die Telefonanlage. Der griff den schweren Papierlocher und schlug damit Recher auf den Kopf, bevor er selbst blutend über dem Telefon zusammenbrach. Recher lag ohnmächtig und blutüberströmt auf dem Boden. Weisweiler drückte mit letzter Kraft den Notknopf. Antworten konnte er nicht mehr. Er brach zusammen. Haus 5 antwortete nicht. Keine Erinnerung, was danach mit Recher geschehen und wie er zu Tode gekommen war.

Diese Bilder liefen im Kopf von Wolfgang Weisweiler Tag für Tag ab. Da halfen auch 35 Jahre im Pförtnerhäuschen an der Meckerstraße nicht drüber hinweg.

Weisweiler schob mit seinem Rollator durch den Willy-Brandt-Park. Im *Teuterhof*, dem Stadtparkrestaurant, hatte er, wie an beinahe jedem Abend, Herrengedecke verzehrt. Er wollte, auch wenn es dunkel war, rasch zur Entenkolonie an die Rur. Das alte Brot, Fütterung war zwar verboten, brachte er in einer *Lidl*-Tüte zum Rurufer. Er rollte zur beliebten Fütterungsstelle, zog die Bremse des Rollators an, nahm die Tüte vom Griff und spürte plötzlich harten Druck im Rücken.

Fett und Conti klingelten zur gleichen Zeit an Weisweilers Tür, danach bei der Nachbarin, Frau Wamich.

»Der Weisweiler is met de Rollator zum *Teuterhof*. Do drinkt der ṣech ene.« Die Auskunft der Nachbarin war kurz, klar und mundartlich. Fett wusste, dass sie keine 20 Sekunden brauchen würden, um zum *Teuterhof* zu gelangen. Er raste bei Rot über die Kreuzung Valenciener Straße/Tivolistraße und parkte direkt vor dem Eingang des Restaurants.

»Fett, Conti, Kripo Aachen. War Herr Weisweiler heute Abend hier?«

»Rollator-Wolle. Na logo. Der hat sein abendliches Herrengedeck verputzt oder auch zwei. Pils mit Korn. Wie in alten Zeiten.« Kellner Sascha zwinkerte mit den Augen und zeigte mit dem Kopf in Richtung Rur. »Der macht in Entenfutter.«

»Wenn das mal nicht der Wahrheit entspricht.« Fett beschlich ein ungutes Gefühl. Er und Conti liefen zum Ausgang in den Park, der allerdings verschlossen war. Sie mussten wieder zum Vordereingang hinaus, links rum an den öffentlichen Toiletten vorbei. Fett stolperte, Conti zog ihn hoch.

Wolfang Weisweiler hörte zuletzt »Adieu, cochon!« Etwas schoss heiß durch seine Wirbelsäule, nochmal und nochmal. Mit aufgerissenen Augen und flatternder Tüte stürzte er kopfüber in die Rur. Die Enten kümmerten sich weder um die Verfärbung des Wassers noch um Wolfgang Weisweiler. Sie kämpften um die Reste von Oberländer und Buttertoast. Weisweiler hörte auch nicht, wie sein Rollator in hohem Bogen in die Rur flog, platschend auf das Wasser traf und langsam versank. Der pensionierte Pförtner trieb zur Bismarckbrücke an der Tivolistraße und weiter zur Dreigurtbrücke.

Im Dunkel des Parks verschwand ein Mann zwischen den Gebüschen in Richtung Johannesbrücke und weiter zur Haltestelle Rurbrücke, wo der Bus 286 in Richtung Vossenack abfahren würde. Er ließ einen Dieseltriebwagen der Rurtalbahn passieren. Die vom Landrat versprochenen Wasserstoffpendelzüge waren noch nicht im Einsatz.

Fett und Conti knirschten über die Kieselsteine hinter dem Biergarten, traten in die Pfützen der Boulebahn und riefen nach Wolfang Weisweiler.

»Herr Weisweiler! Herr Weisweiler!«

Conti hatte diesmal eine Maglite mit vollen Batterien dabei. Sie leuchtete den geteerten Weg entlang der Rur ab und entdeckte die Spuren des Rollators auf dem Asphalt. Weisweiler war durch Pfützen und Matsch in Richtung Rur gerollt.

»Hier lang, Chef!« Sie hastete und rutschte in Richtung Rurufer, erschrak über die schnatternden Enten, die vor ihr ins Wasser flatterten und von der Kommissarin beim Picken der Brotkrümel gestört wurden.

Fett kniete sich in den matschigen und von Entenkot verschmierten Boden. Er leuchtete mit der Lampe seines Handys auf die Druckstellen des Rollators, der wie von Zauberhand verschwunden war. Metall schimmerte im nassen Gras. Eine Patronenhülse, dann noch eine und noch eine.

»Mist, die sind warm, muss gerade passiert sein.« Er leuchtete in den Fluss, der in diesem schneearmen Winter wenig Wasser führte. Links hing eine *Lidl*-Tüte an Zweigen fest. »Leuchten Sie ins Wasser, wir gehen am Ufer entlang. Ich rufe die Dürener Kollegen an.«

Nach wenigen Minuten jagten mehrere Streifenwagen in den Willy-Brandt-Park. Mit starken Handscheinwerfern suchten die Beamten das Ufer ab. Kurze Zeit später brummten Lastwagen des Technischen Hilfswerks über die Wiese zum Ufer. Mit Scheinwerfern leuchtete das THW das Gelände aus. In wasserdichten Gummihosen stiegen THW-Helfer in die Rur und suchten den Fluss ab. An der Dreigurtbrücke wurde es zu gefährlich. Zeitgleich kreisten mehrere Streifenwagen durch die Umgebung. Sowohl in Richtung Birkesdorf als auch in Richtung Lendersdorf wurde die Suche ausgedehnt. Personenkontrollen fanden statt. Fett schickte Wagen zum Hauptbahnhof, ließ die Lokführer befragen, nur den Bus der Linie 286 hatte er nicht auf dem Schirm. Sie fanden Wolfgang Weisweiler nicht. Nur die drei Patronenhülsen einer Walther PPK und den Rollator. Der lag an der Entenfütterungsstelle in der Rur. Ein Rad drehte sich ununterbrochen, angetrieben vom stetig fließenden Fluss. Erst am nächsten Morgen, kurz nach Sonnenaufgang, entdeckte bei der neu aufgenommenen Suche ein Anwärter der Dürener Polizei Weisweiler an einem Wehr hinter der Dreigurtbrücke. Drei Schüsse in den Rücken. Er wurde zur Gerichtsmedizin nach Köln gebracht.

Gegen 21 Uhr am Freitag kehrten Conti und Fett zurück zum Polizeipräsidium gegenüber der *Niagara*-Autowäsche.

»Was für ein Tag.« Conti schüttelte den Kopf.

»Recher ist unser Mann. Nach 50 Jahren übt er Rache.«

Zu Franz Recher spuckte der Computer nichts aus.

Kein Bild, keine aktuelle Beschreibung. Um 22 Uhr rief Catherine Kaufmann auf Fetts Handy zurück.

»Franz Recher gab es bei der Legion nicht.«

»Merde. So ein Mist.« Fett blickte übermüdet zur Decke.

»Aber François Vengeur. Und das heißt übersetzt: Franz Rächer, mit eurem ›ä‹, aber es kommt seinem deutschen Namen sehr nahe. 1969 ist er in die Legion eingetreten. Thierry hat seine Deutschkenntnisse zusammengekratzt und ist auf die Idee gekommen, den Namen zu übersetzen. Das hat funktioniert.«

»Catherine, du bist genial!«

»Mais oui. Aber ja. – Es war aber Thierry. Franz Recher hat eine neue Identität angenommen. Er diente in der Legion. Sogar sehr lange. Er brachte es vom Caporal bis zum Sergent. War zuletzt Ausbilder in Aubagne. Während seiner aktiven Zeit war er in der 4. Kampfkompanie des 2. Fallschirmjäger-Fremdenregiments auf Korsika. Scharfschütze und Sprengstoffexperte. Zahlreiche Einsätze in Afrika, Afghanistan und auf dem Balkan. Voilà.«

»Gibt es Fotos, wo lebte er nach der Pensionierung?«

»Er hat gedient, solange es möglich war. Hat die französische Staatsbürgerschaft angenommen. Nach der aktiven Zeit lebte er im Maison du Légionnaire in der Nähe von Aubagne, wo er Ausbilder war. Vor wenigen Monaten hat er alles aufgelöst. Thierry hat einen Nachbarn am Telefon erwischt. François habe etwas vorgehabt. Irgendein Jubiläum oder einen Jahrestag oder so etwas. Was genau, konnte keiner sagen. Er ist fortgegangen. Bilder haben wir keine. Er habe sie alle im Heim genervt, weil er ständig Gauloises Caporal geraucht habe. Thierry hat das alles über indirekte Quellen und Kontakte herausbekommen. Ansonsten hätte er über das Défense, also das Verteidigungsministerium gehen müssen. Sehr kompliziert. Sehr delikat. Dauert lange.«

»Ist Recher mit einem Auto unterwegs?«

»Nein, er hat kein Auto mehr. Seinen alten Renault hat er letztes Jahr verkauft.«

»Merci! Tausend Dank, Catherine. Auch an Thierry. Das ist unser Mann. Ich bin sicher. Ich werde dich informieren.«

»Nur informieren?«

»Anrufen und informieren, okay?«

»Bien. Salut.«

Der Freitag vor Heiligabend endete mit einem Bündel neuer Informationen, die Fett und Conti sortieren mussten.

SAMSTAG IM PRÄSIDIUM

»Woher haben Sie die Informationen, Fett?« Der Polizeipräsident tobte. Kosslowski, der Chef von Fett und Conti, musterte die beiden nachdenklich. »Franz Recher, alias

François Vengeur. Drei Morde? Und die andere Borsche? Die Zuckerspur? Was soll ich der Presse sagen? Ein Profikiller in unserem Gebiet. Und das vor Heiligabend. Wissen Sie, was das bedeutet?« Offenhaus schüttelte den Kopf.

»Gefahr, Herr Präsident.«

»Gefahr, Fett? Sie wollen es nicht verstehen! Chaos. Das bedeutet Chaos und Panik! In Düren geht niemand mehr auf die Straße, die Eifel wirkt wie ausgestorben. Die Prolofernsehkanäle rennen uns die Bude ein. Jeder Tuppes sieht irgendwo einen Serienkiller, und Sie kommen mir mit Franz Recher, dem Ex-Legionär, der als einsamer Killer Rache übt. Die Borsche passt da nicht rein. Der Kaltenbachmord könnte eine amerikanische Spur haben, der Weisweiler …« Er stockte. Offenhaus wollte einfach nicht an einen Profikiller in seinem Zuständigkeitsbereich glauben. »Und der Recher hat sich irgendwo einquartiert unter falschem Namen, fährt hier durch die Gegend und bringt Leute um?« Offenhaus redete sich in Rage.

»So ungefähr.«

»So ungefähr. Fett, ich brauche Beweise, nicht ›so ungefähr‹.«

»Zweimal Walther PPK, kaltblütig.«

»Dieselbe Waffe?«

»Nein, zwei verschiedene.«

»Na bitte. Nichts passt zusammen. Mann, mir steht der Innenminister auf den Füßen. Wieder Weihnachtschaos in Aachen wie damals in der Landeszentralbank vor 19 Jahren? Und Sie, Kosslowski, was sagen Sie dazu?«

»Fett ist auf der richtigen Spur, Herr Präsident. Er braucht mehr Personal.«

»Nein. Brauchen wir für Hambach. Sie werden sehen, die drei Fälle haben nichts miteinander zu schaffen!«

»Herr Präsident, ordnen Sie eine BAO an.«

»Am Samstag vor Weihnachten, weil Fett Zusammenhänge sieht, die sonst niemand erkennt? Wissen Sie, was ich vom Personalrat zu hören bekomme?«

»Der Mörder ist hier.«

»Wer sagt das?«

»Frau Conti.«

»Frau Conti, warum ist der Mörder hier?« Offenhaus blickte die neue Kommissarin aggressiv an. Die Geheimniskrämerei kurz vor Heiligabend reichte ihm.

»Weil er gestern Weisweiler erschossen hat und jetzt ein paar Tage abwarten möchte, bevor er sich für immer verabschiedet. Es sei denn, er hat mitbekommen, dass er die falsche Frau Borsche erschossen hat. Dann könnte er es nochmal versuchen, und da ist noch was.«

»Sagen Sie schon.«

»Habe ich eben erst entdeckt. Die Frau von Eugen Kaltenbach ist vor zehn Jahren bei einem Autounfall im Kalltal ums Leben gekommen. Ihr Wagen ist gerammt worden. Im Unfallbericht der Kollegen aus Simmerath steht, dass es ein Renault gewesen sein muss.«

»Na und, gibt es hier auch«, platzte Offenhaus heraus.

»Nicht mit gelben Scheinwerfern, Herr Präsident. Franz Recher hat seinen alten Renault kürzlich verkauft.«

Fett nickte anerkennend und hob den rechten Daumen. Er war froh, Conti an seiner Seite zu haben.

»Das sind ja phänomenale Indizien. Na gut. Wird die Borsche bewacht?«, wollte der Präsident wissen.

»Wir mussten den Personenschutz für Hambach abziehen«, sagte Kosslowski.

»Super, Kollegen! Erst große Theorien entwerfen, in der Praxis kläglich scheitern.«

»Herr Präsident, Sie haben Vorrang für Hambach angeordnet.«

»Düren soll einen Schupo vor die Tür setzen, Sapperlot!«

»Die fahren Streife und sind unterbesetzt.«

»Lassen Sie sich gefälligst was einfallen, meine Herren!« Offenhaus knallte die Tür zu, die Polizisten schüttelten den Kopf.

»Sehr gut gemacht, Frau Conti. Die Sache mit dem Autounfall.«

»Danke. Ich wollte es Ihnen zuerst sagen, aber dann mussten wir zum Häuptling.«

»Häuptling Offenhaus, gegen den hätte General Custer leichtes Spiel. Er ist Teil des Problems und nicht Teil der Lösung. Lassen Sie uns mit Kosslowski beraten.«

»LÉON – DER PROFI«

»Mit wem haben wir es zu tun?« Fett warf die Frage in den Raum.

»Holen Sie Mellingheim, unseren Profiler. Geben Sie ihm alle Infos. Wir müssen mehr über Franz Recher wissen. Mellingheim soll sofort kommen und uns beraten.« Kosslowski verließ nachdenklich die Besprechung.

Robert Mellingheim, Anfang 50, erschien nach 30 Minuten. Er hatte Psychologie studiert, in Essen ein Verhandlungsteam für Geiselnahmen und Kapitalverbrechen geleitet, dann wechselte er nach Aachen. »Doc Psycho« nannten ihn die Kollegen. Darin schwangen Ironie und Bewunderung mit. Bei zahlreichen Fällen hatte seine Täterbeschreibung exakt gepasst. Mit großen und melancholischen Augen hinter einer dicken Hornbrille, Halbglatze, Breitcordhose kam er wie eine Ausgabe von Woody Allen daher. Die Körpergröße stimmte auch überein. Fett und Conti gaben ihm eine Druckbetankung. Er schaute sie durch die übergroßen Brillengläser aufmerksam an, machte sich Notizen. Danach blickte er an beiden vorbei durch das Fenster und begann, wie er immer begann.

»Alles, was ich jetzt sage, basiert auf den Informationen, die ich zur Verfügung habe.« Sein Blick ging zur Decke. »Franz Recher hat als Jugendlicher multiple Gewalterfahrungen erlitten. Er war ohnmächtig einer Macht ausgesetzt, die stärker als Vater und Mutter war. Sie konnten ihn nicht beschützen. Im Gegenteil. Er verlor beide. Der Vater wurde weggesperrt. Die Mutter beging Suizid. Der Staat bemächtigte sich seiner. Der Staat, der die Familie nicht beschützt hat. Der Unrechtsstaat. Alles war für ihn geheimnisvolle Gewalt, die er nicht einordnen konnte. Nur im Erziehungsheim erlebt er etwas wie Wärme, ohne dass das Geheimnis der Gewalt gelöst werden konnte.« Er machte eine Pause, blickte auf seine Notizen. »Die Ohnmachtserfahrung und die Sehnsucht nach Vergeltung gepaart mit frühen Erfahrungen im Umgang mit Waffen führten zu seiner Berufswahl. Eine Ausbruchsmöglichkeit tauchte auf. Die Fremdenlegion. Ein neues Leben. In Kameradschaft. In einem anderen Land. Für ein anderes Land. Er geht, soviel ich weiß, wenige Bindungen ein. Nur zu den Kameraden. Der Kampf, die Pflichterfüllung. Er hat Macht, verkörpert die Macht, die das Gesetz durchsetzt. Ob es ein gutes Gesetz ist, ob es gerechtfertigte Gewalt ist, das spielt keine Rolle. Zugleich macht er neue multiple und verstörende Gewalterfahrungen, aber im Auftrag des Staates. Er ist auf der Seite der Guten. Er erfährt auch, wie schnell Leben endet, wie wenig ein Leben zählt. Die Fremdenlegion wird dort eingesetzt, wo der Job am härtesten ist. Es gelingt eine Karriere, er hat alles richtig gemacht, er hat dort Macht durchgesetzt, wo er erfolgreich war. Dann erreicht er das Pensionsalter.« Mellingheim unterstrich auf seinem Block einige Notizen, zog Linien, umkreiste Begriffe. Er fuhr fort. »Keine Aufgaben mehr. Keine Macht mehr. Nur die Erinnerung. Die meisten Kameraden haben Familie. Franz Recher sieht auf sein Leben zurück. Jetzt kommt die Leere, die Raum öffnet für die ferne Vergangenheit, die nie besprochen oder bewältigt wurde. Der Anfang war entscheidend. Am Anfang stand Unrecht. Unrecht an seiner Familie, seinem Vater, seiner Mutter. Unrecht, begangen von Autoritäten, die nie dafür bezahlen mussten. Autoritäten, die selbst tief im Unrecht verstrickt waren wie der alte Kaltenbach, der alte Borsche. Recher hat ein neues Ziel, eine neue Mission. Vergeltung. Er stellt sich selbst diese Aufgabe. Vergeltung, Rache, Rechnung begleichen. Franz Recher ist professionell und kaltblütig. Ihm geht es um die Ärztin, den Sohn von Kaltenbach, den Wächter. Die Ärztin und Sohn Kaltenbach waren angesehene Mitglieder der Gesellschaft. Der Wärter hat seinen Vater direkt auf dem Gewissen. Gundula Borsche war für ihn ein Kollateralschaden.« Mellingheim zog seine Schlussfolgerung: »Er hat sich eine Mission gegeben. Die wird er erfüllen. Er wird vermutlich der Polizei ausweichen. Polizisten sind, wie die Legionäre, Träger des Gewaltmonopols. In einem gewissen Sinne Kameraden. Aber wenn er in die Enge getrieben wird, kann ich für nichts garantieren. Seine Ausbildung ist für uns hochgefährlich. Da würde ich nur mit SEK und MEK rangehen. Passen Sie bitte auf. Recher hat nichts mehr zu verlieren. Nichts. Mit seinem Leben hat er abgeschlossen. Er kehrt zurück zum Ort des Unrechts als Richter, als Herr über Leben und Tod. Ende der Durchsage. Für mehr Auskünfte brauche ich mehr Material. Mehr Akten, Infos, Gespräche, Kontakte.«

»Warum diese amerikanische Spur, der Karabiner, die Patrone vor dem Kreuz?«, fragte Fett.

»Die Gewalt hat ihren Ursprung im Zweiten Weltkrieg, in der Nazizeit. Wenn es stimmt, was Sie mir erzählt haben, rächte sich der alte Kaltenbach, weil Recher ihn denunziert haben könnte. Damals, als Kaltenbach die amerikanischen Verwundeten verraten hat. Kaltenbach lässt den Vater von Franz Recher verhaften, wegsperren, zerstört die Familie und übernimmt den Bauernhof. Franz Recher erinnert daran. Er zeigt auf den Ursprung. Auf die Nazizeit, auf den Nazi Wilhelm Kaltenbach. Zudem weiß der Fremdenlegionär Franz Recher, was es bedeutet, wenn verwundete Kameraden verraten werden. Er zeigt mit der Tatwaffe, der Patrone und dem Bajonett auf Wilhelm Kaltenbach, mit dem die Schuldspirale beginnt. Eugen Kaltenbach, der Ermordete, muss büßen. Ob Recher das bewusst oder unbewusst so sieht, sei dahingestellt. Er folgt einem militärischen Kodex. Anders bei Gundula Borsche. Nur die Identität zählt. Genauso bei Weisweiler. Urteil: schuldig. Sie werden hingerichtet.«

»Danke, Doc. Dann müssen wir sehr auf der Hut sein?«, fragte Fett.

»Absolut. Der Mann ist hochgefährlich. Wenn er in die Enge getrieben wird, werden Sie an den Film *Léon – Der Profi* denken. Höchste Gefährdungsstufe.«

»Grazie, Kollege Mellingheim. Düren sollte unbedingt Adele Borsche bewachen.« Aus ihrem Büro rief Conti den Leitenden Polizeidirektor Hiltenkamp an. Er müsse Düren auf die Gefahr für Adele Borsche hinweisen. Hiltenkamp verstand, aber er wusste um die Personalnot in Düren. Schlecht für Adele Borsche.

KRANKENHAUS DÜREN: STATION 9 IN GEFAHR

Der Abteilungsleiter von Düren hatte niemanden. Alle Frauen und Männer im Streifenwagen unterwegs. Die Reserve war in Alt-Morschenich, dem Geisterort am Hambacher Forst. Ein Waldführer hatte eine Feldbegehung als Protestmarsch angeboten. Die Landstraße war dicht. Überall alte Pkws mit Anti-AKW- und Anti-Tihange-Aufklebern.

»Ich kann niemanden vor die Tür der alten Borsche setzen! Die liegt auf Station *Dubai*, da kommt keiner einfach so rein. Werde anordnen, dass die Tür verschlossen bleibt. Personal soll nur bekannten Personen öffnen.«

Damit endete das Gespräch zwischen Hiltenkamp und Egon Altmann, Abteilungsleiter Polizei der Kreispolizeibehörde Düren.

Doktor Adele Borsche konnte wieder aufstehen, brabbelte viel vor sich hin und gab den Schwestern Anweisungen. Beliebt war sie nicht. Sie meckerte über das Essen, die Luft, die Fernsehkanäle und die fürsorglichen Krankenschwestern aus allen Kontinenten. Die schickten nur noch Pfleger zu ihr. Und ab und an war etwas mehr Maggi als gewöhnlich in ihrer Vorspeisensuppe. Das bemerkte sie sofort und bestellte den Küchenchef ein. Langsam kam Doktor Adele Borsche zu Kräften. Sie erinnerte sich an ihre Leitungsfunktion, ihr Durchgreifen in der Landesklinik, wo sie Minderleister bereits vor 50 Jahren strafversetzte. Da war der Begriff noch nicht im Wortschatz des

Personalrates. Mit dem spielte sie eh. Ausflug nach Bad Hönningen auf Kosten des LVR. Konnte sich der Personalrat auf die Fahnen schreiben. Danach hatte Doktor Borsche wieder Ruhe für Personalentscheidungen und ihre Experimente in Haus 5. Haus 5, das war ihr Werk, das war ihr Studienobjekt, da konnte sie damals schalten und walten. Fast so, sie wagte nicht den Gedanken auszusprechen, aber er war da, er war in ihrem Gehirn, er hatte sich festgefressen, sedimentiert, eingebohrt. Fast so wie ... Ihr Vater hatte den Namen genannt. Er war mit ihm zusammengetroffen. Im Krieg. Es ging um Euthanasie, Experimente, Versuche für die Wehrmacht, für die kämpfende Truppe, für den Endsieg. Fast so wie Mengele, Doktor Josef Mengele. Sie hatte den Gedanken zugelassen, und er verschwand nie mehr. Er blieb. Sie war die Herrscherin über Leben und Tod. »Jesu, dir jauchzt alles zu: Herr über Leben und Tod bist du.« Immer wenn in der Kirche der Anstalt dieser Choral ertönte, hatte sich Doktor Adele Borsche aufgerichtet und in die Gesichter der Angestellten und Patienten geschaut. Sie war die Herrin über Leben und Tod. Haus 5 war ihr Reich. Diese verdammten Studenten Ende der 60er-Jahre mit ihren Protesten hatten die Patienten aufgewiegelt. Doktor Adele Borsche zog den Morgenmantel an und stellte den Stuhl vor das Fenster. Sie schaute hinaus in Richtung Parkdeck. Und aus dieser Richtung schaute jemand auf sie.

Der schwarze Fiat Doblo Cargo parkte auf der obersten Etage des Parkdecks vom Dürener Krankenhaus. In der Nacht von Freitag auf Samstag hatte der Wagen in der Nähe des Café *Kern* in Simonskall gestanden. Nun war er futschikato. Dackdecker Donnay aus Bochum, auf Kurzurlaub im Kalltal, hatte den Verlust erst um die Mittagszeit bemerkt. Die Polizeiwache in Simmerath übernahm den Fall und schickte die Kollegen Heuwer und Etschenberg nach Simonskall. Mehr, als den Diebstahl aufnehmen, konnten sie nicht. Auftragsdiebstähle für Pkws, Autoklassiker, Wohnwagen und Wohnmobile kamen häufig vor. Hatten rasant zugenommen. Vermutlich war der gestohlene Wagen bereits in Belgien oder den Niederlanden. Da irrten Heuwer und Etschenberg. Der Doblo parkte mit dem Heck in Richtung Krankenhaus. Ein Fenster der Hecktür war herausgebrochen und mit einem Müllsack verklebt worden. Nur ein kleines Loch war in dem Müllsack, der bis zum Vormittag in Kleinhau bei *REWE* im Regal gelegen hatte.

Adele Borsche saß am Samstagnachmittag vor Einbruch der Dunkelheit am Fenster ihres Zimmers, redete vor sich hin, schwieg, tauchte in Gedanken ab in den Samstagabend, als der Mörder ihrer Schwester in der Tür stand. Oder sollte sie erschossen werden? Der Gedanke tauchte auf und verschwand wieder in den Synapsen des Kurzzeitgedächtnisses. Gundula war erschossen worden. Zucker, der verdammte Zucker. Diese Gärtner aus Russland. Warum hatten sie Lüssem erpresst? Doktor Hallstein hatte mit ihnen gesprochen. Sei nicht schlimm. Ein Spritzer Dioxin. Das verflüchtige sich. Dann hatte er das Angebot vorgelegt. Gundula wollte mehr. Immer mehr. Putzfrau und Gärtner reichten ihr nicht. Das kam davon. Adele Borsche stand auf, lehnte sich auf die Fensterbank und schaute über das Parkhausdeck und am Schwesternwohnheim vorbei auf die Windräder im Feld. Plötzlich schwächelte sie und fiel beinahe hin. Ein Schuss.

Der Schalldämpfer machte ein leises »Puff«, wie vor knapp zwei Wochen auf dem Burgberg. Die Kugel schoss aus dem defekten Heckfenster des Fiat Doblo schräg nach oben auf das Fenster von Adele Borsche zu, durchschlug die Scheibe dort, wo gerade noch der Kopf von ihr zu sehen gewesen war, und verschwand aufgrund des Anschlagwinkels irgendwo hinter der abwaschbaren Tapete im Mauerwerk unter der Decke. Adele Borsche schaute ungläubig auf das Einschussloch in der Scheibe. Sie wollte schreien, es gelang nicht, die Stimme versagte. Sie fiel in Ohnmacht. Da die Reste des Abendessens bereits abgeräumt worden waren, und ihre Freundlichkeit das Pflegepersonal nicht dazu motivierte, nochmals nach ihr zu schauen, lag sie stundenlang auf dem Boden. Erst gegen 21 Uhr kam sie zu sich, konnte nicht einordnen, was passiert war. Sie suchte den Lichtschalter und den Notschalter, und als Schwester Uschi das Krankenzimmer betrat, saß Adele Borsche blass und erschöpft auf dem Bett. In der Zwischenzeit war der Fiat Doblo längst auf einem dunklen Parkplatz bei Heimbach abgestellt. In Heimbach endete die Rurtalbahn. Mit ihr konnte man bis Nideggen-Brück fahren und von dort aus rund um Zerkall, Nideggen und Bergstein verschwinden.

Fett wurde gegen 22 Uhr von den Kollegen der Leitstelle über die Vorgänge informiert. Doktor Borsche war sofort verlegt worden. Die Dürener Polizei bewachte das neue Zimmer mit Blick in Richtung Eifel. Das Zimmer war komplett verdunkelt. Auf Station *Dubai* war die Hölle los. Die Patienten mussten in ihren Zimmern bleiben. Die Kriminaltechnik untersuchte den Einschusswinkel, fand die Kugel in der Wand und vermutete, dass es eine Kugel aus einem Karabiner der Amerikaner war. Kollegin Unsleber suchte nach Spuren auf dem Parkdeck. Mit einem Laser wurde der mögliche Standort des Schützen vermessen. Er musste auf dem Parkdeck gestanden haben. Die Auswertung aller Kameraaufzeichnungen lief. Am Parkhaus gab es keine. Fett traf gegen 23 Uhr zusammen mit Conti in Düren ein. Sie nahmen den Bericht der Kriminaltechnik entgegen. Der Pressesprecher der Polizei Düren sprach mit dem Team von *Dubai*. Kurz wurde überlegt, ob man den Tod von Adele Borsche kommunizieren sollte, aber zu viele Patienten und das Personal hatten mitbekommen, dass sie am Leben war. Es war Samstagnacht. Am Sonntag würden keine Zeitungen erscheinen. Die Pressestelle musste sich auf eine Pressekonferenz mit unangenehmen Fragen vorbereiten. Frühestens am Montag.

DER VIERTE ADVENT

»Sie machen Pause, Fett. Und die Conti auch.« Der Polizeipräsident rief am Sonntag von zu Hause im Präsidium an und befahl, dass Fett und Conti am Montag, dem 23. Dezember, nicht am Arbeitsplatz auftauchen sollten.

»Kosslowski schiebt die Montagsschicht. Sie brauchen

einen Tag frei, Fett. Atmen Sie durch, Mann. Dann wird diese Recher-Theorie in sich zusammenfallen.«

»Ein Tag frei kann nicht schaden, aber die Theorie wird dadurch nicht schwächer, Herr Präsident.« Fett legte auf. Er war seit 9 Uhr im Präsidium. Conti studierte die Akten. Sie sah übernächtigt aus.

»Wir sollen morgen frei nehmen. Anweisung von Offenhaus.«

»Kommt mir gelegen.« Conti blickte ihn mit müden Augen an. »Die Borsche wird uns nichts sagen können, die Spurensicherung hat nichts gefunden. Ich kann den freien Montag gebrauchen.«

»Dann machen wir heute Schluss. Vielleicht brauchen wir wirklich einen Tag ohne den Fall.«

»Soll ich Sie nach Hause fahren?«

»Danke. Bei dem milden Winter. Ich nehme das Klapprad.«

»Kein Auto in Sicht?«

»Nein. E-Kiste oder Diesel oder Benziner? Überfordert mich momentan.«

»Ganz unmotorisiert – das schränkt Ihren Aktionsradius ein.«

»Und wenn schon. In letzter Zeit laufe ich lieber zu Fuß. Die Gedanken fließen besser.«

»Da ist was dran.«

»Der Kopf wird freier. Selbst auf dem Rad ist es mir oft zu hektisch. Die Profiradler schauen mich so mitleidig an und rasen mit Speed an mir vorbei.«

»Und ein Elektroroller?«

»E-Roller? Fett und der E-Roller. Ich lach mich schlapp. Als Kind hatte ich einen Tretroller. Der war cool. Mit aufblasbaren Reifen. Gar nicht schlecht.«

»Wollen Sie nicht manchmal raus aus Aachen?«

»Klar. Nur nicht nach Domburg und Middelburg und De Haan. Da treffe ich wieder ganz Aachen. In die Eifel möchte ich. Dorthin gibt es Busverbindungen.«

»Busverbindungen.« Conti dachte nach. »Wenn Franz Recher noch in Frankreich lebt, kann er mit dem Auto, dem Zug, dem Flugzeug in die Region kommen. Wir könnten alle Fahrzeuge mit einem französischen Kennzeichen im Kreis Düren prüfen lassen. Dann die Tickets vom Schnellzug *Thalys* und den Fluglinien.«

»Schon sind wir wieder beim Fall. Ja. Könnten wir. Vielleicht morgen. Heute wird kaum jemand in den Büros sein.«

»Morgen haben wir frei.«

»Dann soll es Frau Hof machen lassen. Tickets für den *Thalys* ist eine sehr gute Idee. Würden Sie von Frankreich aus direkt über Aachen in die Eifel reisen?«

»Warum nicht. Ganz normal. Unauffällig. Wir lassen Franz Recher alias Vengeur durch den PC laufen.«

»Morgen, Frau Conti, das packen wir morgen an. Ich mach Schluss.«

»Da hätten wir früher draufkommen können.«

»Seit Freitag wissen wir von Franz Recher. Viel früher ging nicht.«

»Okay. Ciao.«

»Bis dann. Dienstagmorgen sehen wir uns.«

So lange sollte es nicht dauern.

DAS TOTENSCHIFF UND SIMONSKALL

Am Montag, dem 23. Dezember 2019, wollte Daniela Conti zu den Möbelhäusern im Aachener Kreuz bei Würselen und zu *Ikea* nach Heerlen fahren. Fett suchte Lesestoff für den Dienst über Weihnachten. Iska Sonntag war in Köln kaserniert; Dauerbereitschaft für Hambach.

Fett schlenderte an diesem milden Vorweihnachtstag vom Templergraben durch die Pontstraße hoch zum Markt. Die Weihnachtsbuden wurden bereits abgebaut. Unruhe, Hektik, krachende Bretter, Kleinlastwagen, rasch bog er ab zum Büchel, vorbei an der Buchhandlung *Jacobis Nachfolger*. Fontane im Fenster. Bei der *Mayerschen* ein großes Gedränge. Endspurt, die letzten Käufer. Er nahm die Rolltreppe in die zweite Etage zum Café. Kein Fensterplatz mehr frei. Hinunter und ab zur Buchhandlung *Schmetz am Dom*. Volles Haus. Die Menschen kauften Bücher. Durch die Schmiedgasse hoch zur Rennbahn, weiter in die Jakobstraße zur Buchhandlung *Backhaus*. Er schaute in die Auslage, konnte sich auch hier nicht zum Gang ins Geschäft durchringen. Fett war unentschlossen. Hätte er Daniela Conti anbieten sollen, sie zu begleiten? Billy-Regale von *Ikea* in Heerlen hatte er vor 40 Jahren bereits geschleppt. »Schraubst du noch oder lebst du schon«, so lautete der Slogan.

»Schrauben Sie noch oder leben Sie schon?« Er rief die Kollegin von der Jakobstraße aus an.

»Ich lebe noch und schraube nicht, grazie. Danke für die Nachfrage.«

»Sind Sie nicht im Weihnachtswahnsinn? Sie wollten doch Möbel besorgen.«

»Konsumverweigerung, Herr Fett. Leben mit 100 Teilen. Eine neue Bewegung. Nichts davon gehört?«

»Mannomann, 100 Teile. Bitte eine Ausnahme für Bücher, ja?«

»Niente. Nichts mit Ausnahme. Aachen hat eine gute Stadtbibliothek.«

»Wir könnten einen Kaffee trinken?«

»Wieder Langeweile, Chef? Freundin hat auch Bereitschaft?«

»Bereitschaft ja, Langeweile nein.«

»Können wir nicht raus, raus aus der Stadt? Einfach irgendwo in den Wald oder so?«

»In den Wald?« Fett war überrascht. »Im Wald, da sind die Räuber.«

»Die fangen wir. Ich meine nicht weit fahren. Ich habe die Bilder von Bergstein im Kopf. Da müsste es ruhig sein bei diesem milden Weihnachtswetter. Ich lade Sie auch ein, Herr Kommissar.«

»Quatsch. Ich mache das. Passen Sie auf. In 15 Minuten bin ich in der Promenadenstraße. Mir kommt eine Idee. Mögen Sie Forelle?«

»Si. Ja, pesce, Fisch. Gute Idee.«

»Bis gleich.«

Fett stand pünktlich in der Promenadenstraße gegenüber vom Restaurant *Justus K.*

»Ah, ich muss ja fahren. Der Kommissar hat kein Auto. Wie der Palu im alten *Tatort* aus Saarbrücken.«

»Palu war dicker, älter und hatte eine Glatze. Nur das Fahrrad verbindet uns. Aber er fuhr Rennrad, ich Klapprad.«

Sie stiegen in den dunkelblauen Fiat 500, und Fett gab als Adresse Simonskall ins Navi ein. Sie brachen auf. Wieder in die Eifel. Über Breinig und Zweifall fuhr Daniela Conti mit großer Gelassenheit tief in die Wälder hinein. Der Winter war immer noch nicht angebrochen.

»Warum sind Sie nicht ins Möbelgeschäft gefahren?«

»Eine große Müdigkeit. Wieder Möbelgeschäft, wieder Neuanfang. So viele Anfänge.«

»Sie sind jung, Sie haben sich für die Polizei entschieden.«

»Jung. Danke. Aber darf ich nicht müde sein. Müde von den Morden, den Verbrechen, den Kollegen, die so gerne mobben?«

»Weihnachten kommt alles zusammen.« Fett bewegte sich sprachlich im Nebulösen. Der Gesprächsverlauf behagte ihm nicht.

»Und Sie? Fahren einfach mit mir in die Eifel?«

»Überdruss. Konsumüberdruss, Frau Conti. Verordnete Weihnachtsstimmung mit fürchterlichen Weihnachtsfeiern und Geschenkestress. Ich habe es zu oft erlebt. Wir hoppen von einem Event zum nächsten. Eben Halloween, dann Karnevalsauftakt, dann Weihnachten, dann wieder Karneval und zwischendurch Fußball, Wintersport, Fußball. Opium für die Massen. Wir pendeln zwischen Klimapanik, Skizirkus und FC Köln, zwischen dem kleinen Lord und der Prinzenproklamation. Die Wiederkehr des Ewiggleichen. Keine Ruhe, nirgends. Große Aufgeregtheit. Dabei schwappt still und heimlich von China etwas herüber, wovon wir uns noch keine Vorstellung machen. Ein seltsamer Virus. Wir tun so, als ob er uns nie erreichen könnte.« Er hielt inne.

»Das haben Sie schön gesagt.« Sie blickte auf die dunklen Fichten, an denen Borkenkäfer nagten. »Von dem Virus habe ich nichts gehört.«

»Bis jetzt nur kleine Meldungen. Finden Sie unter Vermischtes auf den Panoramaseiten der Zeitung. China hält den Deckel drauf. Fragt sich, wie lange noch.«

»Sehen Sie vielleicht zu schwarz?«

»Liegt am Alter. Alles war schon mal da. Nur in anderer Form. Nichts ändert sich wirklich. Pest, Cholera, Ebola. Wir glauben, wir seien unverletzlich. Das Prinzip des Schwarzen Schwans. Niemand glaubte, dass es einen Schwarzen Schwan gibt. Bis er entdeckt wurde. Wir glauben, alles im Griff zu haben und bereiten uns nicht auf das Denkbare vor. Zugleich sind wir durch unsere kleinen Freunde, die Handys, einsamer geworden, konsumanfälliger, manipulierbarer, gestresster. Jeder posaunt seine Meinung raus. Alles im Panikmodus, im Kampfmodus. So wird das nichts mit der achtsamen Zivilgesellschaft. Was uns als Verheißung für mehr Teilhabe und Demokratie versprochen wurde, wird zum Goldenen Kalb. Wir tragen das Goldene Kalb mit uns. Wir unterwerfen uns freiwillig. Parallel dazu bringt die schöne Globalisierung neue, wie sagt man, Herausforderungen. Das Wort Problem wird vermieden.«

»Na ja. Ich muss mich auf die Straße konzentrieren, sonst würde mir bestimmt was einfallen. Wir haben ja noch unseren Willen.«

»Unseren Willen? Woher kommt der? Aus welchem Erbgut, aus welcher Erziehung, aus welcher charakterlichen Disposition, aus welcher Mentalität?«

»Etwas viel für eine Fahrt nach Simonskall.«

»Wir, die Polizei, wir reagieren. Die Gesellschaft wird brutaler und vulgärer. Dazu der Kitsch, der unsägliche

Kitsch. Hätten Sie gedacht, dass wir so viele dunkle Seiten in unserer Gesellschaft haben, bevor Sie beim BKA und LKA waren?«

»Nein. Hätte ich nicht. Deutschland war immer ein Land der Ordnung, der Pünktlichkeit, der Sicherheit. Ich habe in Abgründe geschaut. Wirkliche Abgründe. Das macht alt und verbittert. Ich kann nicht einfach so durch die Geschäfte laufen. Es reicht. Wir konsumieren uns zu Tode.«

»Einen Tisch und einen Stuhl haben Sie aber?«

»Einen Stuhl. Einen Tisch. Eine Leselampe. Die Matratze liegt auf dem Boden.«

»Hört sich spartanisch an, Frau Conti.«

»Reduzierung, Herr Fett. Was brauchen Sie wirklich?«

»Bücher und Crémant. Ganz klar. Keinen Bachelor, kein Dschungelcamp, keinen weinschlürfenden Biolek, keine Hochrisikofußballspiele, keine geschälten Orangen im Supermarkt, kein Traumschiff und keine Kaffeekapseln in Alu.«

Sie lachte herzhaft. Er lachte. Die Stimmung wurde gelöster bei den beiden Konsumverweigerern auf dem Weg nach Simonskall.

»Fisch essen Sie?«

»Ja, habe ich doch gesagt. Nur keine Pommes dabei. Bitte die guten deutschen Salzkartoffeln und zerlassene Butter mit einem, wie sagt man, Beilagensalat oder Beischläfersalat.«

»Den Beischläfersalat gibt es am Tag danach. Beischläfersalat, ein schönes Wort. Kenne ich nicht.«

»Machen Sie sich lustig über mich?« Conti schaute ihn prüfend an.

»Wie käme ich dazu. Ich sammle Wörter. Seltene oder ungewöhnliche Wörter. Minderleister ist so ein hirnrissiges Wort. Früher sagte man faule Sau. Heute nennen unsere Gewerkschaftsobleute sie Minderleister. Das sind die Kollegen, die freitags und montags Halsschmerzen haben oder Rücken. Schließlich kommt eine Kommission, und es gibt eine Mediation und ein Rückkehrerprogramm zur Wiedereingliederung für die Rückenleidenden. Minderleister – schönes neues Wort.«

Conti schüttelte den Kopf über Fetts Ausflüge in die Sprachbetrachtung.

Mit guter Laune näherten sie sich Simonskall. Sie kurvte die Serpentinen hinunter, und Fett bat sie, in Höhe vom Café *Kern* auf dem gegenüberliegenden Parkplatz zu halten. Daniela Conti war fasziniert vom Tal der Kall, den Cafés, in denen Senioren ein vorweihnachtliches Stück gedeckten Apfelkuchen verzehrten, ohne Sahne, denn die machte ja dick.

»Was für ein verwunschenes Tal.«

»Das Kalltal. Hat eine besondere Geschichte. Später vielleicht. Lassen Sie uns losgehen.«

Fett zog den Reißverschluss der *Fjällraven*-Winterjacke hoch, Daniela Conti nahm aus dem Kofferraum feste Wanderschuhe, die farblich zu den dunkelblauen Jeans und der schwarzen Daunenjacke passten. Sie zog eine graue Kaschmirmütze über, während Fett auf sie wartete.

»Wo führen Sie mich hin? Hier ist kein Empfang. Sie entführen mich, Chef!«

»Natürlich, was haben Sie denn erwartet. Der Fisch muss verdient werden.«

Beide ahnten nicht, dass sie an diesem und dem folgenden Tag keinen Fisch essen würden.

»Was ist das für ein Ort im Tal, voller Cafés und einem rauschenden Bach?«

»Ein besonderer Ort. 50 Einwohner und eine lange Geschichte. Nach dem Hüttenmeister Simon Kremer benannt. Der Bach ist die Kall. Simonskall eben. 1919 bis 1921 lebten hier zahlreiche Künstler. Auch B. Traven, der Autor vom *Totenschiff*.«

»Passt ja zu unserem Fall.« Conti staunte über Fetts Kenntnis. »Haben Sie das extra für unseren Ausflug gelesen?«

»Ja, steht alles in Wikipedia. Bin hier vor 40 Jahren drüber gesegelt. Dort oben liegt Bergstein und einen Daumensprung links davon das Segelfluggelände, auf dem ich als Jugendlicher im Sommer ständig rumhing.«

»Segelfliegen. Ich war als junges Mädchen höchstens in Bottrop im Freibad und im Sommer bei den Großeltern in Cortona im giardino pubblico, im Park.«

»Giardino pubblico. Sie werden es nicht glauben. Da habe ich am Mittag nach dem Sprachkurs Manzoni *Die Verlobten* gelesen. Cortona, auch so ein verwunschener Ort mit eigener Atmosphäre.« Fett schwelgte in der Erinnerung. »Lassen Sie uns gehen. Es ist gar nicht weit bis zum Restaurant. Höchstens 40 Minuten. Wir können auch den längeren Weg nehmen in Richtung Kalltalsperre und von dort hinauf Richtung Rollesbroich.«

»Ein anderes Mal, Chef.« Conti dachte an ihre Besuche in Cortona, an die Unbeschwertheit und Lebensfreude, nur getrübt durch die schwere Verletzung von Cousin Paolo, die er beim Anschlag auf Richter Falcone erlitten hatte.

Sie zogen schweigend los, staunten über den Minigolfplatz mit Plastikhirsch und atmeten die frische Eifelluft, während in den Städten die Weihnachtsnoteinkäufe getätigt wurden. Es war mild an diesem 23. Dezember 2019, der für Simonskall eine besondere Geschichte bereithielt.

DAS GEHEIMNIS DER MESTRENGER MÜHLE

Ab und an begegneten ihnen Wanderer. Fett erzählte Conti die Geschichte von der Allerseelenschlacht, die im Kalltal stattgefunden hatte, und die Geschichte von Doktor Stüttgen, der im November 1944 als Wehrmachtsarzt eine Kampfpause ausgehandelt hatte, um deutsche und amerikanische Verwundete zu versorgen. Es war ein Todestal, die Kall war damals rot vor Blut. Ein Albtraum in einem fürchterlichen Winter. Anderes Wetter, komplett anderes Wetter. Währenddessen schaute Conti fasziniert auf die Kall, die von Bibern gefällten Bäume, mit denen die Tiere ihre Burgen verstärkt hatten. Kurz vor der Mestrenger Mühle, dort, wo man an einem kleinen Bächlein entlang den Hintereingang der Mühle erreicht, trafen sie wieder auf Wanderer, die freundlich grüßten.

»De Mühle ist gesloten«, sagte ein lächelnder Niederländer, der mit Frau und zwei Kindern in Richtung Simonskall unterwegs war.

»Geschlossen? Die Mestrenger Mühle?« Fett blieb stehen.

»Ja, ja. Gesloten«, sagte der Südlimburger.

»Maar da was nog, da war einer, aber gesloten«, sagte die Begleiterin, die vermutlich die Mutter der beiden Buben war, die gerade Steine in die Kall donnerten.

»Also geschlossen? War jemand da?«

»Ja, ja. Hat aber neet gehört. Wir haben gebimmelt, maar keen reactie. Keine Reaktion. Tot ziens.« Sie zogen weiter, um sich in Simonskall zu stärken.

Fett schaute zur Conti.

»Fischstäbchen bei mir in der Promenadenstraße.« Sie lachte. »Wäre ja zu schön gewesen. Frische Kallforelle.«

»Ja«, sagte Fett erstaunlich ernst.

»Was ist, Chef?«

»Ich hab da so ein Gefühl. Haben Sie Ihre Dienstwaffe dabei?«

»Nein, eingeschlossen im Waffenschrank. Morgen erst wieder.«

»Ja, ich auch. Mist.«

»Warum?«

»Die Mestrenger Mühle ist ein ideales Versteck, um von hier aus in alle Richtungen zu gelangen. Bergstein geradeaus hoch, im Süden Kommerscheidt und Schmidt, im Norden nach Vossenack, im Westen Richtung Kalltalsperre, Simmerath.«

»Sie glauben, der Krawutschkemörder hält sich hier versteckt?«

»Haben Sie doch logisch geschlossen. Er ist noch hier,

hier in der Eifel. Und campen wird er sicher nicht, es sei denn, er steht irgendwo mit einem Wohnmobil in der Gegend rum. Wir gehen als Paar einfach an der Mühle vorbei. Einverstanden?«

»Muss ich Ihre Hand halten?«

»Wenn es Ihnen nichts ausmacht.«

»Genug geredet, da drüben steht die Mühle.« Fett griff ihre Hand, half ihr auf dem schmalen Weg, neben dem links das Wasser in Richtung Mühle plätscherte. Zwar kündigte ein Schild an, dass wegen Renovierung geschlossen sei, doch die Holztür, die zum Garten führte, war nicht versperrt.

»Ach, leider geschlossen!« Fett sprach lauter als sonst. »Lass uns schauen, vielleicht öffnen sie über Silvester.« Er ging mit der Kollegin bis zu den Fensterscheiben. An der Eingangstür hing ein handgeschriebener Zettel. »Wegen Renovierung auf unbestimmte Zeit geschlossen.« Fett blickte angestrengt ins Innere. Daniela Conti war auf dem Weg zum Parkplatz. Die Holztür zu dieser Seite war nur angelehnt. Lange konnte Fett nicht mehr durch die Scheiben spähen, ohne aufzufallen. Außerdem wurde es dunkel. Ein letzter Blick. Eine hellblaue Zigarettenschachtel lag achtlos auf einem der Tische. Fett strengte seine Augen an. Eine Packung Gauloises Caporal.

»Schatz, wir gehen. Lass uns in Simonskall etwas essen.«

Conti spürte den Unterton in Fetts Stimme. Sie kam lächelnd auf ihn zu. »Na dann los, ich habe einen Bärenhunger. Vielleicht ein Jägerschnitzel?«

Fett packte ihre Hand fester und zog sie fast zum Hintereingang und von dort auf den schmalen Weg, über den sie gekommen waren.

»So ein Spaziergang tut gut! – Sagen Sie nichts.«

Sie drückte seine Hand fest und spürte, dass Gefahr im Verzug war. Sie entfernten sich mit schnellen Schritten. Fett zeigte ab und an auf die Kall oder auf einen bestimmten Baum. Er lachte unvermittelt und erweckte den Eindruck eines gut gelaunten Wanderers. Wie gewohnt hatte er auf die Uhr geschaut. Als sie außer Sichtweite des Gebäudes waren, teilte er ihr seine Befürchtung mit.

»Gauloises bleu. Caporal. Bekommt man nur in Frankreich. Eine Packung lag auf einem Tisch.«

»Und?«

»François Vengeur ist hier.«

»Hier?«

»Ich spüre es. Es passt. Der Ort, der Zeitpunkt, die Zigaretten. Die Packung liegt dort nicht seit Monaten. Kein Staub drauf. Catherine Kaufmann sagte, er habe Caporal geraucht.«

»Sie glauben, er ist hier?«

»Recher alias Vengeur ist zurückgekehrt. Wenn er seit einiger Zeit in der Mestrenger Mühle lebt, hat er sich abgesichert. Da können wir nicht einfach so eintreten ohne kugelsichere Weste und vor allem nicht ohne Waffe.«

»Was schlagen Sie vor?«

»Das große Besteck.«

DAS GROSSE BESTECK

Fett informierte von Vossenack aus seinen Vorgesetzten, Polizeirat Kosslowski. In Simonskall war der Empfang zu schlecht.

»Sie wissen, was Sie verlangen, Fett?«

»Ja, zwei SEK-Teams, die Einsatzhundertschaft, den Helikopter aus Düsseldorf, Geländewagen, Absperrung der Straßen nach Simonskall, hoch nach Vossenack, Kommerscheidt, Schmidt, Bergstein und die Schließung des Kalltals von Zerkall aus. Mehr nicht.«

»Am Heiligabend?«

»Ja, am Heiligabend.«

»Wir sehen uns gleich im Lagezentrum. Uhrenvergleich. Es ist 16 Uhr. Um 16.45 Uhr im Präsidium. Ich informiere den Alten, dass wir etwas Großes vorhaben.«

»16.45 Uhr Lagezentrum. Komme mit Frau Conti.«

Er beendete das Gespräch, nickte mit dem Kopf in Fahrrichtung, und Daniela Conti trat das Gaspedal des Fiat 500 durch.

»Der ist ja schneller, als ich gedacht habe.«

»595 Abarth. Etwas schneller als der normale 500.«

»Darum der Skorpion vorne auf der Haube.«

»Ja, darum der Skorpion. Festhalten bitte.« Sie schoss in Richtung Zweifall und überholte jeden Wagen, der vor ihnen auftauchte.

»Fahrtraining beim BKA. Macht sich bezahlt.«

Um 16.35 Uhr bogen sie auf den Parkplatz des Polizeipräsidiums ein. Um 16.40 Uhr betraten beide Kommissare den Lageraum.

Polizeirat Kosslowski stand mit dem Einsatzhundertschaftsführer und Ersten Polizeihauptkommissar Reinhard Fuchs zusammen. Offenhaus war nicht zu sehen.

»Rüschendonk kommt gleich. Wir sollen auf ihn warten. Offenhaus ist verhindert.« Kosslowski nahm einen Becher Kaffee. Fett und Conti setzten sich an den Besprechungstisch.

Rüschendonk betrat gemeinsam mit dem Leitenden Polizeidirektor Hiltenkamp den Raum.

»Tag, die Dame und die Herren. Sachstand, Fett. Ich muss rasch nach Hause, den Weihnachtsbaum schmücken.« Alle lächelten etwas gequält. Der Polizeidirektor wirkte konzentriert.

»Der Mörder von Kaltenbach versteckt sich vermutlich hinter Simonskall in der Mestrenger Mühle. Franz Recher alias François Vengeur. Ex-Fremdenlegionär, Ausbilder bei der Legion. Sohn von Walter Recher. Der wurde vom Vater des Ermordeten nach Düren in Haus 5 in die Forensik verbannt. Franz Recher ist zum 75. Jahrestag der Kämpfe um den Burgberg und 50 Jahre nach dem Tod seines Vaters zurückgekehrt. Franz Recher ist 68, vermutlich in Topform, wusste, wo sein Vater nach dem Krieg Waffen versteckt hatte, und übt nun Rache. Er hat Doktor Gundula Borsche mit einer Walther PPK mit Schalldämpfer erschossen, weil er sie für Doktor Adele Borsche hielt, die damals seinen Vater eingewiesen hat, Kaltenbach mit Kopfschuss und sieben Messerstichen. Wolfgang Weisweiler, Rentner, hat Rechers Vater an der Flucht aus der Landesklinik gehindert, wurde am Donnerstag mit drei Kugeln hingerichtet. Am Samstag der Anschlag auf Adele Borsche. Doc Mellingheim beurteilt ihn auf der Grundlage aller Infos als einen Rächer, der nichts zu verlieren hat. Er verfolgt eiskalt seine letzte Mission.«

»Beweise für seine Anwesenheit in der Mestrenger Mühle?« Hiltenkamp blickte Fett an, als ob er eine Prüfung abnähme.

»Gauloises bleu, Caporal. Die bekommt man nur in Frankreich oder ausgesuchten Tabakgeschäften. Er raucht die Marke.«

»Eine Packung Zigaretten?«

»Ja. Niederländische Wanderer haben eine Person im Haus gesehen, die nicht geöffnet hat. Durch das Fenster sah ich die Packung Gauloises.«

»Bevor 150 Beamten am Heiligabend in Simonskall einmarschieren, brauche ich mehr, Fett. Wenn wir das machen, ist Weihnachten für die Region um Hürtgen, Vossenack, Schmidt, Simonskall und Simmerath gelaufen.«

»Ich bin mir sicher, Herr Polizeidirektor.«

»Absolut sicher?«

Fett zögerte einen Moment. »Ja.«

»Frau Conti?«

»Ja, Herr Polizeidirektor.«

»Was wollten Sie in der Mestrenger Mühle?«

»Wir wollten dort eine Forelle essen, einfach raus. Unsere Weihnachtsbäume sind geschmückt.« Conti schmunzelte.

»Ach so. Einfach raus. Nehmen Sie sich in Acht, Frau Conti. Ironie in dieser Situation dient nicht Ihrer Beförderung. Kosslowski, lassen Sie alle Busfahrer auf der Linie von Aachen nach Simonskall anrufen. Auffälliger Fahrgast, Ende 60, Gepäck, Wanderer, Ausstieg in Simonskall. Sie sehen, Fett, ich habe die Infos sofort verarbeitet. Wenn es Recher ist, der Legionär mit Spezialausbildung, wird er nicht mit einem Range Rover bis zur Mestrenger Mühle gefahren sein. Der kommt eher zu Fuß aus Frankreich rüber.«

»Wie könnten wir die Mühle überprüfen?«, fragte Fuchs, der Einsatzhundertschaftsführer.

»Muss das Kölner Mobile Einsatzkommando über Nacht machen«, warf Kosslowski ein.

»Fett, Sie begleiten das MEK. Die sollen versuchen herauszubekommen, ob sich wirklich jemand über Nacht dort aufhält. Conti, Sie bleiben im Lageraum und koordinieren mit Fuchs und Kosslowski die Vorabinfo der Flugstaffel in Düsseldorf, der SEK-Einheiten von Köln und informieren mit Fuchs die Einsatzhundertschaft und die Diensthundestaffel. Wenn der an Heiligabend durch den Wald türmt, lassen wir unsere Vierbeiner von der Leine. Kartenmaterial auf die Wand projizieren. Leitstelle in Simmerath Vorabinfo. Rettungstransportwagen und Notarzt in Rufbereitschaft. Alles vertraulich. Und kommen Sie nicht mit Martinshorn durch die Voreifel. Dann fliegt der Vogel aus. Verstanden? Noch Fragen? Keine. Los.«

Kosslowski organisierte das Lagezentrum im Polizeipräsidium. Er holte alle verfügbaren Bereitschaftskräfte, die sofort mit den Anrufen beim Aachener Verkehrsverbund loslegten. Bereits gegen 17.45 Uhr stand die Liste der Busfahrer der Linien 286 und Schnellbus SB86 von Düren nach Vossenack. Recher, so die Überlegung der Fahnder, könnte mit dem *Thalys* bis Aachen Hauptbahnhof gereist sein, weiter nach Düren zum Zentralen Omnibushof ZOB am Bahnhof und von dort mit den Bussen nach Vossenack. Von Vossenack zu Fuß hinunter zur Mestrenger Mühle.

»Ja, habe ich oft komische Mann gehabt. Letzte Reihe in meine Bus.« Cem Altun war in Norddüren aufgewachsen und wurde nach dem Schulabschluss Busfahrer bei der Dürener Kreisbahn. »Kam mit so eine Seesack. Sonst ich fahre immer nur Schulkinder in die Eifel. Morgens von die Eifel, mittags in die Eifel. Manchmal kam die Mann mit Seesack. Hat nix gesagt. Hat sich letzte Reihe Bus gesetzt. Bis Vossenack. Immer bis Vossenack. Und manchmal zurück zu Bahnhof Düren. Mehr ich nicht weiß.«

»Herr Altun, können Sie uns sagen, wann das ungefähr war?«

»November, war sich in November. Kam er. Wetter schlecht. November und Dezember. Kann ich mich nicht genau erinnern.«

Kommissarin Patricia Kullmann hatte mitgeschrieben. Die Mail mit den Infos schickte sie an Kosslowski, Fett, Conti sowie die Kollegen im Lagezentrum.

»Vermerk: Verdächtige Person im November und Dezember mit Buslinie 286 von Düren Hbf. nach Vossenack gefahren. Mehrfach. Quelle: Busfahrer Cem Altun, Dürener Kreisbahn.«

Der Busfahrer Friedrich Wirges konnte sich ebenfalls an den markanten Fahrgast mit Seesack erinnern. Er war wie Altun auf der Strecke unterwegs, und ihm war der Gast zweimal bei der Rückfahrt von Vossenack nach Düren aufgefallen. Trug eine Sonnenbrille und Dockermütze. Das Bild verdichtete sich. Die Anspannung im Lagezentrum wuchs.

DAS MOBILE EINSATZKOMMANDO

Rüschendonk forderte in Köln beim Ständigen Lagezentrum das MEK für die Nachtobservation an. Sie besaßen aufgemotzte Mercedes-Limousinen der S-Klasse, starke BMWs und Audis A8. Für die Eifelfeldwege sprangen sie in Mercedes der G-Klasse. Zwei Trupps à vier Mann. Von Köln wurde grünes Licht gegeben. Gegen 19 Uhr rasten zwei Mercedes mit Blaulicht über die A4 bis zur Abfahrt Düren, mit Speed durch Düren und über Birgel und Gey hoch nach Kleinhau und von dort nach Vossenack. Die MEK-Beamten trafen sich mit Fett, der zusammen mit den Kommissaren Holz und Görgen in einem BMW des Präsidiums Aachen unterwegs war, auf dem Parkplatz am *Museum Hürtgenwald 1944 und im Frieden*. Der Vorsitzende hatte ihnen den Versammlungsraum geöffnet. Hier richtete der Leiter des MEK, Erster Hauptkommissar Bolder, die Zentrale ein. Er war mit seinen sieben Kollegen über Funk verbunden. In Vossenack gab es einigermaßen Netzabdeckung. In Simonskall wäre er taub geblieben. Der Funkverkehr lief über Digitalgeräte.

»Fett, Kriminalhauptkommissar, Mordkommission Aachen. Begrüße Sie alle in der schönen Nordeifel oder der Hölle im Hürtgenwald. Unser Auftrag lautet: Überprüfen, ob sich in der Mestrenger Mühle eine Person aufhält, männlich, Ende 60, Franz Recher alias François Vengeur. Ehemaliger Unteroffizier der Fremdenlegion. Verdacht: drei Morde. Ausgeführt mit amerikanischem Karabiner M1 aus dem Zweiten Weltkrieg, danach sieben Messerstiche für das erste Opfer. Zweites Opfer: Frau, über 80, drei Schüsse mit Walther PPK und Schalldämpfer. Drittes Opfer: Rentner, ehemaliger Krankenpfleger der Landesklinik. Am Samstag Mordversuch. Motiv: vermutlich Rache. Professionell und skrupellos. Verdachtsmomente: Niederländische Wanderer haben Person im Restaurant gesehen. Busfahrer bestätigen Anreise verdächtiger Person nach Vossenack im Zeitraum November, Dezember. Er raucht Gauloises Caporal. Packung liegt im Gastraum.«

Aufmerksam hatte das MEK-Team zugehört.

Bolder ergriff das Wort. »Drei Partnerteams. Niemand geht allein. Nachtsichtgeräte, Waffen entsichert. Funkdisziplin. Handys kaum Empfang. Info über Digitalfunk an mich in die Zentrale. Keine Alleingänge. Oberste Gefahrenstufe. Ein Blick auf die Karte. Fett, wie kommen wir hinunter zur Mühle und von wo können wir observieren?«

Fett zeigte auf die Karte vom Nationalpark Eifel. »Zwei Mann vom Kalltrail aus Richtung Kommerscheidt, zwei Mann vom Wanderweg Nr. 66 aus und zwei Mann vom Wanderweg Nr. 80 aus Richtung Simonskall.« Er markierte die Positionen auf der Karte, die Teams packten das *Garmin* GPS Wandernavi aus und navigierten auf die Koordinaten. Es zeigte ihnen sofort den optimalen Weg an.

»Okay, Team 1 Kalltrail ab nach Kommerscheidt. Wagen mitnehmen, am Waldrand parken und Position beziehen. Dann Meldung machen. Team 2 mit dem zweiten Wagen nach Simonskall, Kallweg. Position beziehen, Meldung machen. Team 3 bricht von hier auf, Weg 66 runter, Position und Meldung. Reserve-Akkus für Nachtsichtgeräte, jedes Team eine Signalpistole. Rot für Gefahr und Hilfe, weiß für Suchfunktion bei Entdeckung. Einsatzdauer: Uhrenvergleich. Jetzt 19.45 Uhr. Eintreffen an Position erwartet: 20.25 Uhr. Einsatzende unbestimmt. Alle anderen Einheiten werden in Alarmbereitschaft versetzt. Sie können sofort anrücken, wenn der Verdacht sich bestätigt. Ziel: Person in Mestrenger Mühle identifizieren. Ob männlich, Ende 60. Abgrenzung zu Obdachlosen, Landstreichern oder einfachen Einbrechern. Auf Auffälligkeiten achten. Ich bilde mit Kollegen Knipp und den Kollegen aus Aachen hier die Zentrale. Verstanden? Noch Fragen?« Keiner der Männer hatte Fragen. Sie holten ihre schwarzen Segeltuchtaschen mit allem, was sie für den Einsatz benötigten, und färbten sich gegenseitig das Gesicht schwarz. Das dauerte drei Minuten. Die zwei Mercedes fuhren ohne Blaulicht davon, das dritte Team machte sich zu Fuß auf in Richtung Wanderweg 66. Fett blieb mit Bolder und den Kollegen im Museum.

»Eine Kaffeemaschine steht im Kassenhäuschen.« Fett wies mit dem Kopf in die Richtung.

»Füllen Sie auf, Kollege. Wenn wir schon den 23. Dezember in der Hölle von Hürtgenwald verbringen, dann mit Bohnenkaffee.« Bolder nickte ihm lächelnd zu. Er dachte an seine beiden Kinder, mit denen er morgen Heiligabend verbringen wollte. Seine Frau lag im Krankenhaus, Chemotherapie. Keine Chance auf Weihnachten mit der Familie. Die Oma musste aushelfen.

Fett rief Falter an, den Vorsitzenden des Museumsvereins, der ihnen aufgeschlossen hatte. Er bat ihn um absolute Diskretion. Ein besonderer Einsatz, über den nicht mehr mitgeteilt werden könne. Falter, staatstreuer Beamter, sicherte das zu und teilte mit, wo im Kassenhäuschen die Kekse für das Personal gebunkert wurden. »Sie sollen nicht hungern wie die Soldaten 1944.«

NACHT IM KALLTAL

Die Nacht war kalt, scheißkalt, aber frostfrei. Die Teams 1 und 2 fuhren mit Speed zu ihren Ausgangspositionen. Team 1 jagte ohne Blaulicht die Landstraße nach Schmidt hoch, rechts ab nach Kommerscheidt, bis es ans Ende des Feldwegs gelangte, der hinab ins Kalltal führte. Im Laufschritt und mit Nachtsichtgerät vor den Augen liefen die Hauptkommissare Kevin Hebborn und Werner Rothmann den Abhang hinunter. Hebborn navigierte mit dem *Garmin*, bis sie durch das Unterholz einen Blick auf die Mestrenger Mühle werfen konnten.

»Team 1 Position«, gab er an Bolder durch.

Team 2 fuhr über die Bundesstraße 399 bis zur Abzweigung nach Simonskall, vorbei am Soldatenfriedhof und dem Gymnasium Vossenack die Serpentinen hinunter in den Ort. Im Schritttempo gelangten die Männer bis zum Kallweg. Sie passierten das *Landhotel Kallbach* und fuhren den zunächst noch asphaltierten Weg Richtung Mestrenger Mühle. Mit Standlicht preschten sie durch die Pfützen. Zum Glück lag kein umgestürzter Baum quer über den Weg. Kurz vor der Abzweigung zur Mestrenger Mühle ließen sie den Mercedesgeländewagen ausrollen und bezogen Position. Kommissar Gödde und Oberkommissar Rensinghoff fanden nahe der Kall einen Beobachtungsplatz. Gödde nahm das Fernglas mit Restlichtverstärker aus der Kampfweste. Dann meldete er Bolder seine Position.

»Objekt in Sicht. Keine Vorkommnisse.«

Bolder wartete mit Fett auf die Meldung von Team 3. Die Jungs waren direkt von Vossenack aus den Kalltrail hinuntergelaufen. Die Kommissare Asmus und Dingfeld erreichten kurz nach Team 2 ihre Position oberhalb der Mestrenger Mühle.

»Alle sind auf Position. Fett, wenn da unten nur ein Eifelyeti oder ein Obdachloser sein Quartier aufgeschlagen hat, geht die Rechnung des nächsten Grillabends an Sie.«

»Wollen wir wetten?« Fett schaute den Kollegen ernst an.

»Na, Ihr Blick ist ja überzeugend. Warten wir es ab. Stellen Sie da hinten ein paar Stühle zusammen. Decken gibt es hier auch. Alle mal herhören! Wir sollten uns alle zwei Stunden ablösen. Ich übernehme die Schicht bis 23 Uhr. Fett bis 1 Uhr, Holz bis 3 Uhr und ich bis 5 Uhr. Görgen und Knipp bleiben Reserve und schlafen, so lange es geht, um als Fahrer für den Wagen frisch zu sein. Verstanden?« Alle nickten. Die Männer stellten die Stühle zusammen. Görgen, Holz und Kollege Knipp aus Köln legten sich hin. Fett blieb bei Bolder.

»Die Teams lösen sich ebenfalls im Zweistundenrhythmus ab. Haben wir oft genug trainiert. Observation. Nur nicht am 23. Dezember. Und nicht im Kalltal.«

»Vor 75 Jahren war hier die Hölle los. Alles voll mit Waffen, Munition, Minen. Oben in Kommerscheidt lagen tote Amerikaner auf dem Feld. Eingefroren unter Schnee.«

»Gibt es da einen Zusammenhang mit unserem Fall?«

»Höchstens indirekt zur NS-Zeit. Die hat hier alles durcheinandergewirbelt.«

»Und das Zielobjekt rächt sich jetzt?«

»Sieht so aus. Drei Tote in 14 Tagen. Ein Mordversuch am Samstag. Professionell.« Fett stand auf und holte Kaffee im Pappbecher. Eine Plörre, die seit Stunden auf der Heizplatte gestanden hatte.

»Kaum noch genießbar. Aber besser als nichts.« Bolder trank schwarz. Fett öffnete die Dose mit der Konservenmilch.

»Was machen wir, wenn Ihr Mann nachts das Haus verlassen möchte?«, fragte Bolder.

»Sicherer Zugriff. Wenn möglich.«

»Wenn wir Bewegung im Haus feststellen?«

»Das große Besteck. Kein Risiko. Wenn es seine Basis ist, warten dort Überraschungen auf uns. Er war als Scharfschütze und Sprengstoffspezialist bei der Fremdenlegion.«

»Scheint ein harter Bursche zu sein.«

»Mit der Vergangenheit. Wären Sie auch, Bolder.«

Bolder rief die Teams ab. Keine besonderen Vorkommnisse. So blieb es bis 4.30 Uhr. Bolder hatte dieses Zeitfenster übernommen. Die Teams lagen draußen.

»Team 1. Lichtschein.«

»Team 3. Lichtschein im großen Raum.«

»Zentrale an alle: Nähere Beschreibung.«

»Team 1: Feuerzeug oder Streichhölzer.«

»Team 3: Ebenfalls.«

»Team 2: Lichtschein.«

Bolder ging zu Fett, rüttelte ihn an der Schulter.

»Bewegung im Haus.«

»Team 1: Glühwürmchen. Zigarette. Eine Person.«

»Verstanden, Team 1.«

»Nachts um 4.30 Uhr raucht kein Obdachloser in der Mestrenger Mühle.«

»Stimme zu«, sagte Bolder.

»Team 1: Person tritt vor das Haus. Raucht.«

»Team 3: Person vor Haus. Person hat Langwaffe an Tür gelehnt.«

»Das ist unser Mann, Kollege Bolder.«

»An alle: Eigenschutz. Vermutlich mehrfacher Mörder. Schusswaffengebrauch freigegeben. Beobachtungsposition halten, bis Verstärkung eintrifft.« Alle bestätigten.

»Okay, Herr Fett. Ihr Ding.«

GROSSLAGE – ERNSTFALL

Fett rief um 4.45 Uhr die Zentrale in Aachen an. »Großlage. Mutmaßlicher Mehrfachmörder in Mestrenger Mühle. Bewaffnet. Ex-Legionär. Scharfschütze und Sprengstoffspezialist. Wir brauchen SEK, Präzisionsschützenkommando, Sonderwagen 5 *Survivor*, Hubschrauber von Airbase Nörvenich. Lagezentrum im *Museum Hürtgenwald 1944*. Ende.«

Die Maschine rollte an. Aachen übergab an Köln. Die Direktion »Besondere Aufgaben« im Polizeipräsidium Köln mit dem Ständigen Stab unter Polizeidirektor Piontek übernahm die Führung der Großlage und stellte den Permanentkontakt mit dem Lagezentrum im Innenministerium und dem Landeskriminalamt her. Die 14. Bereitschaftspolizeihundertschaft und die SEK Teams 1 und 3 von Köln wurden sofort alarmiert und auf den Weg geschickt, zusammen mit der Verhandlungsgruppe und der Diensthundeführerstaffel. Im Innenministerium wurden der Inspekteur der Polizei informiert, das Lagezentrum der Landesregierung und das Referat Einsatz in besonderen Lagen. Zeitgleich wurde der Polizeihubschrauber Airbus H145 Adler 1 der Polizeifliegerstaffel vom Airport Düsseldorf zur Airbase nach Nörvenich beordert, um von dort aus zum Einsatz über das Kalltal zu starten. Er würde von Nörvenich aus in wenigen Minuten über Simonskall kreisen. Den Sonderwagen *Survivor* mit einem SEK-Team stellte der Ständige Stab beim Polizeipräsidium Essen. Das 340-PS-Fahrzeug mit sechs Mann brauchte allerdings knapp zwei Stunden von Essen bis Simonskall. Eintreffen voraussichtlich nach 7 Uhr am Morgen des 24. Dezember 2019. Über die Leitstelle in Simmerath wurden zwei Rettungstransportwagen und ein Notarzt in Bereitschaft versetzt und nach Vossenack beordert, um dort auf dem Parkplatz am Museum in Warteposition zu gehen. Einheiten des Polizeipräsidiums Aachen rückten mit mehreren Mannschaftswagen aus, um Simonskall abzuriegeln. Eine Kolonne von Mercedes Sprintern jagte vom Hof des Polizeipräsidiums über Brand nach Kornelimünster und von dort aus über Rott in Richtung Simonskall. Blaulicht eingeschaltet, Martinshorn aus. Es war 5.15 Uhr. Auch die Bundespolizei schickte zehn Mannschaftswagen mit zwei Zügen Polizisten Richtung Simonskall. So viel Polizei am frühen

Morgen des Weihnachtstages war noch nie in der Nordeifel unterwegs. Schichtarbeiter und bettflüchtige Senioren rieben sich die Augen, als die Mannschaftswagen mit hoher Geschwindigkeit über die Land- und Kreisstraßen Richtung Simonskall schossen.

»Team 1. Kein Licht mehr.«

»Team 3. Kein Licht erkennbar.«

»Verstanden. Ende.« Bolder schaute zu Fett. »Schluss mit den Kippen. Der legt sich nochmal hin.«

»Hoffen wir es.«

»Zentrale an alle. Großlage. Stellung halten. Verstärkung kommt. Ende.«

»Was schlagen Sie vor, Fett?«

»Erst mal Platz machen. In wenigen Minuten haben wir hier die Einheitsführer von SEK, Hundertschaft, Technischer Stab mit Direktleitung nach Köln. Dazu die Einheitsführer aus Aachen.«

Die Kollegen im Museum hatten bereits die Unruhe mitbekommen.

»Aufräumen, Tische und Stühle reinholen, Karten ausbreiten.«

Fett legte die Wanderkarte des Eifelvereins auf den großen Tisch.

»Hinter dem letzten Haus von Simonskall muss alles abgeriegelt werden. Alle Gäste und Bewohner müssen in den Häusern bleiben. Wenn die mit ihren Autos abhauen, sind die Straßen verstopft. Das kann die Bundespolizei übernehmen. Absperrriegel Simonskall. Die beiden SEK-Teams rücken von Vossenack und Kommerscheidt aus vor. Der *Survivor* mit dem SEK-Team aus Essen von Simonskall aus über den Kallweg zur Mestrenger Mühle, damit auf jeden Fall Simonskall geschützt wird. Begleitet von Einsatzhundertschaft Aachen. Der Kallweg von der L218 aus wird von einer halben Hundertschaft abgesperrt. Die Präzisionsschützen aus Köln sollen unsere MEK-Leute ablösen und die Mestrenger Mühle von drei Positionen aus kontrollieren. Finaler Rettungsschutz soll Leiter Ständiger Stab anordnen. Was sagen Sie dazu, Bolder?«

»Sie können bei uns anfangen, Fett.«

»Mit Köln habe ich so meine Erfahrungen.«

»Na, da schau an.«

»Besonderer Fall damals. Mit Ihrer Kollegin Rosenthal.«

»Frau Rosenthal! Sehr speziell. Gute Aufklärungsquote.«

»Das auch.« Fett schmunzelte, und draußen quietschten Reifen. Das Präzisionsschützenkommando von Köln war eingetroffen. Zwei schwarze Ford Mondeo Kombi, getunt und über 300 PS stark, stoppten vor dem Museum. Vier Schützen und vier Beobachter sprangen aus den Wagen und meldeten sich bei Bolder und Fett.

»Jakob Steiner, Hauptkommissar, Präzisionsschützenkommando SEK Köln 1 und 3. Dazu drei weitere Schützen und vier Beobachter. Wer leitet hier?«

»Fett, Mordkommission Aachen. Kollegen Bolder aus Köln kennen Sie ja.«

»Bolder, du schon wieder. Wenn du da bist, dann ist die Luft eisenhaltig.«

»Steiner, du alter Scharfschütze. Ran an die Karte. Drei Positionen gilt es zu besetzen. Ein Schütze mit Beobachter bleibt für Ablösung in Reserve.«

Ein VW-Bulli schoss auf den Parkplatz. Das Technikteam traf ein.

»Wischniowski, Köln, Ständiger Stab. Wir bringen die Standleitung.«

»Morgen, Kollegen, dort aufbauen.« Fett wies die Techniker in das Vorzimmer des Versammlungsraums, wo genügend Steckdosen vorhanden waren.

»Verbindung steht!« Nach fünf Minuten gab es eine stabile Leitung via PC und Digitalfunk zu Polizeidirektor Piontek.

»Fett, Bolder. Piontek möchte Sie sprechen.«

»Morgen, die Herren. Wie ist die Lage?« Fett informierte Piontek über den Stand, die Beobachtungen der MEK-Beamten rund um die Mestrenger Mühle. Bolder bestätigte. Piontek informierte über die Position der Einheiten.

»Vorschlag, Herr Polizeidirektor. Lassen Sie die B399 Richtung Vossenack hinter Hürtgen dicht machen. Ebenso die Kreuzung B399/Dürener Straße, die Dürener Straße von Rollesbroich aus sowie von Kommerscheidt die Wege ins Kalltal. Dazu noch ab Bergstein jede Möglichkeit unterbinden, in das Kalltal zu gelangen.«

»Leuchtet ein. Kann Polizei Düren im Kreis Düren und Einsatzhundertschaft Aachen auf dem Gebiet der Städteregion Aachen übernehmen. Wir teilen das gesamte Gebiet in drei Sektoren auf. Sektor Vossenack, Sektor Simonskall, Sektor Kommerscheidt. Die Einsatzkräfte orientieren sich daran. Leitung der Sektoren wie folgt: Sektor Simonskall Einsatzhundertschaft Aachen, Sektor Vossenack Einsatzhundertschaft Köln, Sektor Kommerscheidt SEK-Team Köln. Verantwortung, Gesamtlage und Schießbefehl liegen bei mir.« Fett sah auf dem Bildschirm, wie Mitglieder des Stabs die Anweisungen durchgaben.

»Fett, wie gefährlich ist der Mann?«

»Fremdenlegionär, Scharfschütze, Sprengstoffspezialist. Drei Morde vom 9. Dezember bis zum Mordversuch am Samstag. Er hat nichts zu verlieren. Vielleicht möchte er ein Zeichen setzen, im Kampf untergehen. Oder er schießt sich den Weg frei, wenn er mitbekommen hat, dass Adele Borsche noch lebt.«

»Bolder!« Piontek sprach den MEK-Leiter an. »Weisung an die Präzisionsschützen. Finaler Rettungsschuss, wenn er sich nicht ergibt und bewaffnet bleibt. Selbstmordattentat nicht auszuschließen. Schusserlaubnis aus Distanz.«

»Ich wiederhole: Freigabe finaler Rettungsschutz und Schusserlaubnis aus Distanz. Verstanden.« Bolder ging in den Nachbarraum und gab über Digitalfunk die Weisung an seine MEK-Männer durch.

»Uhrenvergleich. 6 Uhr.«

»6 Uhr, Herr Polizeidirektor.«

»Sonnenaufgang 8.25 Uhr. Der *Survivor* aus Essen wird gegen 7.20 Uhr in Simonskall eintreffen. Schutz der Bevölkerung hat oberste Priorität. Die Absperrmaßnahmen greifen?« Er schaute zu einer Kollegin im Stab, die nickte: »Greifen bereits. Das heißt, wir werden in einigen Minuten Anfragen bekommen und in spätestens 30 Minuten die Medien in der Leitung haben. Ziel: Bereinigung Mestrenger Mühle bis 9 Uhr. Verstanden?«

Bolder und Fett nickten. Mittlerweile war Polizeirat Kosslowski eingetroffen, Rüschendonk führte die Aachener Kräfte aus dem Polizeipräsidium. Kosslowski kannte Piontek aus Führungskräfteseminaren.

»Morgen, Kosslowski. Sie übernehmen in Vossenack. Fett und Bolder sind informiert. Wir beide bleiben ständig in Kontakt.«

»Morgen, Herr Piontek. Verstanden. Bin auf dem Laufenden. Trage alle Entscheidungen mit. Wer macht die Pressearbeit?«

»Ihr Kemmen ist in Pension. Also müssen die Neuen ran. Aus ermittlungstaktischen Gründen keine Einzelheiten. Zusammenspiel mehrerer Einheiten. Hoffe, dass wir bis Mittag durch sind.«

»Verstanden. Wie ist die Sprachregelung für Simonskall? Ziel: Vermeidung von Panik.«

»Gute Frage, Kosslowski.« Piontek winkte sein Presseteam an den Bildschirm und gab die Frage weiter.

»Einheitliche Sprachregelung hat Priorität. Die Maßnahmen müssen im Einklang mit der Art der Gefahrenlage stehen.« Piontek erhielt ein Blatt Papier vom Leiter der Pressestelle des Kölner Polizeipräsidiums. »Zuhören. Weitergabe an alle Einheiten. Insbesondere Einheiten in Simonskall: Wir prüfen Hinweise auf einen Täter im Raum Nordeifel, speziell Kalltal. Kurzfristige Sicherheitsmaßnahmen in Simonskall erforderlich. Einsatz wird voraussichtlich am Mittag des 24. Dezembers 2019 beendet sein. – Verstanden? Wir setzen uns damit zwar unter Druck, aber wir müssen Überreaktionen der Bevölkerung und der Medien vermeiden.«

»Verstanden, Herr Piontek. Geben wir an alle Einheiten weiter.« Kosslowski nickte Bolder und Fett zu. Bolder gab die Anweisung weiter, die bereits per Mail beim technischen Team eingetroffen war.

BELAGERUNGSZUSTAND

Ab 6.30 Uhr stand vor jedem Haus in Simonskall ein Bereitschaftspolizist. Als Hotelier Willi Landgraf die Nase aus der Tür steckte, er wartete auf Iwona, seine Putzfrau, wurde er freundlich von Kommissaranwärterin Heike Krüger begrüßt.

»Was machen Sie denn vor meiner Tür?«

»Auf Sie aufpassen. Guten Morgen. Hier kommt vorläufig niemand rein und raus. Polizeieinsatz.«

»Wie, Polizeieinsatz? Niemand rein und raus. Ich warte auf meine Putzfrau.«

»Kann etwas dauern. Bis Mittag. Es geht um Ihre Sicherheit.«

»Es geht um Heiligabend.«

»Später. Herr Landgraf, nehme ich an?«

»Willi Landgraf. Ich hab Gäste, ich hab Bestellungen, ich muss noch den Rehrücken in Simmerath abholen.«

»Planen Sie besser mit der Tiefkühltruhe. Kleiner Hinweis. Ruhe bewahren. Alles unter Kontrolle. Bis Mittag sind wir bestimmt durch.«

»Das bin ich auch. Was ist denn überhaupt los?«

»Herr Landgraf, wir haben einen Einsatz. Simonskall gehört zum Einsatzgebiet. Zu Ihrem Schutz stehen wir hier. Wir müssen das Gebiet durchkämmen.« Sie zeigte auf die Kolleginnen und Kollegen vor den anderen Häusern.

»Meine Fresse. So eine Riesenscheiße.«

»Herr Landgraf, wenn es vorbei ist, dann haben Sie die Story Ihres Lebens zu erzählen.«

»Und die Pleite des Jahres, junge Frau. Wo kann ich mich beschweren?«

»Worüber, dass ich hier für Ihre Sicherheit stehe? An einem Tag, wo ich gerne bei meiner Familie wäre, meiner Mutter beim Kochen helfen, mit meinem Vater und meinen Brüdern den Baum schmücken würde? Darüber möchten Sie sich beschweren, dass hier 100 junge Polizistinnen und Polizisten um 6.30 Uhr morgens in der Dunkelheit am Heiligabend für die Sicherheit von Simonskall sorgen? Gerne. Rufen Sie den Innenminister und die *BILD* an. Beschweren Sie sich über die Polizei.«

»Schon gut. Scheiße. Möchten Sie einen Kaffee?«

»Das ist ein Wort. Gerne! Nur mit Milch, Herr Landgraf. Wenn Sie für meine Kollegin Nicole Pumpfel auch eine Tasse hätten, die steht bei den Nachbarn völlig im Freien, dann wäre das super freundlich.«

»Kaffee kommt. Klar. Junge, Junge, Junge.« Willi Landgraf verschwand hinter der Tür des Landhotels *Kallbach«*

So wie Willi Landgraf ging es allen Hausbesitzern, Mietern, Weihnachtsurlaubern in Simonskall. In der Herrgottsfrüh standen fröstelnde Polizistinnen und Polizisten vor den Türen der schmucken Häuser. Niemand kam raus, niemand kam rein. So einen Heiligabend hatte Simonskall noch nicht erlebt. Belagerungszustand.

DIE ENTSCHEIDUNG

Um 7.30 Uhr raste der *Survivor* mit dem SEK Team 1 von Essen den Simonskaller Weg von Vossenack hinunter. Die Öltemperatur näherte sich dem roten Bereich. Zwei Stunden Höchstgeschwindigkeit von Essen hatte diese Kreuzung aus Allradpanzer und Mannschaftstransporter hinter sich. Die Männer im Wagen legten die Kampfjacken und Schutzwesten an, zogen Staubbrillen über die Augen und setzten die Helme auf. Sie prüften ihre Maschinenpistolen, die Pistolen wurden durchgeladen. Die Anspannung stieg. Schweißtropfen liefen in die Augen. Um 7.32 Uhr erreichte der *Survivor* den Ortseingang von Simonskall und fuhr bis zum Ortsausgang. Der Leiter, Hauptkommissar Horst Krupka, nahm über Funk Kontakt mit Kosslowski auf.

»*Survivor* in Ausgangsposition Ortsausgang Simonskall. Wir befahren nun den Kallweg.« Mit speziellen Scheinwerfern, die nur den unmittelbaren Weg vor dem Fahrzeug ausleuchteten, brummte der schwere Panzerwagen mit dem SEK Team in Richtung Mühle. Die Männer wurden ordentlich durchgeschaukelt. Der Fahrer konzentrierte sich auf den schmaler werdenden Wanderweg. Noch drohte kein Abrutschen in die Kall, die mit reichlich Wasser Richtung Zerkall schoss. Das Wasser der Pfützen spritzte in die Böschung, Biber in den aufgestauten Nebenarmen gingen auf Tauchstation, verstört blickten Füchse auf das schwarze Ungetüm mitten im Kalltal.

»Position halten. Auf Anweisung warten. Ende.« Piontek aus Köln schaltete sich ein.

»An alle Einheiten. Ständiger Stab PP Köln führt. Alles hört auf mein Kommando. Funkdisziplin wahren. Uhrenvergleich. 7.35 Uhr. Ende.«

Die anderen Einheiten bestätigten. Die Präzisionsschützen hatten die MEK-Teams erreicht. Ein SEK-Team aus Köln war am *Museum Hürtgenwald* eingetroffen. Es wurde nach Kommerscheidt beordert, übernahm den Mercedes der G-Klasse des MEK-Teams und fuhr in Richtung Kalltrail, dann weiter zu Fuß bis zu den beiden MEK-Kollegen und dem Präzisionsschützenteam. Die hatten ihre Position an die Kall-Brücke verlagert, wo das Denkmal für die Kämpfe im Kalltal und die Erinnerung an den Wehrmachtsarzt Doktor Stüttgen standen, der hier im November 1944 eine Feuerpause organisiert hatte.

Der Befehl zum Vorrücken des *Survivors* und der SEK-Einheiten erfolgte um 7.45 Uhr. Noch war es dunkel. Die SEK-Einheiten näherten sich der Mestrenger Mühle bis auf 50 Meter. Die Präzisionsschützen nahmen die Türen und die Fenster ins Visier. In Nörvenich startete *Adler 1* und blieb in der Luft über Großhau. In wenigen Sekunden konnte er von dort aus über dem Gebäude kreisen. Die Diensthundestaffel folgte dem *Survivor* über den Kallweg. Eine weitere Diensthundestaffel näherte sich von der L218 über den Kallweg Richtung Mestrenger Mühle, begleitet von Polizisten der Einsatzhundertschaft Köln.

»Piontek an alle. Position einnehmen. Lautsprecherdurchsage in minus zehn, neun, acht, sieben, sechs, fünf, vier, drei, zwei, eins.«

Über eine Verstärkeranlage des *Survivor* erfolgte die Durchsage des Verhandlungsleiters: »Franz Recher. Hier spricht die Polizei. Das Gebäude ist umstellt. Kommen

Sie mit erhobenen Händen aus dem Haus! – François Vengeur, la maison est encerclée. Sortez avec les mains en l'air!« Der Verhandlungsleiter wiederholte die Aufforderung dreimal. Keine Reaktion.

DIE LETZTE CAPORAL

Franz Recher rauchte eine Gauloises. Er hatte die Polizei längst bemerkt. Wenn der Feind sich nähert, schweigen die Tiere. Das hatte er in Französisch-Guyana während der Spezialausbildung für den Dschungelkampf gelernt. Die Tiere schwiegen. Als ob sie die Gefahr witterten. Die Nacht war ruhiger als die Nächte zuvor. Die Füchse blieben im Bau, die Hasen legten die Ohren an, die Vögel verstummten und blickten mit weit aufgerissenen Augen auf die schwer bewaffneten Polizistinnen und Polizisten, die sich der Mestrenger Mühle näherten. Nur die Kall rauschte in ihrem Bett, riss die von Bibern gefällten Bäume ein Stück mit, staute sich, suchte einen neuen Weg und rauschte weiter Richtung Rur. Im Keller lagerte Franz

Recher einige Einmannpackungen der Bundeswehr. Die Kekse, Panzerplatten genannt, hatten sie früher bei Einsätzen mit der Bundeswehr getauscht. Er konnte mit wenig auskommen. Wasser war wichtig. Davon hatte er genug. Die Kall lieferte es ihm direkt vor die Mestrenger Mühle. Sein letzter Tag. Die Mission näherte sich dem Ende. Sein Leben näherte sich dem Ende. Ein krummes Leben mit viel Blut, Tod, Hass. Er hatte für Frankreich gekämpft, viele Länder gesehen, Not, Tod, Verzweiflung. Nie hatte er seine Herkunft vergessen, die Jugend in der Eifel, seinen Vater, Bergstein, den Krawutschketurm. Vor 50 Jahren wollte ihn sein Vater abholen. Vor 75 Jahren hatte der alte Kaltenbach die verwundeten Amerikaner verraten. Alle hatten ihr komfortables Leben gelebt. Der junge Kaltenbach, die Borsche, Weisweiler. Franz Recher dachte an seinen Vater, den Selbstmord seiner Mutter, seine Fahrt nach Straßburg zum Büro der Fremdenlegion. Nach der dritten Aufforderung zur Aufgabe nahm er den amerikanischen Karabiner. Als Franz Recher zwölf Jahre alt war, hatte ihm sein Vater das Geheimnis der versteckten Waffen verraten. Es sei eine Art Lebensversicherung. Die Waffen waren funktionstüchtig, sein Vater hatte sie gut geölt und, mit alten Decken eingewickelt, in eine Kiste gepackt und sie unter dem Birnbaum am Ende des Gartens vergraben. Für die Jagd oder für schlechte Zeiten oder für Souvenirjäger. So hatte es ihm sein Vater gesagt. Franz Recher hatte die Stelle vor etlichen Wochen gefunden. Der Schalldämpfer, den er in der Unterwelt von Marseille für den Karabiner bestellt hatte, passte genau. Nun brauchte er ihn nicht mehr.

»Hier spricht die Polizei. Das Gebäude ist umstellt. Kommen Sie mit erhobenen Händen aus dem Haus! –

François Vengeur, la maison est encerclée. Sortez avec les mains en l'air!«

Sie würden in wenigen Minuten kommen. Spezialeinsatzkommandos, Hubschrauber, Hunde. Es war noch dunkel. Franz Recher wollte noch einmal die Sonne sehen. Die Sonne seiner Jugend in der Eifel. Die hatte er gemocht. Als Kind war er immer früh aufgestanden. Zusammen mit seinem Vater, der ihm alles beigebracht hatte. Seine Mutter schlief lange. Er nie. Er mochte den Sonnenaufgang aus Richtung Nideggen. Noch einmal Sonnenaufgang. Noch einmal den Geruch der Eifel einatmen, diese Mischung aus Wasser, Tannen, verfaulten Blättern, Westwind. Franz Recher zog an zwei Drähten, die am Kellerfenster hingen. Er griff in seinen Seesack und nahm das Képi Blanc, die Kopfbedeckung der Fremdenlegionäre, mit der er oft am 14. Juli, dem französischen Nationalfeiertag, über die Champs-Élysées marschiert war.

»Team 1, Nebel.«

»Team 3, Nebel.«

Kosslowski, Fett und Bolder starrten auf die Übertragung aus dem Kalltal. Das SEK-Team an der Kallbrücke übertrug mit Restlichtaufheller die Nebelschwaden, die vor und hinter der Mestrenger Mühle aufstiegen.

»Nebelgranaten. Der hat zwei Nebelgranaten gezündet«, sagte Kosslowski in den Monitor zu Piontek, der ebenfalls sah, wie die Mühle hinter Nebelschwaden verschwand.

»Haben wir Pläne von der Bude, Kosslowski?«

»Niemand im Liegenschaftsamt zu erreichen. Heiligabend.«

»Gibt es da alte Tunnel oder so was?«

»Unbekannt, Herr Piontek. Versuchen Sie von Köln aus, den letzten Pächter zu erreichen.« Piontek nickte, eine Beamtin lief zu einem Team, das sofort versuchte, den letzten Pächter ausfindig zu machen. Der schlief noch auf Bali. Das würde dauern.

»Fett, sind Sie sicher, dass es ein Einzeltäter ist?«

»Ja.« Fett war sicher. Das war ein einsamer Rächer mit einer Mission.

»Und Kollegin Conti?« Conti meldete sich aus dem Präsidium in Aachen, wo Hiltenkamp, Rüschendonk und der Polizeipräsident den Einsatz verfolgten.

»Ebenso, Herr Piontek. Einzeltäter.«

»Dann müssten wir den doch schaffen. Uhrenvergleich. 8.19 Uhr. In sieben Minuten Sonnenaufgang. Was macht der Sichtkontakt?«

»Null. Alle Teams melden null.« Bolder nickte Kosslowski zu. Bolder stand in Kontakt mit den Teams.

»Okay. *Adler 1* über Mestrenger Mühle. Nebel wegblasen und volles Licht. Verstanden?«

»*Adler 1* verstanden.« Der Pilot, Oberkommissar Viktor Ürlings, neigte die Schnauze des Hubschraubers leicht nach unten, verstellte den Rotorwinkel, und der Helikopter schoss in Sekundenschnelle Richtung Brandenberg. In Großhau klapperten die Fensterläden, als der Helikopter beschleunigte. Ürlings behielt die roten Lichter der Windräder im Blick, flog eine leichte Rechtskurve, überflog die Einsatzzentrale im Museum. Mit lautem Flapp, Flapp, Flapp, Flapp kam er über dem Kalltal in der Luft zu stehen. Im Osten, Richtung Köln, wurde es heller. 8.20 Uhr, Ürlings schaltete den Suchscheinwerfer und die Wärmebildkamera ein. Copilotin Ann-Kathrin Keller schaltete auf Monitor um. Ürlings steuerte, Keller suchte.

»*Adler 1* in Position. Höhe 400 über Objekt. Wir gehen runter auf 150.« Die Rotoren des Helikopters peitschten den künstlichen Nebel auseinander. Der Suchscheinwerfer tauchte das Haupthaus und den Anbau in ein gespenstisches Licht. Der Parkplatz war frei. Keller sah auf der Wärmebildkamera die Einheiten rund um die Mühle. An der Mühle selbst keine Person. Kein Wärmebild von Franz Recher.

»*Adler 1*, steigen Sie auf 300. Position halten.« Piontek wollte den Hubschrauber nicht so tief über dem Objekt. Der Rotorwind würde es für die Scharfschützen schwierig machen, auf weite Entfernung zu treffen.

8.23 Uhr. Es wurde hell hinter den Hügeln Richtung Bergstein. Die Nebelgranaten waren leer. Franz Recher hatte die letzte Gauloises ausgedrückt, einen Schluck Wasser genommen, den Karabiner umgehängt und eine Walther PPK in den Hosenbund gesteckt. Die andere ließ er liegen. Der Keller war aufgeräumt. Kein wildes Matratzenlager. Er stieg die Kellertreppe hinauf. Starke Taschenlampen leuchteten durch die Fenster in das Haus. Auch die roten Laserstrahlen der Maschinenpistolen, Sturmgewehre und der Präzisionswaffen. Wieder die Aufforderung herauszukommen. Er schaltete in der Küche einen Minigenerator ein, legte eine CD in das Laufwerk des handlichen Players und drehte auf volle Lautstärke. Bei diesem Song hatte er nach den Kämpfen die Toten vergessen. Das Grauen in Afrika, Afghanistan und im Libanon, die verletzten Kameraden, die Selbstmordattentäter, die Blicke der verstörten Kinder, wenn die Legion ein Dorf zurückeroberte. Franz Recher nahm den Karabiner mit aufgepflanztem Bajonett in Hüfthöhe, trat die Tür auf und schritt auf den Parkplatz vor der Mühle. Die Walther PPK steckte im Hosenbund. Rund um die Mestrenger Mühle ertönte in ohrenbetäubender Lautstärke von Plastic Bertrand *Ça plane pour moi.* Heute würde Franz Recher der Himmel auf den Kopf fallen. Anders als im Tschad oder in Mali. Seine Mission war beendet. Die Mission »Vengeance«. Die Mission »Rache«.

SONNENFINSTERNIS

»PSK 1 bereit. Ohrenbetäubender Lärm. Bitte laut sprechen!«

»PSK 2 bereit, kaum Verständigung.«

»PSK 3 kein Sichtkontakt!«

»PSK 1: Zielperson betritt bewaffnet den Parkplatz. Karabiner mit Bajonett und Pistole.« Kosslowski und Piontek starrten auf den Bildschirm.

»Der trägt das Képi der Fremdenlegion«, sagte Kosslowski mit leiser Stimme.

»PSK 2: Zielperson richtet Waffen auf SEK und PSK. Erbitte Schussfreigabe«, die Stimme des Präzisionsschützen aus dem Funkgerät klang konzentriert und angespannt zugleich.

»Positiv. Verstehen Sie mich! Positiv!«

Zwei Schüsse peitschten gegen 8.27 Uhr durch das Kalltal, als Plastic Bertrand gerade sang »It's not today que le ciel me tombera sur la tête«. Die Sonne streichelte die Höhen bei Bergstein. Franz Recher taumelte kurz, sank auf die Knie und kippte vornüber. Das blutverschmierte Képi Blanc rollte durch den Dreck. Zwei Schüsse, einer in den Kopf, einer ins Herz. Er war sofort tot. Das Lied zu Ende.

»Zielperson am Boden. Zugriff. Vorsicht bei Gebäude. Sprengfallen.« Piontek beobachtete auf dem Bildschirm, wie von allen Seiten SEK- und MEK-Beamte das Gebäude stürmten. Drei SEK-Beamte sicherten Recher und entfernten die Waffen.

»Zielperson tot.«

»Alle Gebäude gesichert. Keine weiteren Personen, keine Sprengfallen.«

»Kriminaltechnik runter.« Piontek war erleichtert, Kosslowski war erleichtert. Im Polizeipräsidium Aachen löste sich die Spannung.

»Helikopter zur Ausgangsbasis, *Survivor* nach Essen, Diensthunde retour, SEK 1 verbleibt am Haus, MEK nach Köln, Sicherung durch Einsatzhundertschaft Aachen, Hundertschaft Köln abrücken. Bundespolizei bleibt. Ziel: 10 Uhr Freigabe von Simonskall.« Piontek hatte diese Entscheidungen getroffen. Weihnachten stand bevor.

»Fett an Piontek: Lassen Sie die Waffen von Recher untersuchen.«

»Waffencheck an Zielperson.«

»Beide Waffen mit leeren Magazinen«, meldete das SEK-Team an der Leiche von Franz Recher.

»Das war die *Gran-Torino*-Nummer, Herr Piontek.« Fett schaute ihn im Monitor an.

»Was?«

»*Gran-Torino*, Film mit Clint Eastwood. Recher wollte erschossen werden. Mission erfüllt. Darum die Waffen, die Simulation.«

»Verstehe. Er ließ uns keine andere Wahl. KTU möglichst rasch Haus und Umgebung untersuchen. Wir wollen Simonskall um 10 Uhr freigeben. Verstanden?«

»Herr Fett. Kommen Sie mal raus.« Kosslowski hatte Fett an der Schulter gepackt. Sie verließen das Museum und stellten sich auf den Parkplatz neben das Museum, wo zahlreiche Einsatzfahrzeuge parkten.

»Herr Fett, wir hatten zwei SEK Teams aus Köln angefordert.«

»Ich weiß. Iska Sonntag hätte schon längst hier sein müssen. Ihre Präzisionsschützen sind bereits vor Ort.«

»Herr Fett, wie soll ich es sagen. Es gab einen Unfall auf der A4. Einem Lastwagen ist in der Kurve bei Elsdorf ein Vorderreifen geplatzt. Frau Sonntag konnte bei Tempo 200 nicht ausweichen. Ihr Wagen hat sich überschlagen. Sie und Kollege Schröder waren sofort tot. Die beiden anderen schweben in Lebensgefahr.« Kosslowski legte seine rechte Hand auf die Schulter des Kollegen. Fett hatte nie viel über seine Beziehung zu Iska Sonntag erzählt. Aber Kosslowski wusste davon.

Fett fühlte den Schlag, die Kehle trocknete in Sekundenschnelle aus, die Ohren dröhnten, er hörte nicht, was Kosslowski noch sagte, er ging zu einem Mannschaftswagen, lehnte sich mit dem Rücken gegen die Heckklappe und sah, wie die Sonne sich verdunkelte.

EPILOG

Polizeipräsident Offenhaus wurde kurzfristig und ohne große Zeremonie in den Ruhestand versetzt. Er hatte die Lage falsch beurteilt und nicht genügend Personal zur Verfügung gestellt. Die Verabschiedung fiel unterkühlt aus. Der Innenminister ließ sich durch einen Staatssekretär vertreten.

Daniela Conti besuchte mehrfach Fett, der für zehn Tage vom Dienst befreit wurde. Catherine Kaufmann aus Reims meldete sich bei ihm. Theresa Rosenthal, die Kommissarin aus Köln, kam nach Aachen. Sie wanderte mit Fett um den Lousberg. Zuletzt besuchten ihn Kollege Raymond Didier und Kollegin Chantal Kalumba aus Lüttich. Schmelzer versuchte mehrfach, Fett zu erreichen. Doch Fett legte auf.

Haus 5 der Landesklinik wurde fortan für Lesungen und Ausstellungen benutzt. Immer öfter diente es als Kulisse für Filmaufnahmen. Die neue Klinikleitung, die im Frühjahr 2020 eingesetzt wurde, plante eine umfassende Dokumentation der Geschichte des Hauses.

Adele Borsche blieb nach dem Anschlag im Krankenhaus geistig zerrüttet. Sie musste in die Landesklinik Düren eingewiesen werden. Ein Verfahren gegen sie wurde nicht mehr angestrengt.

Kapitel enden. Und Kapitel beginnen. Vergangenheit vergeht nicht. Verletzungen bleiben und schaffen oft neue Wunden. Fett kehrte zurück in sein Büro. Mitte Januar 2020. Die Nachrichten aus China wurden bedrohlicher. Weihnachten wollte er nie mehr feiern.

ENDE